U0097391

古典詩歌研究彙刊

第二輯

龔鵬程 主編

第 5 冊

唐代飲酒詩研究

林淑桂 著

國家圖書館出版品預行編目資料

唐代飲酒詩研究／林淑桂 著 — 初版 — 台北縣永和市：花木
蘭文化出版社，2007〔民 96〕

序 2+ 目 6+210 面；17×24 公分（古典詩歌研究彙刊 第二輯；
第 5 冊）
ISBN-13：978-986-6831-24-9（全套：精裝）
ISBN-13：978-986-6831-29-4（精裝）
1. 唐詩　2. 詩評
820.9104　　　　　　　　　　　　　　　　96016190

ISBN - 978-986-6831-29-4

古典詩歌研究彙刊
第二輯　第 五 冊　　　　　ISBN：978-986-6831-29-4

唐代飲酒詩研究

作　　者　林淑桂
主　　編　龔鵬程
出　　版　花木蘭文化出版社
發 行 所　花木蘭文化出版社
發 行 人　高小娟
聯絡地址　台北縣永和市中正路五九五號七樓之三
　　　　　電話：02-2923-1455／傳眞：02-2923-1452
電子信箱　sut81518@ms59.hinet.net
初　　版　2007 年 9 月
定　　價　第二輯 20 冊（精裝）新台幣 28,000 元

版權所有・請勿翻印

唐代飲酒詩研究

林淑桂　著

作者簡介

林淑桂，新竹市人，國立高雄師範大學國文研究所碩士畢業。現任新竹縣大華技術學院通識教育中心國文科講師，著有《唐代飲酒詩研究》、《通識國文選》。

提　　要

　　本文乃以探討唐代飲酒詩在內涵與形式上所呈現的特色為主，並兼對飲酒詩在唐代以前的發展過程，做一整全的研覈。

　　首章「緒論」，茲分三節，第一節「酒與文學」，分別以酒在文學發展中所佔具的淵遠殊位，以及在文學創作上所蘊涵的原型意義——愁，來揭櫫「酒」在文學中所秉具的重要意義。第二節「飲酒詩的界說」，分別以「廣義」與「狹義」二種界說，試圖予飲酒詩一妥切的定名。第三節「飲酒詩的類別」，乃依唐代飲酒詩的「詩題」及「題材」，劃分為三大類，由此統析別類的工作，祈可對唐代飲酒詩的內容，有一概括性的體認。

　　第二章「飲酒詩的形成過程」，茲分三節，第一節「胚芽新綠的醞釀期：先秦兩漢」、第二節「枝葉扶疏的發展期：魏晉南北朝」，均針對文學本身的發展與時代背景兩大內因外緣，逐一探討飲酒詩在各個時期的流變與特色。第三節「華實碩美的鼎盛期：唐代」，則針對唐代政治、社會所特稟的人文新蘄向，影響飲酒詩人及其詩風特色，作一鳥瞰式的論述，以便對「彬彬之盛，大備於時」的飲酒詩鼎盛期之名家，有劂切的認識。

　　第三章「唐代飲酒詩的內涵探討」，茲分七節，針對唐代飲酒詩中對宇宙自然的交融冥合、對生命歲華的奄逝無常、對現世人生的轗軻困阨、對神仙長生的遐思幻設、對舊雨新知的靈犀相契、對豪俠名士的任氣縱情、對酒物飲態的圖貌寫神，以分類整合的考察方式，探討唐代飲酒詩波瀾壯闊、情致紛披的內涵。

　　第四章「唐代飲酒詩的形式特色」，分別以誇張聳動、感官示現、敷采設色（以上三項，均因「酒」所稟具的特質——飲之可使精神亢奮，本身又具色、香、味等，豐富的官能感受而析論），以及引用典故、蟬聯頂真、類叠呈巧，總上共六節來探討飲酒詩形式的特色。

　　末章「結論」，乃歸納唐代飲酒詩在內涵與形式上所具有的五項特徵，分別予以條析列論，俾使學者對唐代飲詩的妙諦勝義，有更周衍確切的認識。

目

錄

自 序

　　唐代飲酒詩在中國詩歌文學的園圃中，可以說是一片繁花碩果，卻又乏人問津的岑寂之地！

　　唐代飲酒詩之所以乏人問津，探溯其因，一方面是在儒家載道尚用的文學理念影響下，「酒」成為「在書為沈緬，在詩為童羖，在禮為豢豕，在史為狂藥」（明陸紹珩《醉古堂劍掃》卷五）的亡國喪身、敗德亂性之物，後世評家乃視其為無裨風雅宏旨之作，故專著立論者甚尠；另一方面，因「酒」經常是文學作品中，一種極為普遍化的題材，牽涉廣遠，譬如：鄉愁羈恨、送行餞別、懷才不遇、宦途蹭蹬等作品中，均常以「酒」作為題材；「酒」在各詩作層迭不窮的運用下，若非一一詳加董理，實難於龐庬眾作之中，窺見其概貌。因而，少有學者能更進一步探討飲酒詩在文學內容與形式上所稟具的特性，以彰顯其文學價值，而給予其應得之位置。

　　事實上，「酒」因其本身具有「宣御神志，導氣養形，遣憂消患，適性順情」（張載〈酃酒賦〉）的功用，故乃為促發文思詩興的動力泉源；再則，在文學創作上，「酒」亦具有與「愁」相聯並列的原型意義；並且，在文學發展上，唐代飲酒詩實乃統攝融匯了胚芽新綠的醞釀期——先秦兩漢，以及枝葉扶疏的發展期——魏晉南北朝，在歷經前二期的創作孳衍下，遂提煉出各種內涵與體式的菁華，進而締造了

飲酒詩華實碩美的鼎盛期。

　　唐代飲酒詩雖稟具如斯豐饒的面貌，然而，撥尋其指歸、宣發其奧蘊的論見，卻付諸闕如，筆者乃不揣檮昧，草成是文，冀能深入探討其生衍流變的過程，並分析其內涵與形式上的種種特色，俾世人對此類詩歌作品的妙諦勝義，能有確切的認識。

　　本文撰寫期間，幸蒙沈謙老師，訓迪啓瀹，匡正罥漏，惠我實多。然自慚學譾識陋，燭照未廣，所論或有偏詖疵謬，理欠圓該之處，尚祈博雅碩彥，不吝斧正。

中華民國七十四年四月二十五日
林淑桂謹序於高雄師範學院國文研究所

第一章　緒　論

第一節　酒與文學

壹、酒在文學發展中具有淵遠之殊位

　　詩至漢魏六朝，五言體漸趨成熟，詩風大盛；而詩的題材，亦包涵愈廣，玄言、遊仙、山水、田園、宮體、詠物等諸體，皆納入詩人歌詠篇什之中。唐詩承其遺緒，進達「眾體悉備，亦詩法該畢」（《清康熙御敕全唐詩序》）的境地，形式上有律體的完成、絕句的創作、新樂府與七言歌行等的拓展；風格上則盡褪齊梁采麗競繁，興寄都絕的弊病，推重漢魏風骨；內容上，唐代統攝融匯魏晉以來各類題材的作品，更稟其豐饒的文化精神，締造了輝映千古，驚采絕艷的詩歌王國，成為中國詩歌史上的「黃金時代」。其華如月至中天，其勢如潮來八月，後世學者乃紛紛針就各家各派，探究其源流特色，而成一家之言；惟獨「飲酒詩」，雖淵遠流長，作者頗夥，卻未受後人重視，更遑論有所謂「一家之言」了！然吾人皆知，「酒」在人文史上出現得極早，四千多年前，中國的殷商信史時期，便已有甲骨文「酉」字〔註1〕，此為「酒」字初文，而且自有典籍以來，即有涉及「酒」，就

────────────────

〔註1〕殷虛文字類編卷六第三九葉、殷虛文字甲編一二二二、殷虛書契後編

「經部」而言，《詩經・大雅・既醉》云：

> 既醉以酒，既飽以德，君子萬年，介爾景福。

此詩應爲第一首以暗示有「酒」的相關字——醉，作爲詩題的飲酒詩。又，《書經・周書・酒誥》：

> 天降威，我民用大亂喪德，亦罔非酒惟行。越小大邦用喪，亦罔非酒惟辜。

「酒誥」是最早記載有關於「酒」的文獻。又，《周禮・天官》設有「酒人」、「酒正」等屬官，分別職掌造酒與酒的政令，這也是文獻記載最完備的酒官制度。《易經・未濟卦上・九爻辭》亦載云：「有孚於飲酒，无咎。濡其首，有孚失足。」，中國經部古籍，歷歷載有「酒」。「酒」早與人文生活相契，而成爲不可或缺之物。

《史部》亦記載酒的起源，世本卷一：

> 帝女儀狄始作酒醪，變五味，少康作秫酒。

《戰國策・魏策》：

> 昔者帝女令儀狄作酒而美，進之禹，禹飲而甘之，遂疏儀狄，絕旨酒。曰：後世必有以酒亡其國者。

史書對中國酒源的記載，遠溯至夏代，甚至有更早的說法，謂炎黃之世即已有之〔註2〕。「子部」中的孟、荀、莊等思想巨擘，亦有多處論及「酒」的述見〔註3〕。

「集部」涉及的範圍更龐大，《楚辭・九歌》即有：「蕙肴蒸兮蘭

上第二六葉等，有「酉」字。《說文・通訓定聲》曰：「酉即酒字，象釀器形，中有實，說文酉部六十七文，皆以酒也。」
〔註2〕酒源之說，後文將有列論（第二章第二節），參考凌純聲《中國酒之起源》，史語所集刊二九下。
〔註3〕《孟子・離婁篇》：「禹惡旨酒而好善言。」，〈盡心篇〉：「般樂飲酒，驅馳田獵，後車千乘，我得志弗爲也。」
《荀子・樂論》：「飲酒之節，朝不廢朝，莫不廢夕。」，〈大略篇〉：「正君漸於香酒，可讒而得也，君子之所漸，不可不慎也。」
《莊子・達生篇》：「夫醉者之墜車，雖疾不死，骨節與人同而犯害與人異，其神全也，乘亦不知也，墜亦不知也，死生驚懼不入乎其胸中，是故遻物而不慴。彼得全於酒而猶若是，而況得全於天乎？」

藉，奠桂酒兮椒漿」（〈東皇太一〉）。漢以「賦」為文學主流，鄒陽有「酒賦」，揚雄、崔駰皆作「酒箴」。三國魏有曹植、王粲作「酒賦」，孔融「與曹操論酒禁書」更力陳酒德，放言不宜禁酒的論見。正始時期，文人名士飲酒服散之風極盛，其中劉伶所作「酒德頌」，為其贏得酒史赫名。晉代除酒賦、酒誥、酒讚等作品之外，陶潛「飲酒詩二十首」，更是歷代飲酒詩中的曠世之作。南北朝時期，詩體的創作漸盛，依筆者的董理歸納（據丁福保所輯《全漢三國晉南北朝詩》），其中詩題有「酒」字者，約計三十首，詩題使用與酒相關之字詞者（如：飲、觴、酌、醉），約計十首，在五、七言詩體的草創期，「酒」即已登堂入室，成為詩人吟詠的題材。兩漢至隋，在漫長的八百年間，有關飲酒的詩作，其中詩題有酒字者，約計五十首；而詩題使用與酒相關之字詞者，約計十餘首，二者合計約六十首〔註4〕。迄有唐一代，飲酒之作，更是多如恆河之沙，雲漢之星，不可勝數。其在三百年間所創作的飲酒詩，就詩題有「酒」字者而言，依筆者董理，約三百五

〔註4〕詩題有酒字者：（一）漢代：〈將進酒〉（鼓吹曲辭）。（二）魏代：〈對酒〉（曹操）、〈酒會詩〉七首之一（嵇康）。（三）晉代：〈上壽酒歌〉（燕射歌辭）、〈飲酒樂〉（陸機）、〈前有一罇酒行〉（傅玄）、〈酒德歌〉（趙整）述酒、止酒、飲酒詩二十首（其中九首）（陶潛）。（四）宋代：〈將進酒〉（何承天），〈酒後〉（鮑照）、〈置酒高樓上〉（孔欣）。（五）梁代：〈當置酒〉（簡文帝）、〈當對酒〉（范雲）、〈對酒〉（張率）、〈九日酌菊酒〉（劉孝威）、〈詠酌酒人〉（高爽）、（六）陳代：〈前有一樽酒行〉（後主）、〈前有一樽酒行〉（張正見）、〈飲酒樂〉（陸瓊）、〈置酒高殿上〉（江總）、〈置酒高殿上〉（張正見）、〈賦得白雲臨酒〉（張正見）、〈對酒〉（張正見）、〈對酒〉（岑之敬）。（七）北周：〈對酒歌〉、〈對酒〉、〈暮秋野興賦得傾壺酒〉、〈騁齊秋館中飲酒〉、〈蒲州刺史中山公許乞酒一車未送〉、〈就蒲州使君乞酒〉、〈正旦蒙趙王賚酒〉、〈蒙賜酒〉、〈奉答賜酒〉、〈奉報趙王惠酒〉、〈奉答賜酒鵝〉、〈衛王贈桑落酒奉答〉（以上均庾信所作）。（七）隋代：〈夏晚尋于政世置酒賦韻〉（陳子良）。共四十八首。
詩題使用與酒相關之字詞者：（一）晉代：〈連雨獨飲〉（陶潛）。（二）梁代：〈田飲引〉（朱异）、〈羽觴飛上苑〉（沈君攸）。（三）陳代：〈獨酌謠四首〉（後主）、〈獨酌謠〉（陸瑜）、〈獨酌謠〉（沈炯）。（四）北周：〈春日極飲〉、〈有喜致醉〉（庾信）。共十一首。

十餘首，詩題與酒有關連者（如：醉、飲、酌、醒、醞、釀等），約三百一十餘首，二者合計約六百七十餘首，三百年寫就的飲酒作品，超越漢隋以降八百餘年的累積總合有十倍以上之鉅，「飲酒詩」乃於唐代蔚盛壯大，創下空前的輝煌時代。

「飲酒詩」在文學發展上具有如斯淵遠之殊位，非僅不容略視，更應深研其流變、內容、思想等問題，加以闡論。宋代朱肱《北山酒經》中，即盛讚酒於世之大用曰：

> 大哉，酒之於世也，禮天地，事鬼神，射鄉之飲，鹿鳴之歌，賓主百拜，左右秩秩，上自搢紳，下逮閭里，詩人墨客，漁夫樵婦，無一可以缺此。

酒，置之朝廷宗廟，不失其端儀；委之蓬門陋巷，亦不嫌寒傖，上有「酒以成禮」之功，下可「發狂蕩之思，助江山之興」（朱肱《北山酒經》），且酒具有「移人化性」的無比神力，它可使「質者或文，剛者或仁，卑者忘賤，窶者忘貧」（曹植《酒賦》），酒也是詩人的「釣詩鉤，掃愁帚」，古時騷人墨客少有不好酒者，飲酒作品，多為其翰墨中之珠璣。故筆者試圖從「酒」的文學殊位與影響力上，窮其源，究其流，以清聖祖敕編《全唐詩》為範疇；筆者所以選取唐詩作為研究範圍之因，除緣於上述所言，唐代飲酒詩具有最豐饒滋碩、波濤可觀的創作高峯之外，另一則緣於唐詩蘊涵有繁複多姿的畛域，在體式上已臻變化之極境，內容與創作方法上，無論題材、思想、技巧等等，眾家之作都各領風騷，故筆者取之以為研究「飲酒詩」的範疇。

貳、酒在文學創作上具有「原型」意義

中國古典詩中的「酒」，涵具有一普遍的象徵性，即所謂「原型」（archetypes）意義。究竟「酒」蘊涵有何種「沿習套用的思想蹊徑」〔註5〕？在此首須對「酒」的性質與作用，作一概略的闡述。

〔註5〕見黃永武《中國詩學・思想篇》——論古典詩中的桃與柳：「中國古典詩中的桃與柳，詩人對它們的讚美或諷刺，早形成一條沿習套用的思想蹊徑。」頁35，巨流圖書公司。

　　酒，以其所含的酒精，在胃腸內被毛細管汲收進入血液後，乃對人體產生刺激與麻醉作用。酒精的種類很多，酒類所含的酒精爲「乙醇」（Methylacohol），亦稱乙烷。普通製酒法是加酵母於葡萄糖液，使之醱酵，葡萄糖便分解成乙醇與二氧化碳，此種釀造方法極簡易，因而「酒」也是日常生活中非常普及的日用品。再則，因酒精可不必經過胃腸的消化便能直接被吸收進入血液，然後隨血液進入消化酒精的肝臟，但肝臟使酒精氧化分解成爲熱能的能力有限，所以，一部份未被消化分解的酒精，乃隨血液流至心臟，由動脈而達全身，心臟因酒精的刺激，明顯地有搏動加快的迹象，大腦中樞神經（特別是皮質層部份）也受到酒精的刺激，使得飲者的情緒亢奮，如果血液中的酒精濃度增加，中樞神經會由興奮而漸趨於麻痺狀態，飲酒者也隨即顯出深淺不同的酒意或醉態了〔註6〕。

　　詩的創作過程，是基於作者感情的波動，《文心雕龍・明詩篇》云：

　　　　人稟七情，應物斯感，感物吟志，莫非自然。

酒，可以使人的感性活潑，精神亢奮，促進文思詩興，也可以麻木人的思維，其與文學產生深密關聯的導因，亦即在此相對的特性上，故許慎《說文》釋「酒」條下曰：

　　　　酒，就也，所以就人性之善惡……，一曰造也，吉凶所造
　　　　起也。

「酒」可以成就人性的善惡，也可造成人事的凶吉，《書經・周書・酒誥》，即以殷商「荒腆于酒」而亡國爲訓鑑，諄誡康叔〔註7〕。又，《左傳・莊公二十二年》載曰：

　　　　陳公子完與顓孫奔齊……使爲工正（使陳公子敬仲官位）。
　　　　飲恒公酒，樂，公曰：以火繼之。辭曰：臣卜其晝，未卜
　　　　其夜，不敢。君子曰：酒以成禮，不繼以淫，義也；以君

〔註6〕參見思源〈談酒集〉──酒的作用。頁115，國家書店。
〔註7〕《史記・衛世家》及書序，皆謂此乃康叔封於衛時，周公以成王命告
　　　之之辭。

成禮，弗納于淫，仁也。

酒止於禮，則達仁義，反則淫亂失德，即孔子所言：「微酒無量，不及亂。」（鄉黨篇），亂則導至敗德喪性，「酒」幾已成為理性的大敵，此種負面影響，在文學創作中，卻隨時代漸遠而漸淡，甚可說已隱微至一隅，僅作為部份對歷史興亡的感喟諷諭，李商隱「吳宮詩」：

> 龍檻沈沈水殿清，禁門深揜斷人聲。吳王宴罷滿宮醉，日
> 暮水漂花出城。

詩中對吳王醉生夢死，荒淫亡國的諷刺，以「滿宮醉人」與「花落水流」二意為詩旨，「酒」仍是扮演「荒淫之源」的罪魁；然而，從另一角度而言，也有對酒衷心讚美者，《漢書‧食貨志》曰：

> 酒者，天之美祿，帝王所以頤養天下，享祀祈福，扶衰養
> 疾，百禮之會，非酒不行。

焦氏《易林》亦曰：「酒為歡伯，除憂來樂，適體頤性。」，是則「酒」又具融通人情，濟世成禮之彪炳偉業，故雖有「酒誥」、「酒誡」等的戒惕訓言，但也有「酒讚」、「酒德頌」等極盡頌讚的歌詠。「酒」擁有無遠弗屆的魅力，它具「味帶它山雪，光含白露精」、「味輕花上露，色似洞中泉」〔註8〕，使人撼心蕩眼的色、味；品嚐之後，又有「煦若春貫腸，暄如日炙背」、「飲似陽和滿腹春」〔註9〕，使人順性暢意的快慰；若達「三杯通大道，一斗合自然」之境，更可使久在樊籠的心性得以抒解。於是乃有「身外皆虛名，酒中有全德」、「手裡一杯滿，心中百事休」〔註10〕的曠達自適，詩人藉酒的興奮或麻醉效力，來脫離現實、超越時空的阻礙，而回歸內心另一世界。「酒」成為文人藉以促發自己靈性的昇騰，或用以澆痺無處可解的憂愁，或用以排遣現世中虛幻無常的悲感與生命中廓落無成的凄涼，種種情感環結，詩人只能汲酒填愁，以求抒發排解，但人世間的無盡苦海，只怕一杯杯苦

〔註8〕詩句先後摘自韋莊〈酒渴愛江清〉，以及姚合〈寄衛拾遺乞酒〉。

〔註9〕詩句摘自白居易〈卯時酒〉與〈詠家醞十韻〉。

〔註10〕詩句先後摘自李白《月下獨酌》、權德輿《獨酌》、白居易《且遊》。

酒灌腸，也是一世銷解不得。

由上所述，酒與愁，已然成爲文學中的孿生子，早在詩經時代的文學，即將酒與愁相聯並列，邶風柏舟：「微我無酒，以敖以遊」，詩序以此詩爲「仁而不遇」，故雖有酒，亦無法解其怫鬱愁苦。古詩十九首：「不如飮美酒，被服紈與素」（驅車上東門），酒，成爲生命無常、及時行樂的依託。曹操：「對酒當歌，人生幾何。譬如朝露，去日苦多。慨當以慷，憂思難忘。何以解憂，惟有杜康」（短歌行），更是推進一層，直以「酒」爲懷抱。其後乃有劉伶之徒「止則操卮執觚，動則挈榼提壺，唯酒是務」（酒德頌），託逃於酒者；或如陶潛「不知覺有我，安知物爲貴。悠悠迷所留，酒中有深味」（飮酒詩二十首之十四），此得全於酒﹝註11﹞，且騰昇生命中的苦憾爲圓融。「酒」經歷代文人賦予共通的特殊涵義，又歷經千年反覆地使用，逐漸漸規範出一條沿習套用的思想蹊徑，使「酒」具有與「愁」相關的象徵性，此即酒所涵具的「原型」意義。然而，「愁」非具象之物，它所蘊具的因素極廣，因爲詩人的「愁因」極多，飮酒的緣由也隨之不同。筆者乃試圖就「酒」在文學創作上涵具的原型意義——愁，析論其多面性的內容，亟以操詩人脈搏，探詩心醋醇之所在。

第二節　飮酒詩的界說

文學史上有所謂「田園詩」、「山水詩」、「宮體詩」，而「飮酒詩」卻未見有人將之單獨劃歸爲一類者，本節即試圖先就「飮酒詩」的蘊義作一界說，而予以定名。筆者對「飮酒詩」所下的定義乃分成廣義與狹義兩種。

壹、廣義的飮酒詩

凡藉「酒」，或與酒相關的人、事、物，以觸發或抒解作者個人

﹝註11﹞語出《莊子·達生篇》，參見附註3。

主觀的情志，因而創作詩篇者，是爲廣義的飲酒詩。

　　前述所立的界義，可謂之「廣義的飲酒詩」。其內容主題，未必全然以「酒」爲機杼，酒或僅是作品中的一種素材，有時是引發作者感觸的媒介，有時則是作者比興的依託，但「酒」卻是經常「慣性」地依存在某類主題的詩作中，譬如以送別、鄉愁等爲主題的詩中，大多有「酒」：

一、送行之作

　　岑參〈醉裏送裴子赴鎮西〉（《全唐詩》卷二〇一）

　　　醉後未能別，待醒方送君。看君走馬去，直上天山雲。

　　李群玉〈醴泉道中〉（《全唐詩》卷五七〇）

　　　別酒離亭十里強，半醒半醉引愁長。無端寂寂春山路，雪
　　　打溪梅狼藉香。

二詩或爲送人遠行，或自敘離緒，起筆皆以「酒」爲興發，且以酒醉愈深，隱喻其離情愈苦，所以送行的人，自己卻先醉倒了；李詩寫離行者已走了十里，酒勁卻未消減，二詩都是藉酒以澆其胸中塊壘悒鬱，飲酒愈醉，用情愈深，其乃以「醉」襯托離情之濃切。

二、鄉愁之作

　　李白〈客中作〉（《全唐詩》卷一八一）

　　　蘭陵美酒鬱金香，玉椀盛來琥珀光。但使主人能醉客，不
　　　知何處是他鄉。

　　喻鳧〈感遇〉（《全唐詩》卷五四三）

　　　江鄉十年別，享國累日同。在客幾多事，俱付酒杯中。

遊子羈客，平生最識江湖味者，只能在醉意微醺中，尋得故鄉恍惚的影子，其中「酒」皆爲其依託，酒盞愈深，鄉愁愈濃。

　　以上所舉詩例，「酒」在其中雖未必爲全詩的主題重心，然卻具有興發情感的力量，筆者針對《全唐詩》中涉及「酒」的各類主題的詩歌（酒有慣性地依存於某類詩中者），予以歸納析論，以便深入研覈「酒」在詩中所凸顯的特色與地位。

貳、狹義的飲酒詩

　　凡藉「酒」，或者與酒相關的人、事、物，以引發作者的情志，
且全詩以酒，或與酒相關的人、事、物爲主體、爲命題，「酒」成爲
貫穿全詩脈理的最重要機杼者，是爲狹義的飲酒詩。

　　爲能進一步確切掌握其義蘊，舉例說明如下：

一、酒

　　李白〈自遣〉（《全唐詩》卷一八二）

　　　對酒不覺眠，落花盈我衣。醉起步溪月，鳥還人亦稀。

詩中作者因醉而眠，又因醉而不知花落盈身，醉起而歸，在醉意猶醺
中，自然景物酣然入眼，溪月、歸鳥、人迹，氤氳於一片清明氛圍之
內（醉醒之後清明心）。全詩皆以「酒」作爲貫聯全詩脈理的重要機
杼。

二、人

　　杜甫〈飲中八仙歌〉（《全唐詩》卷二一六）

　　　知章騎馬似乘船，眼花落井水底眠。汝陽三斗始朝天，道
　　　逢麴車口流涎，恨不移封向酒泉。左相日興費萬錢，飲如
　　　長鯨吸百川，銜盃樂聖稱避賢。宗之瀟灑美少年，舉觴白
　　　眼望青天，皎如玉樹臨風前。蘇晉長齋繡佛前，醉中往往
　　　愛逃禪。李白一斗詩百篇，長安市上酒家眠，天子呼來不
　　　上船，自稱臣是酒中仙。張旭三盃草聖傳，脫帽露頂王公
　　　前，揮毫落紙如雲煙。焦遂五斗方卓然，高談雄辯驚四筵。

全詩以刻繪八位飲者的醉態神貌爲主題，「酒」亦是貫接詩脈最主要
的機杼所在。

三、事

　　韋莊〈買酒不得〉（《全唐詩》卷七○○）

　　　停尊待爾怪來遲，手挈空缾毦毦歸。滿面春愁消不得，更
　　　看溪鷺寂寥飛。

作者因買酒不得，春愁難消，頓覺溪中鷺鷥，也是寂寥難耐。由「酒」
貫串全篇詩緒，此亦是飲酒詩之典型。

四、物

皮日休〈酒中十詠——酒牀〉(《全唐詩》卷六二○)

糟牀帶松節,酒膩肥如羜。滴滴連有聲,空疑杜康語。開
眉既壓後,染指偷嘗處。自此得公田,不過渾種黍。

作者刻繪酒牀所釀美酒,其既具「肥如羜」的味覺與觸覺感受,又具
滴滴連有聲的聽覺美感,詩中將酒牀寫得聲光鬱然,有畫筆所不能到
之境,此亦是以「酒」作爲貫通全詩脈理的主要機杼。

以上所舉四首詩例,分別是由「酒」,或與酒相關的人、事、物
所引發的情志神態,詩的主題爲「酒」所觸發,亦爲「酒」所聯貫,
酣暢一氣,皆以「酒」爲機杼,因此將之界定爲「狹義的飲酒詩」。

「飲酒詩」包括廣、狹二義,其內容或直接、間接與「酒」相契,
且必以「酒」作爲素材,筆者在選材上,即以廣義、狹義二種,作爲
選材的準繩;然而,任何一種文學形式皆非人爲的詮釋定義所能全面
概括,故筆者所立的「飲酒詩」界義,或者難免疏漏,有待後繼者補
充。

第三節　飲酒詩的類別

本文以清聖祖敕編《全唐詩》爲範疇(其後引詩,皆出此本,故
只標卷數,不再列書名),擬將唐代有關廣義或狹義的「飲酒詩」,依
其「詩題」及「題材」作一分類,列述如下。

壹、以「酒」命題,並且以酒或其相關之人事物爲題材內容者。

例如:

王績〈看釀酒〉(卷三七)

六月調神麴,正朝汲美泉。從來作春酒,未省不經年。

陸龜蒙〈對酒〉(卷六二七)

後代稱歡伯,前賢號聖人。且須謀日富,不要道家貧。

崔道融〈酒醒〉(卷七一四)

酒醒撥剔殘灰火,多少淒涼在此中。爐畔自斟還自醉,打

窗深夜雪兼風。

貳、詩題雖無「酒」字，但使用與「酒」相關之字詞，且其題材內容
　　涉及酒，或與酒有關之人事物。

　　例如：

　　李白〈山中與幽人對酌〉（卷一八二）

　　　　兩人對酌山花開，一盃一盃復一盃。我醉欲眠卿且去，明
　　　　朝有意抱琴來。

　　劉駕〈醒後〉（卷五八五）

　　　　醉臥芳草間，酒醒日落後。壺觴半傾覆，客去應已久。不
　　　　記折花時，何得花在手。

　　韓偓〈醉著〉（卷六八〇）

　　　　萬里清江萬里天，一村桑柘一村煙。漁翁醉著無人喚，過
　　　　午醒來雪滿船。

「酌」「醒」「醉」皆爲與「酒」相關之字詞，可別爲第二類的「飲酒
詩」。其中，若詩題有「酒」字，又有與「酒」相關之字詞，如第一
類所舉〈酒醒〉詩，雖有暗示酒的相關字「醒」（第二類〈醒後〉詩
題亦有「醒」字），但仍應歸入第一類之中。

參、詩題無「酒」字，亦無與「酒」相關的字詞，而其題材內容卻涉
　　及酒，或與酒相關之人事物者。

　　例如：

　　盧仝〈解悶〉（卷三八七）

　　　　人生都幾日，一半是離憂。但有尊中物，從他萬事休。

　　白居易〈問劉十九〉（卷四四〇）

　　　　綠螘新醅酒，紅泥小火爐。晚來天欲雪，能飲一杯無。

　　杜牧〈寓題〉（卷五二五）

　　　　把酒直須判酩酊，逢花莫惜暫淹留。假如三萬六千日，半
　　　　是悲哀半是愁。

茲就以上三大類，再就其不同之命題型式，分析如下：

壹、第一類

此類「飲酒詩」所佔數量頗鉅，經筆者歸納整理後，發現唐代於此類詩題中，常見習用者，有下列六種型式：

一、對　酒

以「對酒」爲命題的詩作，出現最多，約計五十餘首，其中僅以「對酒」二字爲詩題者，即有十餘首之多〔註 12〕，其它如〈對酒吟〉、〈對酒行〉、〈對酒曲〉、〈對酒自勉〉、〈花下對酒〉、〈九日對酒〉、〈臘月對酒〉、〈湖上對酒行〉、〈對酒賦友人〉等等。「對酒」之作在唐代飲酒詩中，最具普遍性與代表性，略舉一詩，或可窺其全豹：

韋莊〈對酒〉（卷六九五）

何用巖棲隱姓名，一壺春酎可忘形。伯倫若有長生術，直到如今醉未醒。

二、勸　酒

以「勸酒」爲命題的詩作，出現亦不少，白居易〈勸酒〉十四首（卷四五〇），即分別以〈何處難忘酒〉與〈不如來飲酒〉各七首，抒發其勸人飲酒之意。唐代以「勸酒」二字爲詩題的，亦有十餘首〔註 13〕，其它如：〈山人勸酒〉、〈勸僧酒〉、〈自古無長生勸姚合酒〉、〈花下自勸酒〉等等，計約二十餘首，略舉一詩例如下：

戴叔倫〈勸酒〉（卷二七四）

寒郊好天氣，勸酒莫辭頻。擾擾鍾陵市，無窮不醉人。

三、置　酒

以「置酒」爲命題的詩作，如：〈置酒行〉有三首，〔註 14〕其它

〔註 12〕詩題「對酒」者有：李白二首（卷一八二、一八四）、王建（卷三〇一）、白居易八首（卷四三三、四四〇、四四九）、趙牧（卷五六三）、曹鄴（卷五九三）、韋莊（卷六九五）。

〔註 13〕詩題「勸酒」者有：孟郊（卷三七四）、白居易十六首（卷四四四、四五〇、四六二）、李敬方（卷五〇八）、于武陵（卷五九五）、轟夷中（卷六三六）、徐夤（卷七〇八）。

〔註 14〕詩題「置酒行」者有：李益（卷二八二）、劉綺莊（卷五六三）、陸龜蒙（卷六二一）。

如：〈置酒坐飛閣〉、〈故園置酒〉、〈金陵鳳凰台置酒〉、〈下終南山過
斛斯山人置酒〉等等，約計有二十餘首，略舉一詩例：

　　劉希夷〈故園置酒〉（卷八二）

　　　　酒熟人須飲，春還鬢已秋。願逢千日醉，得緩百年憂。舊
　　　　里多青草，新知盡白頭。風前燈易滅，川上月難留。栖栖
　　　　魯孔丘，平生能幾日，不及且遨遊。

四、贈　酒

　　「贈酒」是以受贈者或贈予者酬答為命題，故詩題不定全為「贈」
字，或作「寄」「送」「惠」等不同的字詞，如：〈劉兵曹贈酒〉、〈寄
李袁州桑落酒〉、〈酬李紺歲除送酒〉、〈友人許惠酒以詩徵之〉等等，
合計約三十餘首。唐代詩人，杯酒論文，友朋之間寄酒贈酒之風頗尚，
此類題材，在唐詩中亦頗具特采，略舉一詩例如下：

　　徐夤〈白酒兩瓶送崔侍卿〉（卷七〇九）

　　　　雪化霜融好潑醅，滿壺冰凍向春開。求從白石洞中得，攜
　　　　向百花巖畔來。幾夕露珠寒貝齒，一泓銀水冷瓊杯。湖邊
　　　　送與崔夫子，惟見嵇山盡日頹。

五、攜　酒

　　以「攜酒」為命題的詩作，如：〈醉為馬墜諸公攜酒相看〉、〈同
諸客攜酒早看櫻桃花〉、〈夢得臥病攜酒相尋先以此寄〉、〈夜攜酒訪崔
正字〉等等，共計十餘首，略舉詩例如下：

　　白居易〈攜酒往朗之莊居同飲〉（卷四五九）

　　　　慵中又少經過處，別後都無勸酒人。不挈一壺相就醉，若
　　　　為將老度殘春。

六、飲　酒

　　以「飲酒」為命題的詩作，如：〈嘲王歷陽不肯飲酒〉、〈飲秦王
酒〉、〈飲新酒〉、〈早飲湖州酒寄崔使君〉、〈飲酒樂〉等等，約計有十
餘首，略舉一詩例如下：

　　顏萱〈戲張道人不飲酒〉（卷七二七）

　　　　言自雲山訪我來，每聞奇祕覺叨陪。吾師不飲人間酒，應

待流霞即舉杯。

其它詩題有「酒」的作品，尚有「酒醒」（如：李中〈酒醒〉卷七四九）、「酒熟」（如：白居易〈冬初酒熟〉卷四五五）、「酒肆」（如：鍾離權：〈題長安酒肆壁三絕〉卷八六〇）、「乞酒」（如：李濤〈春社從李昉乞酒〉卷七三七）、〈命酒〉（如：劉禹錫〈和樂天燒藥不成命酒獨醉〉卷三五八）、「把酒」（如：李白〈把酒問月〉卷一七九）、「酤酒」（如：白居易〈晚春酤酒〉卷四二九）、「酒病」（如：皮日休〈酒病偶作〉卷六一五）等，數十種不同的命題型式，然因詩作皆未超過十首以上，故不特立標目詳敘。

貳、第二類

此類「飲酒詩」，其命題使用與「酒」相關之字詞者，經筆者歸納整理後，計有九種，按其詩作數量多寡排列，依次為：醉、飲、酌、醺、尊、醒、醅、杯、釀，列述於下：

一、醉

九種與「酒」的相關的字詞中，以「醉」字詩作最多，約有一百七十餘首，又可將這一類分成四種主要的小類：1. 醉後，2. 醉中，3. 醉歌，4. 醉吟。列述於下：

1. 醉 後

詩人醉後，酒氣氤氳，性情漸浩，下筆如有神助，故唐代詩題中以「醉後」為命題者極多，如：〈醉後戲題〉、〈醉後憶山中故人〉、〈醉後呈崔大夫〉等等，共計有四十餘首，其中以「醉後」二字為詩題的有五首［註15］，其它以醉後贈某人的詩作最多，如：〈醉後贈馬四〉、〈醉後贈從甥高鎮〉、〈醉後贈王歷陽〉、〈醉後贈張旭〉等等，計有十餘首，幾佔總數三分之一，「詩」「酒」「友」實為文人生活三要元。今略舉一首「醉後」的詩例如下：

［註15］詩題數「醉後」者有：王績（卷三七）、劉商（卷三〇四）、權德輿（卷三二〇）、韓愈（卷三三七）、白居易（四四二）。

王績〈醉後〉（卷三七）

阮籍醒時少，陶酒醉日多。百年何足度，乘興且長歌。

2. 醉　中

以「醉中」為命題的詩作亦頗多，共計三十餘首，如：〈醉中作〉、〈醉中看花因思去歲任〉、〈醉中間甘州〉、〈醉中詠梅花〉等，其中亦有醉中贈某人之詩作，如：〈醉中贈符載〉、〈醉中戲鄭使君〉、〈春郊醉中贈章八元〉等等，「醉後」與「醉中」皆有贈某人之作，二者在題材上本極相近，今亦略舉一首「醉中」詩例如下：

馬異〈暮春醉中寄李于秀才〉（卷三六九）

歡異且交親，酒坐開寶春。不須愁犯卯，且乞醉過中，折
草為籌筋，鋪花作錦裀。嬌鶯解言語，留客也殷勤。

3. 醉　歌

唐代詩人中，杜甫最喜以「醉歌」為題，此或與其擅長七言古風體裁有關。以「醉歌」為題的約計十餘首，杜甫獨占六首，有：〈醉時歌〉、〈醉歌行〉、〈蘇端薛復筵簡薛華醉歌〉、〈湖城東遇孟雲卿復歸劉顥宅宿宴飲因為醉歌〉、〈醉歌行贈公安顏少府請顧八題壁〉，皆為七言歌行，〈軍中醉歌贈沈八劉叟〉則為五律。今略舉一首「醉歌」詩例如下：

杜甫〈醉時歌〉（卷二一六）

諸公衮衮登台省，廣文先生官獨冷。甲第紛紛厭粱肉，廣
文先生飯不足。先生有道出羲皇，先生有才過屈宋。德尊
一代常轗軻，名垂萬古知何用。杜陵野客人更嗤，被褐短
窄鬢如絲，日糴太倉五升米，時赴鄭老同襟期。得錢即相
覓，沽酒不復疑。忘形到爾汝，痛飲眞吾師。清夜沈沈動
春酌，燈前細雨簷花落，但覺高歌感鬼神，焉知餓死填溝
壑。相如逸才親滌器，子雲識字終投閣。先生早賦歸去來，
石田茅屋荒蒼苔。儒術於我何有哉，孔丘盜跖俱塵埃。不
須聞此意慘愴，生前相遇且銜杯。

4. 醉　吟

以「醉吟」為命題的詩作約計十餘首，其中以「醉吟」二字為題的便有五首〔註16〕，而白居易在十餘首以醉吟為命題的詩作中，便囊括了二分之一，其五首分別為：〈醉吟二首〉、〈九日醉吟〉、〈早春醉吟寄太原令狐相公蘇州劉郎中〉、〈春盡日天津橋醉吟偶呈李尹侍郎〉。白居易自號「醉吟先生」，由其詩作所題，即可知白居易獨嗜「醉吟」，故以「醉吟先生」為號。今略舉一首「醉吟」詩例如下：

白居易〈醉吟〉（卷四四○）

　　兩鬢千莖新似雪，十分一醆醉如泥。酒狂又引詩魔發，日午悲吟到日西。

其它以「醉」為詩題的，尚有「醉題」（李白〈醉題王漢陽廳〉卷一八二）、「醉作」（白居易〈侯仙亭同諸客醉作〉卷四四三）、「半醉」（李群玉〈半醉〉卷五六九）、「同醉」（司空曙〈翫花與衛象同醉〉卷二九三）、「醉別」（元稹〈醉別盧頭陀〉卷四一三）、「醉眠」（劉兼〈春晝醉眠〉卷七六六）等等，數十種不同之命題型式，因每類詩作皆不足十首以上，故亦不特立標目詳敘。

二、飲

第二類的「飲酒詩」中，以「飲」字為詩題的詩作，是僅次於「醉」字，約計五十餘首，如：〈飲中八仙歌〉、〈九日龍山飲〉、〈飲李十二宅〉等，其中又可分出三種主要的小類：（一）夜飲（二）小飲（三）卯飲。列述於下：

1. 夜飲

以「夜飲」為命題者最多，如：〈夜飲東亭〉、〈幽州夜飲〉、〈夜飲朝眠曲〉、〈東樓招客夜飲〉等，計有十餘首。夜飲必與「夜」為時空背景，故詩作中多有情景交繪之句，略舉一詩例如下：

元稹〈夜飲〉（卷四○九）

　　燈火隔簾明，竹梢風雨聲。詩篇隨意贈，杯酒越巡行。漫

〔註16〕詩題「醉吟」者有：白居易（卷四四○、四五一）、張氳（卷八五二）、許碏（卷八六一）、酒肆布衣（卷八六二）。

唱江朝曲，閒微藥草名。莫辭終日飲，朝起又營營。

2. 小　飲

唐代詩人以「小飲」爲詩題者，是從劉禹錫、白居易中唐時期開始。其中白居易最喜言「小飲」，在共計十餘首的小飲詩作中，白居易即賦有六首〔註17〕，已佔半數以上。「小飲」即「小酌」之意，白居易〈雪夜小飲贈夢得〉（卷五五九）一詩中，即有此說：

> 同爲懶慢園林客，共對蕭條雨雪天。小酌酒巡銷永夜，大開口笑送殘年。久將時背成遺老，多被人呼作散仙。呼作散仙應有以，曾看東海變桑田。

3. 卯　飲

《全唐詩》中僅白居易有此詩作，雖此詩題不過四首：〈橋亭卯飲〉、〈卯飲〉、〈卯時酒〉、〈藍田劉明府攜酌相過與皇甫郎中卯時同飲醉後贈之〉；但白居易在其他詩作中，卻時有詠及「卯飲」的詩句，如：

> 明日早花應更好，心期同醉卯時杯。（〈薔薇正開春酒正濃因招劉十九張大夫崔二十四同飲〉）
>
> 耳底齋鐘初過後，心頭卯酒未消時。（〈醉吟〉）
>
> 空腹三杯卯後酒，曲肱一覺醉中眠。（〈閒樂〉）

「卯」乃地支第四位，若指時刻則爲上午五時至七時，白居易即是在晨間初醒後飲酒，「卯飲」似乃爲白居易獨具的飲酒癖嗜。宋蘇東坡亦曾偶飲卯酒，其〈答張文潛縣丞書〉曰：「偶飲卯酒醉，來人求書，不能縷縷。」，不知是否沿襲醉吟先生的嗜癖。

其它以「飲」爲詩題的尚有「獨飲」五首（王勃〈林泉獨飲〉卷五六）、「同飲」（姚合〈同衛尉崔少卿九月六日同飲〉卷四九八）、「招

〔註17〕白居易有關小飲的詩作：〈同韓侍郎遊鄭家池吟詩小飲〉（卷四三四）、〈西北省院新構小亭種竹開窗東通騎省與李常侍隔窗小飲各題四韻〉（卷四四二）、〈自題新昌居止因招楊郎中小飲〉（卷四四九）、〈因夢得酬牛相公初到洛中小飲見贈〉（卷四五六）、〈和令狐僕射聽阮咸〉（卷四五六）、〈雪夜小飲贈夢得〉（卷五五九）。

飲」（孟郊〈招文士飲〉卷三七五）等十幾種不同的命題型式，由於
詩作不多，亦不詳舉標目與詩例。

三、酌

第二類的「飲酒詩」中，以「酌」字爲題的詩作，約計三十餘首，
如：〈與張擢對酌〉、〈夜酌溪樓〉、〈殘酌晚餐〉等，其中以「獨酌」
爲題材的詩作，有二十餘首，約佔全數的三分之二。僅以「獨酌」二
字爲題的有六首（註18），其它如：〈月下獨酌〉、〈春日獨酌〉、〈獨酌
憶微之〉、〈邵齋獨酌〉、〈小圃獨酌〉，〈對雨獨酌〉等。因知唐代詩人
於「飲酒詩」中常涵蘊有生命渺然獨兀於宇宙的「孤寂感」，略舉一
詩例如下：

李白〈月下獨酌〉四首之一（卷一八二）

花間一壺酒，獨酌無相親。舉盃邀明月，對影成三人。月
既不解飲，影徒隨我身。暫伴月將影，行樂須及春。我歌
月徘徊，我舞影凌亂。醒時同交歡，醉後各分散。永結無
情遊，相期邈雲漢。

第二類飲酒詩中，以上述「醉」「飲」「酌」佔極大多數，其它六
種：醞、醒、醅、釀、尊、杯。合計不過二、三十首，如：

四、醞

白居易〈詠家醞十韻〉（卷四四九）

五、醒

段成式〈醒後〉（卷五八五）

六、醅

陸龜蒙〈看壓新醅寄懷襲美〉（卷六二五）

七、釀

趙嘏〈春釀〉（卷五五〇）

八、尊

〔註18〕詩題「獨酌」者有：王績（卷三七）、李白（卷一八二）、杜甫（卷
二二六）、權德輿（卷三二〇）、杜牧（卷五二〇、五二一）。

李建勳〈踏青罇前〉（卷七三九）

九、杯

錢起〈瑪瑙杯歌〉（卷二三六）

由於詩作篇什不多，故不再一一詳舉詩例標目。

參、第三類

因其詩題中無「酒」字，亦無與酒相關的字詞，詩題雜駁不一，在統理歸納上，不易有綱舉目張的共性，故此處不再詳予論列。

唐代飲酒詩，依其詩題及題材，別為三大類，大類中又依其命題型式，詳分為若干細目。由此統析別類的工作，祈或可對唐代飲酒詩的內容，有一概括性的體認，至於對唐代「飲酒詩」內容的探討，將於第三章再作深究。

第二章　飲酒詩的形成過程

　　每一類文學作品的形成，絕非憑空而降，自必其有孕育流衍的過程；促使文學發展與演變的原因，當然是多元性的，其中影響最鉅者，即為文學本身的發展與時代背景的演變兩大內因外緣。《毛詩序》曰：

> 治世之音安以樂，其政和；亂世之音怨以怒，其政乖；亡
> 國之音哀以思，其民困。

荀卿亦言：「亂代之徵，文章匿而采。」，文學本是時代的產物，一時代必有一時代的文學背景；《文心雕龍‧時序篇》曰：

> 時運交移，質文代變，古今情理，如可言乎？

事異事變，文學隨之，時代因素對文學的影響力，是無可置疑的；然而，文學本身的發展，也是促使新文體產生的一大基因，王國維《人間詞話》曰：

> 四言敝而有楚辭，楚辭敝而有五言，五言敝而有七言；古
> 詩敝而有律、絕，律、絕敝而有詞。蓋文體通行既久，染
> 指遂多，自成習套，豪傑之士，亦難於其中自出新意，故
> 遁而作他體，以自解脫，一切文體所以始盛而終衰者，皆
> 由於此。

文體的發展，確有其由盛而衰的定性，但在每一種文學內容凝匯成為某種體裁之初，必定是從汎濫小流，漸漸聚引合注而成千頃波，所謂「文章與世變更，機括往往先露。」，「飲酒詩」的形成過程，也是經

由先秦、兩漢胚芽新綠的「醞釀期」，與魏晉南北朝枝葉扶疏的「發展期」之後，方有唐代華實碩美的「鼎盛期」。

本章所探討的重心，即在「飲酒詩」的形成過程中，以各個時代獨具的背景與文學發展等要因，在飲酒詩中所呈現的各種不同異彩與特色，作為本章主題。

飲酒詩的發展過程，茲分三期：

壹、胚芽新綠的「醞釀期」

「醞釀期」：自先秦至兩漢。先秦時期以詩經、楚辭為詩歌文學代表，故本文針對其中涉及飲酒的作品，予以析論。此外，《書經‧周書‧酒誥》亦列入討論範圍。兩漢時期，則以酒賦、酒箴，以及與飲酒有關的詩歌作品為主。

同屬「醞釀期」的先秦、兩漢時期，其涉及飲酒的作品，乃具有下列共同特色：

一、在內容主題方面，「酒」大都只具興發詩情的作用（或引發作者感觸的媒介，或比興的依託），未成為作品中的主題，亦未形成一類特殊的詩作。

二、在思想導向方面，有二大主流：一是以儒家經世致用為主的載道思想；一是以及時行樂為主的享樂主義。

三、在題材方面，以祭祀宴飲，佔最多篇幅，其它題材，如：送行、思人、及人行樂等，大多備具，但數量不多，猶未浸盛，僅可視為飲酒詩「醞釀期」的作品。

貳、枝葉扶疏的「發展期」

「發展期」：自魏晉至南北朝。此期文人，如魏三祖及陳思王、建安七子、竹林七賢、三張二陸兩潘一左（太康詩人）、元嘉三大家、竟陵八友……等等，皆聲華掩映，足為名家，可謂「彬彬之盛，大備於時」，「飲酒詩」之所以在此期邁向枝葉扶疏的「發展期」，綜覈其因有四：

一、時代政治的逼迫，遂寄迹於酒，以求解脫。

　　二、服食（五石散）須飲酒。

　　三、仙境渺茫，轉求現世的慰藉，「酒」即最佳銷憂物。

　　四、文學形式，日求精密，使飲酒詩體製漸臻圓熟。

前三者以魏晉時期為主，後者則以南北朝影響為鉅。至於魏晉時期的飲酒作品，可分三大類予以探討：

　　一、與「酒」有關的文體（包括賦、書、頌、箴、讚、誥、戒）。

　　二、詩歌。

　　三、陶淵明的飲酒詩。

上述第一、二類，大致沿承兩漢時期的作品類型，而第三類大詩人陶潛，則是為飲酒詩開闢出涵融思想神理的境界，故特立一目以論之。

　　南北朝時期，筆者乃著重於探討「飲酒詩」形式方面的各種技巧，對偶、聲律、用典、辭采等，以及在題材方面種種獨具特色的創作，以見其埒美前修，垂裕來葉，為唐代飲酒詩大啟津塗的功績。

參、華實碩美的「鼎盛期」

　　「鼎盛期」即為本文研覈的重心──唐代。歷來唐詩的分期多以明代高棅《唐詩品彙》所分：初唐、盛唐、中唐、晚唐四期為主，此處亦採是說；然因第三、四章將有針對唐代飲酒詩內容與形式方面的析論，故本期將不再依前兩期以對飲酒作品的歸納董理為立說重點，而是分別就唐詩四期中，最具代表性的飲酒詩人，及其詩風特色，作一鳥瞰式的綜論：

　　一、初唐飲酒詩：以王績為大家，其詩風特色仍承襲「嘗愛陶淵明，酌醴焚枯魚」（〈薛記室收過莊見尋率題古意以贈〉）的正始餘風為主，尤其以陶詩為典範。

　　二、盛唐飲酒詩：以李白為盟主，其詩風特色則透顯出一位不羈之天才「痛飲狂歌」的浪漫色彩。

　　三、中唐飲酒詩：以白居易為領袖，其詩風特色則涵有「舉目非不見，不醉欲如何」（〈勸酒寄元九〉）的大眾化與現實意義，而有著極濃郁的人間性。

四、晚唐飲酒詩：以皮陸二人爲名手（皮日休、陸龜蒙），由兩人各詠酒物十六種（酒星、酒泉、酒篘、酒牀、酒壚、酒樓、酒旗、酒尊、酒城、酒鄉、酒池、酒龍、酒甕、酒船、酒鎗、酒杯），即可窺知晚唐「體愈雕鏤」（沈騏〈詩體明辨序〉）的詩風特色。

至於「飲酒詩」之所以在唐代而臻至藝術高峯，必然有其因素背景的存在。無可諱言，政治的良窳，自有一定的影響力；但是，若就唐代特稟的人文結構而論，宗教方面有佛道的盛行，文化方面有南北種族的大匯溶，社會方面有進士與娼妓關係的密切，以上種種的人文新蘄向，對唐代飲酒詩成爲華實碩美的「鼎盛期」，皆有極鉅的促引與推進之功。

「飲酒詩」由醞釀、發展而至鼎盛的形成過程，正如一株娉婷異卉，由胚芽新綠而至枝葉扶疏以至於華實碩美的生成演化，以下分就三期，予以述論。

第一節　胚芽新綠的「醞釀期」——先秦兩漢

壹、先秦時期

先秦，在中華民族的歷史文化流程中，乃有其不可撼動的地位。就文學史而論，它即爲中國樹立了兩種風格迥異——素樸與激情、寫實與浪漫——的文學類型：《詩經》與《楚辭》。本節即以兩種南、北不同文化色彩的文學鉅作，做爲主要探討對象。其次，《尚書·酒誥》以酒爲「大亂喪德」的罪魁禍首，影響頗爲深遠，故亦特立一目以論之。

一、《詩經》

《詩經》爲中國最早的詩歌總集，它呈顯出文學發展的趨勢，乃由宗教儀式與君主貴族愉樂的階段，進而有對社會生活及民眾感情的表現，即所謂「飲者歌其食，勞者歌其事。」〔註1〕。這種文學流衍

〔註1〕見何休《公羊傳》宣公十五年「什一行而頌聲作矣」句註。

的軌迹，《詩經》中的飲酒詩作，正可呈映出其演化的迹痕。筆者依《詩經》所呈現的飲酒詩內容，類分爲下列數種題材：

1. 烝畀祖妣

《周頌‧豐年》

> 豐年多黍多稌，亦有高廩。萬億及秭，爲酒爲醴，烝畀祖妣，以洽百禮，降福孔皆。

周人的興起，建立在農稼播植上豐碩傑出的成就。周的創世先祖后稷，即是教民稼穡五穀農事者，《詩經》文學的素樸氣息，即因孕育根植於大地之中，而與宗教祭祀有著血肉相連之親。《禮記‧郊特牲》曰：「萬物本乎人，人本乎祖。」，源於上古社會的宗教心理，故「祭祖」、「祭天」、「社祭」之類祝頌記讚的「烝畀祖妣」題材，佔有《詩經》極大的篇幅份量。「酒」在祭儀中，是一不可或缺的奠品，宗廟烝嘗、春秋社祭，皆以酒爲獻祭，如：

《周頌‧絲衣》

> 絲衣其紑，戴弁俅俅。自堂徂基，自羊徂牛。鼐鼎及鼒，兕觥其觩，旨酒思柔，不吳不敖，胡考之休。

《大雅‧旱麓》

> 清酒既載，騂牡既備。以享以祀，以介景福。

《大雅‧鳧鷖》

> 爾酒既清，爾殽既馨。公尸燕飲，福祿來成。

《小雅‧楚茨》

> 以爲酒食，以享以祀，以妥以侑，以介景福。

「酒」既身負「以洽百禮」「以介景福」的重責大任，則其釀製過程的嚴謹必可知，《禮記‧月令》載曰：

> 孟冬，乃命大酋，秫稻必齊，麴糵必時，湛熾必潔，水泉必香，陶器必良，火齊必得，六者盡善，更得醴漿，則酒人之事過半矣。

釀造過程中，對酒材、酒母、酒器的精挑細揀，對時間、火侯的精準

老到，絲毫不得苟且。在《周禮・天官》中，也設有酒正、酒人〔註2〕，專司酒事。由上各項細文成規，可知周代的酒制已頗具規模，「酒」在人文生活中已具一定的影響力。所以，在《詩經》「烝畀祖妣」的題材中，「酒」雖僅作爲祭儀中的奠供品，在思想或內容方面，未能賦予任何特殊獨具的蘊義，但在中國歷史文化的傳承統緒中，其所涵具的「慎終追遠」精神，實可謂儼然尚矣！

2. 燕樂嘉賓

《小雅・鹿鳴》

> 呦呦鹿鳴，食野之苹。我有嘉賓，鼓瑟吹笙。吹笙鼓簧，
> 承筐是將。人之好我，示我周行。
>
> 呦呦鹿鳴，食野之蒿。我有嘉賓，德音孔昭。視民不恌，
> 君子是則是傚。我有旨酒，嘉賓式燕以敖。
>
> 呦呦鹿鳴，食野之芩。我有嘉賓，鼓瑟鼓琴。鼓瑟鼓琴，
> 和樂且湛。我有旨酒，以燕樂嘉賓之心。

《詩序》曰：「鹿鳴，燕群臣嘉賓也。」君主待臣如賓之禮，故君臣之情洽而得通其意。朱熹《詩經集傳》曰：

> 君臣之分，以嚴爲主，朝廷之禮，以敬爲主。然一於嚴敬，
> 則情或不通，而無以盡其忠告之益。故先王因其飲食聚會
> 而制爲燕饗之禮，以適上下之情。

君主燕樂嘉賓，洽通上下之情，乃以「酒」使之和樂忻愉。

又，《小雅・魚麗》

> 魚麗於罶，鱨鯊。君子有酒，旨且多。
> 魚麗於罶，魴鱧。君子有酒，多且旨。

〔註2〕《周禮・天官・酒正》：「掌酒之政令，以式法授酒材，凡爲公酒者，亦如之。辨五齊之名，一曰泛齊，二曰醴齊，三曰盎齊，四曰緹齊，五曰沈齊。辨三酒之物，一曰事酒，二曰昔酒，三曰清酒。辨四飲之物，一曰清，二曰醫，三曰漿，四曰酏。掌其厚薄之齊，以共王之四飲三酒之饌。……」《周禮・天官・酒人》：「掌爲五齊三酒，祭祀則共奉之，以役世婦，共賓客之禮酒，飲酒而奉之，凡事共酒而入于酒府，凡祭祀共酒以往，賓客之陳酒亦如之。」，周代酒官之繁複，已見一斑。

> 魚麗於罶，鰋鯉。君子有酒，旨且有。

《小雅・南有嘉魚》

> 南有嘉魚，烝然罩罩，君子有酒，嘉賓式燕以樂。
> 南有嘉魚，烝然汕汕，君子有酒，嘉賓式燕以衎。
> 南有樛木，甘瓠纍之，君子有酒，嘉賓式燕綏之。
> 翩翩者鵻，烝然來思，君子有酒，嘉賓式燕又思。

朱傳言二篇皆爲燕饗通用的樂歌，兩篇詩中都有「酒」，且分別統貫以「君子有酒」，以及「君子有酒，嘉賓式燕」詩句，近人陳世驤在〈原興：兼論中國文學特質〉〔註3〕認爲：回溯歌曲的題旨，流露出有節奏感，有表情的章句，這些章句構成主題，如此發起一首歌詩，同時決定此一歌詩音樂方面乃至情調方面的特殊型態，尤其以「反覆迴增」的高度技巧運用，使整首詩顯得音韻和諧、意象統一，此乃詩經中所謂的「興」——歌舞合一的精神。

　　上述所列以「燕樂嘉賓」爲題材的詩篇，在藝術技巧上，「酒」已有做爲詩中興發的主要樞環所在，然其仍爲主題的附庸，因詩三百仍以「酒食者，所以合歡也。」（《史記・樂記》）的實用觀點視之，未具文學殊義。此類題材，迄至魏晉時期，乃發展衍生爲「傲雅觴豆之前，雍容衽席之上。」（《文心雕龍・時序篇》）的一群門士賓客於公讌與宴制之時所作，其乃代表貴族文學的一支後裔，然而，若純就藝術思想價值而論，此類題材的成就，可說是微乎其微的。

3. 親朋歡飲

《豳風・七月》：（第六、八章）

> 六月食鬱及薁，七月亨葵及菽，八月剝棗，十月穫稻。爲此春酒，以介眉壽。……二之日鑿冰沖沖，三之日納于凌陰。四之日其蚤，獻羔祭韭。九月肅霜，十月滌場。朋酒斯饗，曰殺羔羊。躋彼公堂，稱彼兕觥，萬壽無疆。

六、八章寫田家樂居生活，當五穀蔬果豐收後，豳人乃以春酒助壽，

〔註3〕見陳世驤《文存》，頁219，志文出版社。

朋儕歡飲，稱觥慶上。人與人之間洋溢著溫厚和諧的情意，也反映了群體生活的欣悅情懷。自古以來，人倫關係的互敬互愛，皆是先民心中最真摯的深情。

《小雅‧常棣》：（第六章）

> 儐爾籩豆，飲酒之飫。兄弟既具，和樂且孺。

《小雅‧伐木》：（第二章）

> 伐木許許，釃酒有藇。既有肥羜，以速諸父。寧適不來，
> 微我弗顧。於粲洒埽，陳饋八簋。既有肥牡，以速諸舅。
> 寧適不來，微我有咎。

《鄭風‧女曰雞鳴》：（第二章）

> 弋言加之，與子宜之。宜言飲酒，與子偕老。琴瑟在御，
> 莫不靜好。

兄弟和睦、夫婦敬愛、親朋歡飲，顯現和樂融融的溫馨親情。詩經以「酒」作為洽愉人倫關係的潤劑，或君臣、或夫婦、或兄弟、或朋友，甚至人神之間的溝通，都以「酒」作為交流情感與完成祭儀的主要孔道。上述三種題材：「烝畀祖妣」、「燕樂嘉賓」、「親朋歡飲」，在《詩經》飲酒之作中占極大部份。

4. 送行餞別

《邶風‧泉水》

> 毖彼泉水，亦流于淇。有懷于衛，靡日不思。孌彼諸姬，
> 聊與之謀。
> 出宿于泲，飲餞于禰。女子有行，遠父母兄弟。問我諸姑，
> 遂及伯姊。
> 出宿于干，飲餞于言。載脂載舝，還車言邁。遄臻于衛，
> 不瑕有害。
> 我思肥泉，茲之永歎。思須與漕，我心悠悠。駕言出遊，
> 以寫我憂。

《詩經》詠及置酒餞行的篇章，又有《大雅‧崧高》：（第六章）

> 申伯信邁，王餞于郿。申伯還南，謝于誠歸。王命召伯，

　　　　徹申伯土疆。以峙其粻，式遄其行。

　　《大雅‧韓奕》：（第三章）

　　　　韓侯出祖，出宿于屠。顯父餞之，清酒百壺。其殽維何，
　　　　炰鱉鮮魚。其蔌維何，維筍及蒲。其贈維何，乘馬路車。
　　　　籩豆有且，侯氏燕胥。

古有送別餞飲之風，《毛傳》曰：

　　　　祖而設舍軷，飲酒於其側，曰餞。

清陳奐《毛詩傳疏》曰：

　　　　祭軷畢，而即於道神之側送之者，設飲酒焉，是曰餞。

將行而祭道路之神者，曰軷〔註4〕，祭後飲酒餞送行人，此類「送行
餞別」的題材，在《詩經》中尚無以刻繪離情別恨爲主的作品，「酒」
在詩中，僅作爲「祖道之祭」的必備供品，未具文學象徵意義。然此
類題材發展至唐代，不僅詩作篇數大量增加，並且「酒」已成爲刻繪
詩人情志寓意的主要興發物，祭祖儀式則幾已不受重視。由此亦可知
《詩經》飲酒詩的最大特色，乃是蘊涵有極濃厚的宗教與貴族色彩，
飲酒詩亦呈映出文學流衍的軌跡。

5. 及時行樂

　　《唐風‧山有樞》

　　　　山有樞，隰有榆。子有衣裳，弗曳弗婁。子有車馬，弗馳
　　　　弗驅。宛其死矣，他人是愉。
　　　　山有栲，隰有杻。子有廷內，弗洒弗埽。子有鐘鼓，弗鼓
　　　　弗考。宛其死矣，他人是保。
　　　　山有漆，隰有栗。子有酒食，何不日鼓瑟。且以喜樂，且
　　　　以永日。宛其死矣，他人入室。

全篇詩旨有勸人當及時行樂之意〔註5〕，故言車馬衣裳、鐘鼓廷室、
酒食琴瑟等，當及時享受取歡。第三章首尾均同前二章，惟換韻。至

〔註4〕《詩經‧大雅‧生民》：「取羝以軷」，傳曰：「軷，道祭也。」，謂祭
　　　　道路之神。
〔註5〕此詩說者不一，至爲紛紜，此處採王質《詩總聞》說法。各家詩說可
　　　　參見張學波《詩經篇旨通考》，頁140，廣東出版社。

中間四句則突然改變章法結構，以子有酒食一語，引起下面三句，有酒食則不可無音樂助興，而「且以喜樂，且以永日」實爲全詩重心所指。由於生命的促忽易逝，生涯的轗軻困頓，「喜樂」與「永日」皆非可得，故亟言當及時行樂。

又如《小雅·頍弁》：(第三章)

> 有頍者弁，實維在首。爾酒既旨，爾殽既阜。豈伊異人，
> 兄弟甥舅。如彼雨雪，先集維霰。死喪無日，無幾相見。
> 樂酒今夕，君子維宴。

此則慨嘆老既已至，將無多日，相見歡娛之時既無幾，故今夕當樂飲以盡歡，「樂酒今夕」與「且以喜樂，且以永日」，皆是圖以「酒」來排摒對「死亡」的怵心恐悸，這種藉「酒」以逍遙宇內的享樂主義，實呈顯出了人性中既真實又脆弱的本質（而且是古今如一的），小我生命的無常與宇宙化運的永恒，在二者相互矛盾對映中，身稟七情的人類，自然會觸發其悒鬱與哀痛之情，而興起「及時行樂」的感懷，「酒」則是最佳的忘憂物。所以，此類題材，在《詩經》中雖猶屬罕作，但降至漢魏，卻已成爲飲酒詩中的主體。

6. 銷憂解懷

《周南·卷耳》

> 采采卷耳，不盈頃筐，嗟我懷人，寘彼周行。
> 陟彼崔嵬，我馬虺隤，我姑酌彼金罍，維以不永懷。
> 陟彼高岡，我馬玄黃，我姑酌彼兕觥，維以不永傷。
> 陟彼砠矣，我馬瘏矣。我僕痛矣，云何吁矣。

勞人思歸而不得，乃藉酒以消弭其傷懷愁緒。此外，《邶風·柏舟》詩中亦有藉酒消愁之作：

> 汎彼柏舟，亦汎其流。耿耿不寐，如有隱憂。微我無酒，
> 以敖以遊。
> 我心匪鑒，不可以茹。亦有兄弟，不可以據。薄言往愬，
> 逢彼之怒。
> 我心匪石，不可轉也。我心匪席，不可卷也。威儀棣棣，

　　不可選也。

　　憂心悄悄，慍于群小。覯閔既多，受侮不少。靜言思之，
　　寤辟有摽。

　　日居月諸，胡迭而微？心之憂矣，如匪澣衣。靜言思之，
　　不能奮發。

《詩序》云：「此仁而不遇也。」懷才之士，見柏舟空汎於水而無用，因而興起懷才不遇的心情，心中憂痛難寐，雖然有酒，也只可能換得「舉杯銷愁愁更愁」的無奈與惘然。上述二篇詩作，一是思歸而愁結，一是不遇而鬱生，因之，一位只好意興索然地「姑酌」，一位則更怨悱之至而言「微我無酒」，雖有酒亦無法銷解其悒黯愁容。《詩經》中此類藉酒以「銷憂解懷」的作品，因其愁端各有不同，進而衍生了飲酒詩中有遊子鄉愁與宦途蹭蹬之類題材的作品；「及時行樂」的題材，若要嚴格地界定，也應隸屬於藉酒以「銷憂解懷」之作，但這類題材（及時行樂）有一特色，即其愁因大多緣於深感「生命的奄忽易逝」，因而興起「及時行樂」之念，故詩中的「酒」，狀似取樂（〈山有樞〉：「且以喜樂」、〈頍弁〉：「樂酒今夕」），實則愈苦愈憂。「及時行樂」實亦以「酒」寫「愁」，在藉酒恣情行樂的假象當中，生命的積鬱，乃更逼顯而出。

　　此外，《詩經》尚有關於「荒湛于酒」的誡酒題材，此處暫不作論述，當於《尚書・酒誥》中，一併探討。

　　三千年前，周代仍屬神權社會，君主藉宗教祭儀的權威性，以統攝維繫民心，在實用及宗教內涵的結合下，「政教合一」的觀念逐漸形成，因而國家所施行的禮制中，乃以祭祀最尊，凡天地之郊祀、山川之封禪、祖禰之廟，皆極嚴穆慎重。《詩經》文學發孕在此種時代背景之下，故其所詠多半涉及廟堂與貴族樂歌，或祭祀之作，或宴樂之作；其中部份有關飲酒的詩篇，就「主題」而言，「酒」僅為其中陪襯興發之物，並且其象徵宗教儀節的意義，遠勝於文學上的價值。但是，就「題材」與「語言」二者而言，則《詩經》已是孕具了「飲

酒詩」的胎息與特色。題材方面，其已涵有烝畀祖姚、燕樂嘉賓、親
朋歡飲、送行餞別、及時行樂、銷憂解懷（包括思歸鄉愁與仁人不遇）
等，各類題材作作品的數量雖未浸盛，然詩中已透露真訣，而有「享
樂主義」以及與「愁」交替相代的文學象徵意義。

　　語言方面，詩經中也有一套與「酒」相關的慣用語彙，動詞的使
用以「飲」字最普遍，如：「宜言飲酒」、「飲酒之飫」、「飲酒溫克」、
「飲酒孔偕」、「巷無飲酒」、「湛樂飲酒」等；「酌」字亦多見，如：「且
以酌醴」、「酌彼康爵」、「酌言嘗之」、「如酌孔取」等。此外，《詩經》
慣用「旨」（美也）字來稱讚酒，如：「君子有酒，旨且多」、「彼有旨
酒，又有佳餚」、「旨酒思柔」、「酒既和旨」、「旨酒欣欣」、「既飲旨酒」
等，「旨酒」為先秦時稱稱述「酒」最常見的語彙。詩經中亦有運用
精巧的修辭技法，如：「維北有斗，不可挹酒漿」（《小雅·大東》）斗，
星名，似勺，有柄。以其雖似斗勺而不可以用來挹注酒漿，而比喻徒
具其名其形而已；又，《小雅·節南山》：「憂心如酲，誰秉國成。」
酲，病酒也〔註6〕，以國政動亂，因而心憂有如病酒一般；又，《大雅·
桑柔》：「聽言則對，誦言如醉。」，乃以聞順從之言，則喜而答之，
聞諷諫之言，則如醉人之不能省；以上所舉，皆是運用與「酒」相關
的事物，作為比擬，造成修辭技巧上，設喻精妙，發人深思的「譬喻」
法。

　　「飲酒詩」在《詩經》文學中，雖僅具附庸地位，未能形成一類
特殊的詩作，亦未為作品的主題宏旨所在；然而，在題材、語言方面
的廣泛運用與創作上，《詩經》實為蔚成「飲酒詩」豐饒面貌的原始
胎息所源之處。

二、《楚辭》

　　西元前四世紀的《楚辭》，繼《詩經》而崛起於南方，它已突破
了兩世紀前《詩經》的四言基本句式，而有著曼長流利，變化特多，

〔註6〕傳曰：「酲，病酒也。」，《孔疏》：「說文云：酲，病酒也，醉而覺，
　　　言既醉得覺，而以酒為病，故云病酒也。」

兼具散文靈活性和詩歌韻律美的諸種文學特質，尤其在風格和手法上，皆是浪漫而鋪張，多為個人情感的抒發與幻想。《楚辭》表現在飲酒方面的篇什不多，經筆者的統理，僅〈東皇太一〉、〈東君〉（九歌）、〈招魂〉、〈大招〉、〈漁父〉五篇中，有涉及飲酒之作，且其題材也與《詩經》類似，大多以宗教祭祀為主（前四篇即是），而〈漁父〉篇則別具風貌，今茲分此二類作探討。

1. 宗教祭祀

「東皇太一」為楚國的尊神，「東君」為日神〔註 7〕，「招魂」為楚地風俗，以祈祭招歸魂，「大招」與「招魂」同為招祭靈魂之作〔註 8〕。總上四篇，都是與祭儀有關的作品，其涉及飲酒的詩句如下：

> 吉日兮辰良，穆將愉兮上皇。撫長劍兮玉珥，璆鏘鳴兮琳琅。瑤席兮玉瑱，盍將把兮瓊芳。蕙肴蒸兮蘭藉，奠桂酒兮椒漿。……（〈東皇太一〉）
>
> 暾將出兮東方，照吾檻兮扶桑。……操余弧兮反淪降，援北斗兮酌桂漿。撰余轡兮高駝翔，杳冥冥兮以東行。（〈東君〉）
>
> ……瑤漿蜜勺，實羽觴些，挫糟凍飲，酎清涼些，華酌既陳，有瓊漿些，歸來反故室，敬而無妨些。……（〈招魂〉）
>
> ……四酎並孰，不澀嗌只，清馨凍飲，不歠役只，吳醴白蘗，和楚瀝只，魂兮歸徠，不遽惕只。……（〈大招〉）

〔註 7〕九歌為巫覡的祭歌形式。王逸《楚辭·章句》：「昔楚國南郢之邑，沅湘之間，其俗信鬼而好祠，其祠必作歌樂鼓舞以樂諸神。屈原既放逐，竄伏其域，懷憂苦毒，愁思怫鬱，出見俗人祭祀之禮，歌舞之樂，其辭鄙陋，因為作九歌之曲。」其中，東皇太一為尊神上皇，東君為日神，參見姜亮夫《屈原賦校註》，頁 201 及 253，華正書局。

〔註 8〕招魂為楚地古俗。朱熹《楚辭集注本》《禮記·檀弓篇》而云：「古者人死，則使人以其上服升屋履危，北面而號曰：皋，某復。遂以其衣三招之乃下，以覆尸，此禮所謂復也。而說者以為招魂復魄，又以為盡愛之道，而有禱祠之心者，蓋猶冀其復生也，如是而不生則不生矣。於是乃行死事，此制禮之意也。而前楚之俗乃或以是施之生人……。」其它說證，詳見傅錫壬《新譯楚辭讀本》頁 168，三民書局。

《楚辭》慣用鋪陳手法，從上述所陳列的：桂酒（桂漿）、椒漿、瑤漿、瓊漿、四酎、吳醴、白糵、楚瀝，諸種的酒類名目，已可見一斑，《楚辭》實已大大增富了酒的文句語彙。若就南方文學所獨具的浪漫精神而言，《楚辭》云：「援北斗兮酌桂漿」（〈東君〉），而《詩經》卻云：「維北有斗，不可以挹酒漿。」（〈小雅・大束〉），雖皆具想像力，然而，一是以實用寫眞的態度觀照，一則是浪漫而突顯，南北不同的文學色彩，立見昭彰。在修辭方面，《楚辭》中的「蕙肴蒸兮蘭藉，奠桂酒兮椒漿。」即爲「當句對」〔註9〕，唐詩中多以之爲謳詠，如：

　　野席蘭琴奏，山臺桂酒醲。（李嶠〈夏晚九成宮呈同僚〉卷六一）
　　木蘭泛方塘，桂酒啓皓齒。（權德輿〈六府詩〉卷三二七）
　　蘭舟倚行棹，桂酒掩餘罇。（杜牧〈陵陽送客〉卷五二六）

詩作中以蘭、桂爲名對者，皆乃《楚辭》啓其津塗也。

　　以上所舉的飲酒詩句，雖其主題以宗教祭祀爲主，「酒」僅作興發之物，但在語言及修辭技巧上，《楚辭》在「飲酒詩」的形成過程中，亦頗具醞釀之功。

2. 生命情懷

　　〈漁父篇〉，經後代學者考證，約爲秦代或西漢初年的作品〔註10〕，然漢魏以來，皆視爲屈原所作，且其中的名句：「舉世皆濁我獨清，眾人皆醉我獨醒」，千百年來已成爲騷人遷客生命情懷的寫照，故特別加以討論。

　　〈漁父篇〉藉由屈原和漁父的對答，顯示出屈原的人生抉擇，也引發了儒、道思想中，入世、出世的價值爭辯。屈原言：「安能以身之察察，受物之汶汶。」，漁父則言：「聖人不凝滯於物，故能與世推移。」，儒、道思想之不同，遂衍生成中國知識份子「仕」與「隱」

〔註9〕洪邁《容齋隨筆》：「古人詩文或於一句中自成對偶，謂之當句對，蓋起於『蕙肴蘭藉，桂酒椒漿』也。」
〔註10〕詳見游國恩《楚辭概論》，頁199，九思出版社。

的糾結壁壘，仕是肯定立身價值的儒家所提倡，隱是追求精神自由的
道家所感悟，屈原激切入世的熱忱，代表儒家傳統的載道思想，後世
飲酒詩中，對這位不肯「餔其糟而歠其醨」的千古獨醒者，時常以「反
諷」的方式呈現在文意之內。陶酒〈飲酒詩〉第十三首：

> 有客常同止，取舍邈異境。一士長獨醉，一夫終年醒。醒
> 醉還相笑，發言各不領。規規一何愚，兀傲差若穎。寄言
> 酣中客，日沒燭當秉。」

白居易〈效陶潛詩〉（卷四二八），論之更顯明：

> 楚王疑忠臣，江南放屈平。晉朝輕高士，林下棄劉伶。一
> 人常獨醉，一人常獨醒。醒者多苦志，醉者多歡情。歡情
> 信獨善，苦志竟何成。兀傲甕間臥，憔悴澤畔行。彼憂而
> 此樂，道理甚分明。願君且飲酒，勿思身後名。

飲酒詩的思想主體，乃以道家爲淵藪，從〈漁父篇〉中，屈原與漁父
的問答，即可得其端倪，而後世的「飲酒詩」以屈原作爲諷誦對象，
即沿承〈漁父篇〉所揭橥的兩種截然不同的思想體系。《楚辭·漁父
篇》較諸以宗教祭祀爲主的〈東皇太一〉、〈招魂〉、〈大招〉之類的作
品，在文學影響上實更爲深遠。

三、《書經·酒誥》

《周書·酒誥》曰：

> 文王誥教小子有正有事，無彝酒。越庶國，飲惟祀，德將
> 無醉。

文王誡訓宗室群臣，勿常飲酒，惟祭祀時可飲，然仍需以道德來扶持
約束，不腆于酒，不及于亂。常酒者，則天子失其國，匹夫失其身。
殷商紂王即因縱淫酗身，以至亡國，《酒誥》載曰：

> 惟荒腆于酒，不惟自息乃逸。厥心疾很，不克畏死。辜在
> 商邑，越殷國滅無罹，弗惟德馨香祀登聞于天。誕惟民怨，
> 庶群自酒，腥聞在上，故天降喪于殷，罔愛于殷，惟逸。
> 天非虐，惟民自速辜。

〈酒誥〉以酒爲荒淫之源，凡淫於酒者，必喪其身亡其國。《尚書》

其它的篇章，如〈胤征〉：「惟時羲和，顚覆厥德，沈亂于酒，畔宮離次，俶擾天紀，遐棄厥司。」；〈微子之命〉：「惟子若曰：父師、少師，殷其弗或亂正四方，我祖底遂陳于上，我用沈酗于酒，用亂敗厥德于下。」；〈五子之歌〉：「訓有之，內作色荒，外作禽荒，甘酒嗜音，峻宇雕牆，有一於此，未或不亡。」，歸其總旨，可概乎言之爲〈酒誥〉所云：「我民用大亂喪德，亦罔非酒惟行。越小大邦用喪，亦罔非酒惟辜。」，此乃影響中或數千年的正統儒家思想所極言力倡的，故《論語・子罕篇》曰：

> 子曰：出則事公卿，入則事父兄，喪事不敢不勉，不爲酒
> 困，何有於我哉？

孔子視「愼酒」爲品行修養的要端，故其又以「惟酒無量不及亂」（〈鄉黨篇〉）爲訓，勸示眾人飲酒，應以不亂其性做爲界綫限度。孟子也以酒爲荒淫喪亡之源，〈梁惠王篇〉曰：

> 從流下而忘反謂之流；從流上而忘反謂之連；從獸無厭謂
> 之荒；樂酒無厭謂之亡。先王無流連之樂，荒亡之行，惟
> 君所行也。

「樂酒無厭謂之亡」趙岐注：「若殷紂以酒喪國也，故謂之亡。」，此即藉茲殷鑑，作爲君子戒愼的圭臬。〈離婁篇〉亦有：「禹惡旨酒而好善言」，皆視「酒」爲喪身亡國的大蠹。《荀子・樂論》亦言：「飲酒之節，朝不廢朝，莫不廢夕。」，乃言飲酒須有節限，要能早不誤朝，暮不誤夕〔註11〕。先哲諸儒，皆誡人愼酒，以酒甘而易溺，亂必由此滋生。《詩經》中亦載有「荒湛于酒」之說：

> 文王曰咨，咨女殷商，天不湎爾以酒，不義從式。既愆爾
> 止，靡明靡晦，式號式呼，俾晝作夜。（《大雅・蕩》）

又，《大雅・抑》

> 其在于今，興迷亂于政。顚覆厥德，荒湛于酒。女雖湛樂
> 從，弗念厥紹，罔敷求先王，克共明刑。

〔註11〕晨出治事曰「朝」，日入治事曰「夕」。此言飲酒節限，早不誤朝，暮
　　　 不誤夕。見李滌生《荀子集釋》，頁469，學生書局。

「酒」是傷德敗性的罪魁元凶，並且，《詩經》以：「人之齊聖，飲酒溫克。」惟有飲酒而醉，卻猶能溫恭自持，不爲酒困者，方可稱之齊聖；由此可知，先人對酒禁的態度，實可謂戰戰兢兢，如履薄冰。

上述種種以酒爲荒淫之源的論說，在先秦時期薈匯成一股聲勢浩大的道德思想潮流，因而「酒」在先秦時期的文學地位，也只能囿限在宗教祭儀或燕樂嘉賓之類的作品中，儒家載道尚用之說，成爲遮蔽飲酒詩文學發展的翳障。在「飲酒詩」的形成過程中，先秦時期由於詩作的內容與形式，僅具雛形，大都未具一派風格，仍是以興發詩情爲主要作用，故先秦可視之爲飲酒詩的「醞釀期」。

貳、兩漢時期

兩漢時期以代表宮廷文學的「辭賦」〔註12〕與民間文學的「樂府」爲詩歌文學的兩大擎柱；一是有著丹采塗繪，「侈麗閎衍之詞」（《漢書・藝文志・詩賦略》）的貴族色彩，一則謝卻鉛華，「質而不俚，淺而能深，近而能遠。」（胡應麟《詩藪內編》卷一）的渾樸風格。這兩種無論內容、形式皆大異其趣的漢代文學，其涉及「飲酒」方面的作品，也是各具面貌；茲就漢代文體中，有特題以「酒」的篇什（包括酒賦、酒箴），以及詩歌之中，有涉及「飲酒」的作品，一一詳析於下：

一、與「酒」有關的文體

1. 賦

西漢鄒陽作〈酒賦〉，《西京雜記》：「梁孝王遊于忘憂之館，集諸遊士，各使爲賦，鄒陽爲〈酒賦〉。」，較諸子虛、上林之類體製龐博的典型漢賦，僅二百三十字的〈酒賦〉，規模極爲精短，今詳錄其文於下：

〔註12〕劉大杰《中國文學發展史》以漢賦作爲宮廷文學的代表。見第六章《漢賦的發展及其流變》頁128，華正書局。

清者爲酒，濁者爲醴。清者聖明，濁者頑駿。皆麴涅丘之
麥，釀野田之米。倉風莫預，方金未啓。嗟同物而異味，
歎殊才而共侍。流光醳醳，甘滋泥泥。醪醴既成，綠瓷既
啓。且筐且漉，載　載齊。庶民以爲歡，君子以爲禮。其
品類則沙洛涼鄅，程鄉若下。高公之清，關中白薄。清渚
縈停，凝醳醇酎，千日一醒，哲王臨國，綽矣多暇。召皤
皤之臣，聚肅肅之賓。安廣坐，列雕群。綃綺爲席，犀璩
爲鎮。曳長裙，飛廣袖，奮長纓，英偉之士，莞爾而即之。
君王憑玉几、倚玉屏，舉手一勞，四座之士，皆若餔梁焉。
乃縱酒作倡，傾盌覆觴，右曰宮中，旁亦徵揚。樂只之，
深不狂。于是錫名餌，祛夕醉，遺朝醒，吾君壽億萬歲，
常與日月爭光。

賦體以「鋪采摛文，體物寫志。」（《文心雕龍‧詮賦篇》）爲旨要，
鄒陽的〈酒賦〉，即具此特質。賦首先敘述釀製酒醪的程序，又列舉
各種品類的酒名，其後詳細描繪君臣宴樂的景況，篇末則以「德將無
醉」﹝註13﹞，聖明君主不荒腆於酒的諷諭意義作結。從內容上看，寫
的大都是聲色犬馬、服飾饌飲、燕樂嘉賓等等，呈顯出典型貴族文學
的特性，而篇終奏雅的諷諫大義，由於太過倚重在同類事物的推求或
同類文字的變換，往往掩去原初的道德意旨，變成只是一種點綴，「無
貴風軌，莫益勸戒。」（《文心雕龍‧詮賦篇》），揚雄自序傳曰：

往時武帝好神仙，相如上大人賦，欲以諷，帝反縹縹有凌
雲之志。

鄒陽「酒賦」的體製雖較小，然亦極麗靡之辭，舖張揚屬，以言酒之
美旨（如：流光醳醳，甘滋泥泥。凝醳醇酎，千日一醒等）與宴樂侈
靡（如：安廣坐、列雕席、綃綺爲席、犀璩爲鎮等），較諸先秦時期
的飲酒之作，就形式上而言，漢賦因有「合纂組以成文，列錦繡而爲
質。」﹝註14﹞的特性，故其在酒文字的冶鍊與豐富上，藉由排比列舉

─────────────

〔註13〕《尚書‧酒誥》：「文王誥教小子，有正有事，無彝酒。越庶國飲，惟
祀，德將無醉。」

〔註14〕見《西京雜記》，司馬相如：「合纂組以成文，列錦繡而爲質，一經一

的修辭方法（如：列舉酒的品類有：〈沙洛涤鄜〉、〈程鄉若下〉、〈高公之清〉、〈關中白薄〉……），展示出「酒」豐饒的語言世界，較諸先秦文學中大都以「酒」爲亡國喪身、敗德亂性之物，而絕少夸飾讚述的質木無文之詞，漢賦實亦居功不菲。就內容而言，「酒」已成爲篇名題意所指（雖其題材仍圍限在以宴樂祭祀爲主），且因賦體「鋪采擒文」的特質，原本寓涵的道德勸戒之意，大多在繡虎雕龍，錯采鏤金的文字堆砌藻飾下，隱晦湮沒，而由於溢美之辭遠勝過道德禮法的戒訓，「酒」在文學畛域中，也漸漸有所轉圜，揚雄〈酒箴〉〔註15〕即是爲「酒」闢說的力證。

2. 箴

東漢揚雄、崔駰均作有〈酒箴〉，茲載錄揚雄之作如下：

> 子猶瓶矣，觀瓶之居，居井之眉，處高臨深，動常近危。酒醪不入口，藏水滿懷，不得左右，牽於纏徽，一旦詅礙，爲甕所輾，身提黃泉，骨肉爲泥。自用如此，不如鴟夷。鴟夷滑稽，腹如大壺，盡日盛酒，人腹借酤。常爲國器，託於屬車。出入兩宮，經營公家，縣是言之，酒何過乎？

揚雄，字子雲，《漢書・揚雄傳》贊曰：

> 家素貧，嗜酒，人希至其門，時有好事者，載酒肴，從游學。

陶淵明〈飲酒詩〉二十首之十八，亦詠之曰：

> 子雲性嗜酒，家貧無由得。時賴好事人，載醪祛所惑。觴來爲之盡，是諮無不塞。……

揚雄也是杯中物的嗜好者，其〈酒箴〉之作，乃爲酒客難法度之士，

緯，一宮一商，此賦之迹也。」

〔註15〕揚雄〈酒箴〉之文與題名，錄自《漢書・游俠傳》第六十二〈陳遵傳〉。宋代無懷山人〈酒史〉，亦是作〈酒箴〉，明代夏樹芳〈酒顚〉亦題作〈酒箴〉；而曹植〈酒賦敘〉曰：「余覽揚雄〈酒賦〉，辭甚瑰瑋，頗戲而不雅，聊作〈酒賦〉，粗究其終始。」，則曹植又謂之〈酒賦〉。然「箴」者，戒也，諫也。《文心雕龍・箴銘》：「夫箴誦於官，銘題於器，名目雖異，而警戒實同。」，故《漢書・陳遵傳》載曰：「黃門郎揚雄作〈酒箴〉以諷諫成帝」，且觀其體製，亦無賦體「鋪采擒文」之特質，故採取「酒箴」爲題名。

而譬之於二物，將法度之士喻爲汲水的「瓶」，而將酒客譬作「鴟夷」〔註16〕，一是動常近危，不得左右，一則常爲國器，託於屬車。篇末乃逕言：「繇是言之，酒何過乎？」，則是爲「酒」解脱沈疴，別關新論，其已不再囿限在道德禮法的桎梏中諄諄戒訓，故《漢書·陳遵傳》載陳遵極稱賞此作，遂以之鄙張竦日：「與吾子猶是矣，足下諷誦經書，苦身自約，不敢差跌，而我放意自恣，浮湛其間，官爵功名，不減於子，而差獨樂，顧不憂邪。」揚雄酒箴，已能獨超眾類，暗渡金針，亦爲酒史之重鎮。

二、詩 歌

丁福保全漢三國晉南北朝詩所輯的《全漢詩》（卷一～五），其中涉及飲酒詩作的內容，經筆者歸納統理後，所獲致的題材，大致與《詩經》雷同，如：烝畀祖妣、燕樂嘉賓之類，大多隸屬於貴族特製的郊廟歌辭中，這些貴族樂章仍沿承《詩經》以祭祀燕饗爲主題，未具特色，故不再贅述。其它又如：送行餞別、及時行樂之類，雖猶是寢饋《詩經》舊題，但內容、形式皆已轉益精妙，自具風貌；此外，飲酒放歌：〈將進酒〉，以及艷情調笑：〈羽林郎〉，二首詩作所獨具的特色，前者爲第一首詩題有「酒」之作，後者爲第一首有「胡姬當壚」之作，都是漢代詩歌特稟的題材，茲列述於下：

1. 送行餞別

> 骨肉緣枝葉，結交亦相因。四海皆兄弟，誰爲行路人。況我連枝樹，與子同一身。昔爲鴛與鴦，今爲參與辰。昔者常相近，邈若胡與秦。惟念常乖離，思情日以新。鹿鳴思歸草，可以喻嘉賓。我有一尊酒，欲以贈遠人。願子留斟酌，敍此平生親。（蘇武詩·《全漢詩》卷二）

> 嘉會切難再遇，三載爲千秋。臨河濯長纓，念別悵悠悠。遠望悲風至，對酒不能酬。行人懷往路，何以慰我愁。獨有盈觴酒，與子結綢繆。（李陵與蘇武詩·《全漢詩》卷二）

〔註16〕鴟夷，革囊也。《漢書·陳遵傳》：「……鴟夷滑稽，腹如大壺。……」師古註：「鴟夷，革囊以盛酒。」

蘇、李流落異域的境遇。在詩歌文學創作止，乃撞擊出無數情深於淚，淚溢於辭的詩篇。上舉二詩，皆託名蘇、李，實皆僞作，其產生的時代，從詩風上看來，大約與古詩十九首前後同時〔註17〕。這類題材，《詩經》雖已有之，但是尙無以刻繪離情別恨爲主的作品，且「酒」在詩中主要是作爲祖道祭儀的陪襯，未具文學的象徵意義；而漢代的詩作，非但已對離情別恨的心境，有極深刻細緻的刻繪經營，「酒」也成爲詩中極主要的興發物，如：「我有一尊酒，欲以贈遠人。願子留斟酌，敘此平生親。」以及「對酒不能酬，行人懷往路。何以慰我愁，獨有盈觴酒，與子結綢繆。」，詩中娓娓情摯，皆在欲飲而又呑飲不下的杯酒綢繆中，呈露無餘。魏晉南北朝時期，這類題材的創作，隨詩體的成熟而漸豐，但眞正能得其碩美者，則逮有唐一代。

2. 及時行樂

> 青青陵上柏，磊磊澗中石。人生天地間，忽如遠行客。斗酒相娛樂，聊厚不爲薄。驅車策駑馬，游戲宛與洛……（古詩十九首）
>
> 驅車上東門，遙望郭北墓。……人生忽如寄，壽無金石固。萬歲更相送。賢聖莫能及。服食求神仙，多爲藥所誤，不如飲美酒，被服紈與素。（同上首）
>
> 出西門，步念之。今日不作樂，當待何時。夫爲樂，爲樂當及時。何能坐愁怫鬱，當復待來茲。飲醇酒，炙肥牛，請呼心所歡，可用解愁憂。人生不滿百，常懷千歲憂。晝短苦夜長，何不秉燭遊。……（相和歌辭·西門行）

樂府民歌涵具有「感於哀樂，緣事而發。」的寫實精神，「及時行樂」的思想題材，即是離亂時代，命如草芥，或死於兵燹，或亡於饑饉、瘟疫、屠殺等等，生存無憑，人生渺忽，甚至連求神仙長生、講藥石

〔註17〕作品時代，依劉大杰《中國文學發達史》的論據（頁213），對李陵、蘇武作五言詩的各種疑說，可參考方祖燊《漢詩研究》頁51，正中書局。

導養，都是罔然，死亡隨時都可能猝臨，人們已失去逃避或對抗命運的意志與能力，社會生活的顛仆動搖，個人的信仰以及人生觀，也跟著發生變動，因而人們只有從感歎生命飄幻易逝的悲歡中，更無奈地轉移成享受生活、緊抓住感官生活中可及的歡樂，自然而然地，「斗酒相娛樂」、「不如飲美酒」、「飲醇酒、炙肥牛」之類，秉燭夜遊、飲酒爲樂的「享樂主義」思想，便因應而滋生了。然而，享樂思想是部份「上金殿」「入金門」（雜曲：古歌），不須爲生活掙扎的階級，爲求逃避死亡的恐悸，乃圖以物質生活的饜足享受，來獲得短暫的抒解與快慰之感；然而，一般眞正以耕織溫飽的匹夫匹婦，求生已非易事，何由再獲得美酒肥羊、被服紈素的經濟境況？〔註18〕因此，這類題材所呈映的，大部份是士大夫的精神意識，其已超出物質生活的社會問題，轉向尋求人生的滿足與歸宿。

「及時行樂」之作，以《詩經‧頍弁》、〈山有樞〉爲嚆矢，迄漢代樂府民歌，乃漸漸勃興，對生命傷時歎逝之情更加強烈，爰至魏晉，遂蔚成思潮主流，此蓋亂世之徵。「酒」也因而晉陞成爲詩作中的主要題材，「飲酒詩」亦已波瀾漸濶，卓然可觀。

3. 飲酒放歌

> 將進酒，乘太白。辨加哉，詩審搏。放故歌，心所作。同陰氣，詩悉索。使萬良工觀者苦。（《全漢詩》卷一‧鼓吹曲辭〈將進酒〉）

《樂府解題》曰：

> 古詞曰：「將進酒，乘太白。」大略以飲酒放歌爲言。宋何承天〈將進酒〉篇曰：「將進酒，慶三朝。備繁禮，薦嘉肴。」則言朝會進酒，且以濡首荒志爲戒。若梁昭明太子云：「洛陽輕薄子」，但敘遊樂飲酒而已。

郭茂倩僅言「大略」，則連郭氏亦不能詳析此詩。宋嚴滄浪論及〈將

〔註18〕參見廖蔚卿《漢代民歌的藝術分析》頁303，黎明文化事業公司《文學評論》第七集。

進酒〉、〈芳樹〉等篇，亦言使人議之茫然，因而疑是歲久文字舛訛所致﹝註19﹞。清王先謙《漢鐃歌釋文箋正》，以此曲是武帝元封五年冬，南巡狩至於堯唐，望祀虞舜，進酒侑神之時作﹝註20﹞，詩並追懷舜作韶樂歌詩，及使禹治水事。

　　歷代詩人以樂府古題「將進酒」為題而作詩者，除南朝宋何承天與梁昭明太子兩人有作之外﹝註21﹞，唐代詩人李白、元稹、李賀（《全唐詩》卷十七），亦有此作，茲舉李賀「將進酒」為例：

> 琉璃鍾，琥珀濃，小槽酒滴眞珠紅。烹龍炮鳳玉脂泣，羅屏繡幕圍香風。吹龍笛，擊鼉鼓，皓齒歌，細腰舞，況是青春日將暮，桃花亂落如紅雨，勸君終日酩酊醉，酒不到劉伶墳上土。

無論內容、體式上，都更加繁複豐贍。上述詩作、詩題都有「酒」，酒也成為詩中最主要的題材，已略近「狹義飲酒詩」的義界，則漢代樂府實為其濫觴。

4. 艷情調笑：〈羽林郎〉

> 昔有布霍家姝，姓馮名子都。依倚將軍勢，調笑酒家胡。胡姬年十五，春日獨當壚。長裾連理帶，廣袖合歡襦。頭上藍田玉，耳後大秦珠。兩鬟何窈窕，一世良所無。一鬟五百萬，兩鬟千萬餘。不意金吾子，娉婷過我廬。銀鞍何

───────────

﹝註19﹞嚴羽《滄浪詩話》考證：「古詞之不可讀者，莫如巾舞歌，文義漫不可解。又古〈將進酒〉、〈芳樹〉、〈石留〉、〈豫章行〉等篇，皆使人議之茫然。又〈朱鷺〉、〈雉子斑〉、〈艾如張〉、〈思悲翁〉、〈上之回〉等，只二三句可解，豈非歲久文字舛訛而然耶？」

﹝註20﹞王先謙《漢鐃歌釋文箋正》，廣文書局。其它如：譚儀漢《鼓吹鐃歌十八曲集解》（世界）陳沆詩《比興箋》（廣文）等，皆可參考。

﹝註21﹞何承天〈將進酒〉：「將進酒，慶三朝，備繁禮，薦佳肴。榮枯換，霜霧交。緩春帶，命朋儔，車等旗，馬齊鑣。懷溫克，樂林濠。士失志，慍情勞。思旨酒，寄遊遨。敗德人，甘　醪，耽長夜，或淫妖，興屢舞，屬哇謠，形侉侉，聲號咷，首既濡，志亦荒，性命夭，國家亡。嗟後生，節酣醻，匪酒韋，孰為殃。」
昭明太子〈將進酒〉：「洛陽輕薄子，長安游俠兒，宜城溢渠盌，中山浮羽卮。」

煜爚，翠蓋空踟躕。就我求清酒，絲繩提玉壺。就我求珍
餚，金盤膾鯉魚。貽我青銅鏡，結我紅羅裾。不惜紅羅裂，
何論輕賤軀。男兒愛後婦，女子重前夫。人生有新故，貴
賤不相逾，多謝金吾子，私愛徒區區。(《全漢詩》卷二。雜
曲歌辭)

「羽林郎」為官名，漢置，掌宿衛、侍從。《後漢書‧百官志》曰：

羽林郎，掌宿衛從，常選漢陽、隴西、安定、北地、上郡、
西河六郡良家補之。

六郡皆迫近邊境要塞，在胡漢交流互市等政治、軍事因素下，產生詩
中「依倚將軍勢，調笑酒家胡」之句。這首詩在藝術表現技巧上，與
〈陌上桑〉一脈相同，都是以「烘托」的手法〔註22〕，借事物的多數
性與多樣性的組合，以完成其裝飾性，製造形貌的生動與活潑，來完
成表達情意的目的。詩中未直接描寫胡姬的美貌，而是以服飾、髮鬟
的瑰麗華艷來烘托其驚人美采，從連理帶、合歡襦、藍田玉、大秦珠，
種種精緻飾物的烘托，胡姬之美，已呼之欲出，其後又以「銀鞍何煜
爚，翠蓋空踟躕」極具權勢的金吾子對胡姬的愛慕追求，更進而襯托
胡姬蕩人心魄的綽約丰姿。由於漢樂府對胡姬的容貌形象卓特的藝術
表現，此後以胡姬為題材，納入飲酒詩的作品漸行，唐代尤盛，李白
詩作，即有多首詠及胡姬，如：

琴奏龍門之綠桐，玉壺美酒清若空。催弦拂柱與君飲，看
朱成碧顏始紅，胡姬貌如花，當鑪笑春風。笑春風，舞羅
衣，君今不醉將安歸。(〈前有一尊酒行〉。卷二四)
五陵少年金市東，銀鞍白馬度春風。落花踏盡遊何處，笑
入胡姬酒肆中。(〈少年行〉。卷二四)
銀鞍白鼻騧，綠地障泥錦。春風細雨花落時，揮鞭且就胡
姬飲。(〈白鼻騧〉。卷一六五)

從李白所作，即可尤其沿承之跡，三首詩的時間背景，與〈羽林郎〉
「春日獨當壚」的「春」相同，空間背景也都同在「酒肆」，文字取

〔註22〕同註18，頁275。

材上，如：「玉壺」（絲繩提玉壺：玉壺美酒清若空）、「當壚」（春日獨當壚：當壚笑春風）、「銀鞍」（銀鞍何煜爚：銀鞍白馬度春風、銀鞍白鼻騧）也幾乎相同。唐代詩人除李白之外，岑參、楊臣源、張祐等人，也都作有此類「胡姬當壚」的詩作，則漢代樂府實又爲「飲酒詩」中，另一新創題材的濫觴。

「飲酒詩」的形成過程中，先秦、兩漢時期皆爲胚芽新綠的「醞釀期」，此期飲酒詩的特色，在內容主題方面，尙少有以「酒」爲主要創作動機的詩作，大多爲詩中興發的媒介，未具一類特殊風格；在題材方面，若多種題材創作皆濫觴於此期，惟詩作數量不多，猶未能浸盛；思想主流則有兩大類型：一是儒家載道尙用之說，以酒爲敗德亂性、荒淫之源；一是享樂主義，以酒爲逍遙忘憂、及時行樂之物；經由「醞釀期」中，各方面的蘊孕創作，「飲酒詩」已漸在天地鴻濛的文學園苑中，凝綻出一樹胚芽新綠。

第二節　枝葉扶疏的「發展期」：魏晉、南北朝

壹、魏晉時期

自漢末政綱解紐，群雄競起，三國鼎立，征戰益繁，至兩晉之世，中國淪溺於此長期的政爭世亂中，已達二百餘年，始則篡奪相尋，兵燹匝地（內有黃巾賊亂、八王攻伐，外有五胡十六國的侵擾），繼則釋道大行，玄學風盛，終則侷促江左，苟安豫樂。基於政治、社會、宗教種種時代因素的嬗遞之下，文學的精神與作家創作的思想、態度，都有極劇的轉變，其中，儒學的衰微與老莊哲學的復活，形成魏晉玄學的興盛，即爲最明顯的呈映。這種現象「在思想上意味著對漢代儒家禮教的批評與抗拒，在現實處境上是對漢末以降的動亂局勢之逃避。」〔註23〕，處在這種迫蹙的時代下，人們對生活

〔註23〕見《中國文化新論・思想篇》。劉紀曜〈仕與隱──傳統中國政治文化的兩極〉，頁316，聯經。

的要求已退至僅求保身而已，蔡元培先生對魏晉文人思想，有一精闢的論評：

> 魏晉文人之思想，非截然舍儒而合於道佛也。彼蓋減裂而雜揉之，彼以道家之無爲主義爲本，而於佛家則僅取其厭世思想，於儒家則留其階級思想及有命論。有階級思想，則道佛兩家之人類平等觀、儒佛兩家之利他主義，皆以不相容而去之。有有命論及無爲主義，則儒家之結善，佛家之濟度，又以爲不相容而去之，於是其所餘之觀念，自尊也，厭世也，有命而無可爲也，遂集合而爲苟生之惟我論矣。(《中國倫理學史》)

「苟生之惟我論」代表魏晉文人的人生觀，因其處在政派對立，篡奪相尋的局面下，生涯轗軻，命如蜉蝣，滿懷飄零搖落之感卻欲抒無從，只好遁入隱逸放誕的生活，以「韜光遁世，養性全眞」做爲疏離或逃避的方式。於是，在思想上乃有個人、浪漫、頹廢、唯美等主義的瀰漫，在文學上有遊仙、山水、田園等派類的萌興；這些題材皆具有二項共同性質：

一、都是產生在分崩離析的離亂時代之下。

二、都寄託於某種事物，以求在現實社會中，暫時的解脫與慰藉。

「飲酒詩」亦於魏晉南北朝而有更進一步的創作與發展。干寶《晉紀總論》曰：

> 行其身者以放濁爲能事，以節操信義爲偏狹，官吏以徒取俸祿爲貴而鄙其盡義務者，以漠然蓋章於文章者爲高，而笑勤恪之士。……

在戰亂的時代中，社會不僅使人感到生死禍福的變動無常，而且也深覺道德學問權勢的空幻不足恃，因此，時人皆以嗜酒任誕爲賢，拘謹守禮爲恥，「酒」已成爲文人名士生活中，極重要且普遍的慰藉所託。葉夢得《石林詩話》曰：

> 晉人多言飲酒，有至沉醉者，此未必意眞在酒，蓋時方艱難，人各懼禍，惟託於醉，可以粗遠世故。

縱覽史傳所載名士言行，多為酣醉縱誕，唯酒是務者，如：阮籍求
為步兵校尉、劉伶以酒為名，阮咸與豕共飲、山簡倒接白　、畢卓
盜飲被縛〔註24〕等等，文人名士皆「寄酒為迹」，藉以在動盪乖舛的
政局下，苟求保身全性；然而，此期文人罹難之數，竟達二百多人。
「自古名士運數之窮，遭遇之慘，未有甚於六朝者也。由於現實環
境所逼，故六朝名士率多脫略形骸，寄情酒色，蓋欲藉酒以麻痺中
樞神經，暫時忘卻精神上之痛苦，欲藉色以障蔽他人耳目，期能躲
避政治上之迫害，其心境愈苦，斯酒色愈不能離身。」〔註25〕。在
這種政治逼迫斷害下，文人思想託寄於老莊，行為則嗜酒任誕，圖
以「酒隱」〔註26〕來忘懷得失，以此自終。「酒」因而漸成為文學作
品中極主要的題材，「飲酒詩」在魏晉時期，已跨進一大步，而邁向
枝葉扶疏的「發展期」。

　　此外，由於政治社會的混亂，文士在刀鋸鼎鑊的陰影籠罩下，不
再託乘後車；而由於生命的無常感，使人轉而求「服食」（求生命有
限的延長）、與「修行成仙」（求生命無限延長）。魏晉人士，尚食五
石散〔註27〕，服散乃有十忌，余嘉錫《寒食散考》引皇甫謐《醫心方》
曰：

　　　服散者有十忌：第一忌瞋怒，第二忌愁憂，第三忌哭泣，
　　　第四忌忍大小便，第五忌忍飢，第六忌忍渴（即酒渴），第
　　　七忌忍熱，第八忌忍寒，第九忌忍過用力，第十忌忍坐不

〔註24〕詳見《晉書·阮籍傳》（卷四九）、〈劉伶傳〉（卷四九）、〈阮咸傳〉（卷
　　　四九）、〈山簡傳〉（卷四三）、〈畢卓傳〉（卷四九）。
〔註25〕見張仁青《魏晉南北朝文學思想史》頁217。文史哲出版社。
〔註26〕〈酒隱〉引用李白〈秋于敬亭送從姪耑遊廬山序〉：「酒隱安陸，蹉跎
　　　十年」。
〔註27〕《世說新語校箋》言語第十四條載曰：「何平叔云：服五石散非唯治
　　　病，亦覺神明開朗。」劉注引隋代泰丞祖《寒食散論》曰：「寒食散
　　　之方，雖出漢代，而用之者寡，靡有傳焉。魏尚書何晏首獲神效，
　　　由是大行於世，服者相尋。」五石者，《金匱要略》曰：有赤石脂、
　　　白白脂、紫石脂、鍾乳石、硫黃等，增減調配，就病者所需。「五石
　　　散」可詳見余嘉錫《寒食散考》輔仁學誌七卷。

　　動。若患前件忌，藥勢不行，偏有聚結。……（引自楊勇《世
　　說新語校箋》頁 549）

服散會有癮疾，須飲酒，食肉，不能哀，不飲酒則藥不能發，不食肉
則不堪稍勞，而哀則大潰神情；故阮籍在母喪重哀之下，仍飲酒食蒸
肫，遭人彈劾，仍「飲噉不輟，神色自若」〔註28〕，居喪無禮，為服
食所致。「酒」因其服食行散之效，飲酒風氣也隨之蔚然勃盛。此亦
促使「飲酒詩」臻至枝葉扶疏的「發展期」的一大要因。

　　除服食之外，「修行成仙」這種對神仙生活境界的追求嚮往，也
是文人為求遠避現實，尋覓超然純淨之自我想像領域的途徑，曹植〈五
遊詠〉曰：「服食亭遐紀，延壽保無疆。」，阮籍〈詠懷詩〉也有：「焉
見王子喬，乘雲翔鄧林。獨有延年術，可以慰我心。」（第十首），皆
欲遺世飛軒，企慕長生延壽之術。然而，仙境渺茫，服食修行，實未
能真正使人忘憂延年，古詩十九首中均已有「仙人王子喬，難可與等
期。」「服食求神仙，多為藥所誤，不如飲美酒，被服紈與素。」的
慨嘆；所以，曹植終乃慨云：「虛無求列仙，松子久吾欺。」（〈贈白
馬王彪詩〉），阮籍亦深痛絕望而唱云：

　　人言願延年，延年將焉之。黃鵠呼子安，千秋未可期。獨
　　坐山嵎中，惻愴懷所思。王子一何好，猗靡相攜持。悅懌
　　猶今辰，計校在一時。置此明朝事，日夕將見欺。（〈詠懷詩
　　八十二首之五〉）

詩人雖憧憬逍遊山林、羽化成仙的理想仙境，但是，子虛烏有的帝鄉，
終不可期，而現世生活之悲苦困蹇，仍如一刀刀剉刺著詩人纖敏心靈
的利刃。於是，在追企神仙與長生無望之後，轉而求現世「及時行樂」
的慰藉遯避；酒，即成為最佳的銷憂解愁藥。故曹操云：「對酒當歌，

〔註28〕《世說新語校箋‧任誕》第一條或曰：「阮籍遭母喪，在晉文王坐，
　　　　進酒肉，司隸何曾亦在坐，曰：明公方以孝治天下，而阮籍以重喪，
　　　　顯於公坐飲酒食肉，宜流之海外，以正風教。文王曰：嗣宗毀頓如
　　　　此，君不能共憂之，何謂？且有疾（或乃服食之義）而飲酒食肉，
　　　　固喪禮也。籍飲噉不輟，神色自若。」

人生幾何。」，應璩云：「斗酒多爲樂，無爲待來茲。」，或呼歡結侶，
酣樂縱飲，或藉酒韜光，不問世事。「飲酒詩」在此期已逐漸脫離儒
家載道尚用的翳障，形成飲酒詩「發展期」的獨特領域。

　　筆者針對魏晉時期涉及飲酒的作品，分爲三大類，以便探討：

一、與「酒」有關的文體（包括賦、書、頌、箴、讚、誥、戒之
　　類）。

二、詩歌。

三、陶潛的飲酒詩。

一、與「酒」有關的文體

1. 賦

　　魏王粲、曹植皆有〈酒賦〉之作，晉張載有〈酃酒賦〉，袁山松
亦有〈酒賦〉之作，今魏、晉各擇一篇，詳載於下。

　　曹植〈酒賦〉：

> 嘉儀氏之造思，亮茲美之獨珍。仰酒旗之景曜，協嘉號於
> 天辰。穆生以醴而辭楚，侯嬴感爵而輕身。其味有宜城醪
> 醴，蒼梧縹清，或秋藏冬發，或春醞夏成。或雲沸潮涌，
> 或素蟻浮萍。爾乃王孫公子，遊俠翱翔，將承芬以接意，
> 會陵雲之朱堂，獻酬交錯，宴笑無方，於是飲者並醉，縱
> 橫諠譁，或揚袂屢舞，或扣劍清歌，或嚬嚱辭觴，或奮爵
> 橫飛，或歎驪駒既駕，或稱朝露未晞。於斯時也，質者或
> 文，剛者或仁，卑者忘賤，窭者忘貧。於是矯俗先生聞之
> 而歎曰：噫，夫言何容易，此乃淫荒之源，非作者之事，
> 若耽於觴酌，流情縱逸，先王所禁，君子所斥。

張載〈酃酒賦〉：〔註29〕

〔註29〕酃酒，酃縣所產。在今湖南衡陽縣東十二里，其地有酃湖，《清一統
　　　志》曰：「酃湖在衡陽東，水可釀酒，名酃淥酒。」又，湘中記曰：
　　　「酃湖深八尺，湛然綠色，土人取以釀酒，其味醇美。」陸機詩有
　　　「密席接同志，羽觴飛酃淥」（〈贈馮文羆詩〉）。唐代詩人詠及此酒
　　　者頗夥，如：「余對醁醽不能飲」（盧仝〈走筆追王內丘〉卷三八九）、
　　　「醁醽今夕酒」（李賀〈示弟〉卷三九〇）、「三春釀醁醽」（元稹〈飲
　　　致用神麴酒三十韻〉卷四〇八）、「但願醁醽常滿酌」（盧眞〈七老會

惟賢堂之興作，貴垂功而不泯。嘉康狄之先識，亦應天而
順人。擬酒旗於元象，造甘醴以頤神。雖賢愚之同好，似
大化之齊均。物無往而不變，獨居舊而彌新。經盛衰而無
廢，歷百代而作珍。若乃中山冬啓，醇酎秋發。長安春御，
樂浪夏設，漂蟻萍布，芬香酷烈。播殊美於聖載，信人神
之所悦。末聞珍酒出於湘東，既丕顯於皇都，乃潛淪於吳
邦，往逢天地之否運，今遭六合之開通。播殊美於聖代，
宣至味而大同。匪徒法用之窮理，信泉壤之所鍾。故其爲
酒也，殊功絕倫，三事既節，王齊必均，造釀在秋，告成
在春。備味滋和，體色淳清。宣御神志，導氣養形。遣憂
消患，適性順情。言之者嘉其旨美，味者之棄事忘榮。於
是糾合同好，以遨以遊。嘉賓雲會，矩坐四周。設金樽於
南楹，酌浮觴以施流。備鮮肴以綺進，錯時膳之珍羞。禮
義攸序，是獻是酬。頹顏既發，溢思凱休。德音晏晏，弘
此徽猷咸德，至以自足。顧棲遲於一丘，於是懽樂既洽，
日薄西隅。主稱湛露，賓歌驪駒。僕夫整駕，言旋其居，
乃馮軾以廻軌，驟輕駒於通衢，反衡門以隱跡，覽前聖之
典謨。感夏禹之防微，悟儀氏之見疏。鑒往事而作戒，固
非酒而惟愆。哀秦穆之既醉，殲良人而棄賢。嘉衛武之能
悔，著屢舞於初筵。察成敗於往古，垂將來於茲篇。

　　兩篇酒賦，結構極相似，首述造酒的源始及其品味，繼則言賓主飲酒
宴樂的景況，篇末必以酒爲「淫荒之源」，示人切莫「耽於觴酌，流
情縱逸」爲戒諫。另外二篇酒賦，王粲所作亦採此內容與形式，結構
大致相同；袁山松的〈酒賦〉（註30），則體製規模極短小，然詞藻妍
練，實涵具「合纂組以成文，列錦繡而爲質」的賦體特質，全文共四

詩〉卷四六三）、「詎有茲筵醉碌醁」（楊汝士〈宴楊僕射新昌里第〉
卷四八四）、「鄰釀餘香在翠爐」（皮日休〈春夕清醒〉卷六一五）等。
〔註30〕文學史大多無袁山松事迹的記述，略敘於下：「山松少有才名，博學
有文章，著《後漢書》百篇。衿情秀遠，善音樂。舊歌有〈行路難
曲〉，辭頗疏質，山松好之，乃文其辭句，婉其節制，每因酣醉縱歌
之，聽者莫不流涕。……山松歷顯位，爲吳郡太守，孫恩作亂，山
松守滬瀆，城陷被害。」（《晉書》卷八十三）

十二字：

> 素醪玉潤，清酤淵澄。纖羅輕布，浮蟻競升。泛芳樽以琥珀，馨桂發而蘭興。一歡宣百體之關，一飲蕩六府之務。

袁山松的賦作，已略去戒諫諷誦的意旨，而全力鋪寫「酒」殊美絕倫的神效，故云：「一歡宣百體之關，一飲蕩六府之務。」，其它如王粲則云：「章文德於廟堂，協武義於三軍，致子弟之孝養，糾骨肉之睦親，成朋友之歡好，贊交往之主賓。」；張載則云：「宣御神志，導氣養形，遣憂消患，適性順情。」，綜覈兩漢、魏晉以來的酒賦作品，其對唐代「飲酒詩」影響最犖大者有二，一是因賦體的纂組輝華，鏤心敷藻，使「飲酒詩」能具有更豐贍精鍊的辭采，在語言文字的豐富性上，有大啓後代津塗之功。一是〈酒賦〉始將「酒」的特性與功能，全面且系統性地臚列而出，雖篇終仍以道德諷論爲訓，但幾已在粲然可觀的酒文、酒語排比推衍之下，反卻掩蔽了本旨，而凸顯出酒的種種質性。上述二項乃酒賦垂裕來葉的遺響。

2. 書

孔融〈與曹操論酒禁書〉（前後二書）：

> 夫酒之爲德久矣，古先哲王，類帝禋宗，和神定人，以濟萬國，非酒莫以也。故天垂酒星之燿，地列酒泉之郡，人著旨酒之德。堯不千鍾，無以建太平。孔非百觚，無以堪上聖。樊噲解厄鴻門，非豕肩鍾酒無以奮其怒。趙之廝養東迎其主，非引卮酒無以激其氣。高祖非醉斬白蛇，無以暢其靈。景帝非醉幸唐姬，無以開中興。袁盎非醇醪之力，無以脫其命。定國不酣飲一斛，無以決其法。故酈生以高陽酒徒著功于漢，屈原不餔醩歠醨取困于楚，由是觀之，酒何負于政哉！（前書）
> 昨承訓答，陳二代之禍，及眾人之敗，以酒亡者，實如來誨。雖然，徐偃王行仁義而亡，今令不絕仁義。燕噲以讓失社稷，今令不禁謙退，魯因儒而損，今令不棄文學，夏商亦以婦人失天下，今令不斷婚姻，而將酒獨急者，疑但惜穀耳，非以亡王爲戒也。（後書）

酒禁，自古至今，大約有三變〔註31〕，曹操因年饑兵興而禁酒，已與古意本同。《後漢書‧孔融傳》載曰：「時年饑兵興，操表制禁酒，融頻書爭之，多侮慢之辭。」，因其兀傲不馴，爲曹操所忌，建安十三年遇害，卒年五十六歲。孔融有云：坐上客常滿，樽中酒不空，吾無憂矣！可知其人之愛才樂酒。孔融因抗顏陳書，亟稱酒德，以爲「類帝禋宗，和神定人，以齊萬物，非酒莫以也」，他是繼揚雄之後，又一位爲酒關說釋咎者，故其結語曰：「由是觀之，酒何負于政哉。」

3. 頌

劉伶〈酒德頌〉

> 有大人先生，以天地爲一朝，萬期爲須史，日月爲扃牖，八荒爲庭衢。行無轍迹，居無室廬，幕天席地，縱意所如。止則操卮執觚，動則挈榼提壺，惟酒是務，焉知其餘。有貴介公子、搢紳處士，聞吾風聲，議其所以，乃奮袂攘襟，怒目切齒，陳說禮法，是非鋒起。先生於是方捧甖承槽，銜杯漱醪，奮髯箕踞，枕麴藉糟，無思無慮，其樂陶陶。兀然而醉，怳爾而醒。靜聽不聞雷霆之聲，熟視不睹泰山之形。不覺寒暑之切肌，利欲之感情。俯觀萬物，擾擾焉若江海之載浮萍。二豪侍焉，如蜾蠃之與螟蛉。

劉伶爲竹林七賢中傳記最不明者，既無生卒年代，亦無子嗣姓名的記載留傳，關於他的事蹟，《晉書》載曰：

> 身長六尺，容貌甚陋。放情肆志，常以細宇宙萬物爲心。……常乘鹿車，攜一壺酒，使人荷鍤而隨之，謂曰：「死便埋我」，其遺形骸如此。……伶雖陶兀昏放，而機

〔註31〕馮時化「酒史」酒考：「酒禁，自古至今，大約有三變。禹惡旨酒，及周公酒誥，此是最初酒禁，只是恐傷德敗性。至漢文帝爲酒脯，景帝以歲旱，禁民酤酒，是恐有用爲無用之物，耗米穀而遏民食，已與古意不同，然猶有崇本抑末之心。自桑弘羊榷酒之法起，與往者大相反，相反，不過榷其利爲富國計耳，隋唐皆如此，大率古人惟恐人飲酒，後來惟恐人不飲酒。」

應不差，未嘗厝意文翰，惟著酒德頌一篇。……嘗爲建威
參軍，泰始（公元 265～274 年）初對策，盛言無爲之化，
時輩皆以高第得調，伶獨以無用罷，竟以壽終。（卷四九）

劉伶〈酒德頌〉中反傳統、非禮法，追求逍遙自適心境的精神，已然
是魏晉玄學的風軌。在其僅存的一首〈北芒客詩〉（《全晉詩》卷二），
言飲酒的況味乃是：「陳醴發悴顏，色斂暢眞心。」；劉伶的縱酒放達，
悠焉獨暢，實涵有「韜精日沉飲，誰知非荒宴。酒頌雖短章，深衷自
此見。」〔註32〕的醒豁邃知。自漢代酒賦以來的諸多作品，雖於「酒」
有所立論，但多著力在揚其功而文其過，以求爲酒關說釋咎，劉伶的
〈酒德頌〉，則將酒提昇到能細宇宙、暢眞心，「無思無慮，其樂陶陶」
的精神境界中，使「酒」蘊涵了思想的神味理趣。魏晉時期，前有劉
伶，後有陶潛，相互輝映，皆爲飲酒詩作中之文棟。

4. 讚

戴逵〈酒讚〉敘曰：「余與王元琳集於露立亭，臨觴撫琴，有味
乎二物之間，遂共爲之讚曰：

醇醪之興，與理不乖。古人既陶，至樂乃開。有客乘之，
隗若山穨。目絕羣動，耳隔迅雷，萬里既冥，惟無有懷。

5. 箴

劉恢〈酒箴〉

爰建上業，曰康曰狄。作酒於社，獻之明辟。仰郊昊天，
俯祭后土。歆禱靈祇，辨定賓主。啐酒成禮，則彝倫攸，
敍此酒之用也。

6. 誥

江統〈酒誥〉

酒之所興，肇自上皇，成之帝女，一曰杜康。有飯不盡，
委餘空桑，鬱積成味，久蓄氣芳，本出於此，不由奇方。

〔註32〕顏延之「五君詠」（阮步兵、嵇中散、劉參軍、阮始平、向常侍），
詩中詠劉伶曰：「劉靈善閉關，懷情滅聞見。鼓鐘不足歡，榮色豈能
眩。韜精日沈飲，誰知非荒宴。酒頌雖短章，深衷自此見。」

以上所舉，或讚述飲酒至樂、或敘「清以成禮」的功用，或論析酒的
肇始源起，尤其江統言酒之所興，已不再託尊先聖古人，而具科學經
驗性的灼識與判斷；關於酒源的說法，宋代竇革（字子野）所著《酒
譜》，有極詳賅的探溯與論辯：

> 世言酒之所自者，其說有三。其一曰儀狄始作，與禹同時，
> 又曰堯酒千鍾，則酒始作于堯，非禹之世也。其二曰神農
> 本草，著酒之性味，黃帝內經，亦言酒之致病，則非始于
> 儀狄也。其三曰天有酒星，酒之作也，其與天地並矣。

竇革綜覈酒源的各種說法，有自堯禹之世，或再上溯自神農黃帝之
時，甚渺遠至與天地並時者三種；其後，竇革又一一予以駁析：

> 予以謂是三者，皆不足以考據，而多其贅說也。況夫儀狄
> 之名，不見于經，而獨出于世本。世本非信書也，其言，
> 曰：昔儀狄始作酒醪，以變五味，少康始作秫酒。其後趙
> 邠卿之徒遂曰：儀狄作酒，禹飲而甘之，遂絕旨酒而疏儀
> 狄，曰：從世其有以酒敗國者乎。夫禹之勤儉，固嘗惡旨
> 酒而樂讜言，附之以前所云則贅矣。或者又曰：非儀狄也，
> 乃杜康也，魏武帝《樂府》亦曰：何以消憂，惟有杜康。
> 予謂杜氏系出于劉累，在商爲豕韋氏，武王封之於杜，傳
> 國至杜伯爲宣王所誅，子孫奔晉，遂有以杜爲氏者，士會
> 亦其後也。或者康以善釀得名於世乎，是未可知也，謂酒
> 始於杜康果非也。堯酒千鍾，其言本出孔叢子，蓋委巷之
> 說，孔文舉遂徵之以責曹公，固已不足取矣。

以上是對第一種酒源說：堯禹之世的駁斥。竇革對第二種酒源說：神
農黃帝之時的辯析，則云：

> 《本草》雖傳自炎帝氏，亦有近世之物始附見者，不觀其
> 說辨藥所生出，皆以二漢郡國名其地，則知不必皆炎帝之
> 書也。《內經》言：天地生育五材，休王人之壽夭繫焉，信
> 三墳之書也。然考其文章，知辛成是書者，六國秦漢之際
> 也，故言酒不以據爲炎帝之始造也。

第三種酒源說的舛謬之處，竇革則云：

> 酒三星在女御之側，後世爲天宮者或考焉。予謂星麗乎天，
> 雖自混元之判則有之，然事作下而應乎上，推其驗於某星。
> 此隨世之變而著此也。如宦者墳墓，孤失河鼓，皆太古所
> 無，而先有是星，推之可以知其類。

篇末，竇革以爲酒的始作者實非一時一人所造，其言：

> 然則酒果誰始也，予請智者作之，天下後世循之而莫能廢，
> 故聖人不絕人之所同好，用於郊廟享燕，以爲禮之常，亦
> 安如其始於誰乎？

竇革辯斥三種酒源說的論據，皆能鞭辟入裏，實爲歷代論酒的起源最詳當者，然而，早在東晉江統〈酒誥〉文中，早已窺得其中堂奧了。

以上所列舉的諸般作品，多爲主酒功而讚酒的文體，其次，再說主酒過而言戒酒的文體，列述於後：

7. 戒（誡）

對酒持負面說法而戒酒者，有庾闡〈斷酒戒〉、葛洪《抱朴子》外篇的〈酒誡〉。葛洪以爲飲酒若能「節而宣之，則以養生立功；用之失適，則焚溺而死。」故立文誡人飲酒節愼，因其文繁不具引，此處僅載錄庾闡〈斷酒戒〉：

> 蓋神明智慧，人之所以靈也，好惡情欲，人之所以生也。
> 明智運於常性，好惡安於自然，吾以知窮智之害性，任欲
> 之喪眞也，於是椎金罍、碎玉椀，破觥觚、損觛瓚，遺舉
> 白、廢引滿，使巷無行榼，家無停壺，剖樽折杓，沈炭銷
> 爐，屏神州之竹葉，絕縹醪乎革都。言未及盡，有一醉夫，
> 勃然作色曰：蓋空桑珍味，始於無情，靈和陶醞，奇液特
> 生，聖賢所美，百代同營，故醴泉涌於上世，懸象渙乎列
> 星。斷蛇者以興霸，折獄者以流聲，是以達人暢而不壅，
> 抑其小節而濟大通。子獨區區檢情自封，無或口閉其味，
> 而心馳其聽者乎？庾生曰：爾不聞先哲之言乎？人生而
> 靜，天之性也，感物而動，性之欲也。物之感人無窮，而
> 情之好惡無節，故不見可欲，使心不亂，是以惡跡止步，
> 滅影即陰，形情絕於所托，萬感無累乎心，心靜則樂非外

> 唱，樂足則欲無所淫，唯味作戒，其道彌深，賓曰唯唯，
> 敬承德音。

庾闡性極惇定，母歿，「闡不櫛沐，不婚宦，絕酒肉，垂二十年，鄉親稱之。」（《晉書‧庾闡傳》卷九二），其斷酒戒中亦強調「人生而靜，天之性也」，而以酒會導致「窮智之害性」「任欲之喪真」，故深以為戒。自《書經‧酒誥》以「酒」為亡國喪身的禍首罪魁後，儒家宗經載道的禮治思想，成為一統頌飲酒文學的一大主派；先秦時期為其發展的最頂峯，然而隨著時代的遠隔，其勢則愈蹙，漢代已有為酒闡說釋咎之作（揚雄〈酒箴〉），且漢代詩歌之中「及時行樂」思想亦極普遍，「酒」漸成為文學謳讚興詠之物；魏晉時期，有關「酒」的文體作品，已是褒讚多於責貶，而其中「戒酒」之作，則已轉向為成就個人「養性全真」的修養至境而發，如同嵇康「秋胡行」（《三國‧魏》卷四）所詠：

> 役神者弊，極欲疾枯。役神者弊，極欲疾枯。顏回短折，
> 不及童烏。縱體淫恣，莫不早徂，酒色何物，今自不辜。
> 歌以言之，酒色令人枯。

嵇紹〈贈石季倫〉亦有：（《全晉詩》卷四）

> 人生稟五常，中和為至德。嗜欲雖本同，伐生所不識。……
> 事故誠多端，未若酒之賊。內以損性命，煩辭傷軌則。屢
> 飲致疲怠，清和自否塞。……遠希彭聃壽，虛心處沖默。
> 茹芝味醴泉，何為昏酒色。

「戒酒」乃是為避免早徂有損性命，以保持靈台清明，求得彭祖遐齡，儒家宗經重禮的色彩，已不復往昔濃厚，戒酒的動機，已隨著時代的遞變而轉移，魏晉之後，此類「戒酒」文體，幾已成為絕響了。

二、詩　歌

　　兩漢樂府，經過魏晉文人的潤飾，已略具整鍊華美，加上詩人以樂府舊曲改作新辭，不但篇幅加長，內容更豐富，並且在形式上，五言體的運用也已純熟，詩至魏晉，顯分二派，正始主質，重理而不尚辭采；太康尚文，重情兼崇辭采。正始主質是重內容，太康尚文是重

形式，此爲魏晉文體本身的發展。筆者以丁福保《全漢三國晉南北朝詩》所輯的魏（卷一～五）、晉（卷一～八）二朝詩作爲範疇，針對其中涉及「酒」的作品，詳蒐分類董理。此期詩作之中，詩題有「酒」字者，共計六首：1. 曹操〈對酒〉2. 嵇康〈酒會詩〉3. 陸機〈飲酒樂〉4. 傅玄〈前有一罇酒行〉5. 趙整「酒德歌」6. 晉燕射歌辭〈上壽酒歌〉。其中，第 1. 3. 4. 三種詩題，皆爲南北朝以至唐代所沿作〔註33〕。

　　上舉詩題中有「酒」字的作品，其內容主題多以宴樂飲酒爲主，茲舉傅玄「前有一罇酒行」爲例：

> 置酒結此會，主人起行觴。玉罇兩楹間，絲理東西廂。舞袖一何妙，變化窮萬方。賓主齊德量，欣欣樂未央。同享千年壽，朋來會此堂。（《全晉詩》卷二）

其它作品，如趙整〈酒德歌〉（《全晉詩》卷七），則以秦王苻堅與群臣宴飲，極醉爲限，趙整乃作歌戒曰：

> 地列酒泉，天垂酒池。杜康妙識，儀狄先知。紂喪殷邦，桀傾夏國。由此言之，前危後則。

趙整〈酒德歌〉仍以儒家思想爲本位，然魏晉之後，幾無此類題材的詩作。唐代詩人孟郊作有〈酒德〉詩，其旨趣則迥然不同，以爲應「罪人免罪酒，如此可爲箴」〔註34〕。由此可知，隨著時代人文的嬗遞轉移，對於「酒」的觀念與態度，也漸有轉圜，「飲酒詩」因之也漸成爲文學園苑中一朵含露吐精的奇花。茲分就其內容題材，論列於下：

1. 燕樂嘉賓

　　魏晉時期，此類饗宴頌德之作極多，所謂：「三九公讌，則假手

〔註33〕詩題爲〈對酒〉者，梁代范雲、北周庾信、唐代崔國輔、李白等人，皆有此作，可詳見《樂府詩集》卷二七。詩題爲〈前有一罇酒行〉者，可詳見《樂府詩集》卷六五。詩題爲〈飲酒樂〉者，可詳見《樂府詩集》卷七四。

〔註34〕孟郊〈酒德〉詩（卷三七四）：「酒是古明鏡，輾開小人心。醉見異舉止，醉聞異聲音。酒功如此多，酒屈亦以深。罪人免罪酒，如此可爲箴。」

賦詩」(《顏氏家訓·勉學》),當時攀龍附鳳,自致屬車之士,皆於「觴酌流行,絲竹並奏,酒酣耳熱,仰而賦詩」(魏文帝「與吳質書」),故公讌之作盛行。如應瑒「公讌」(《三國·魏》卷三):

> 巍巍主人德,佳會被四方。開館延羣士,置酒於斯堂。辯論釋鬱結,援筆興文章。穆穆眾君子,好合同歡宴。促坐褰重帷,傳滿騰羽觴。

王粲〈公讌詩〉(同上)

> 昊天降豐澤,百卉挺葳蕤。涼會撤蒸暑,清雲卻炎暉。高會君子堂,並坐蔭華榱。嘉肴充圓方,旨酒盈金罍。管絃發徽音,曲度清且悲。合坐同所樂,但愬杯行遲。常聞詩人語,不醉且無歸。今日不極歡,含情欲待誰。……

傅玄「宴會詩」(《全晉詩》卷二)

> 日之既逝,情亦既渥。賓委餘歡,主容不足。樂飲今夕,溫其如玉。

荀勗〈從武帝華林園宴〉(同上)

> 習習春陽,帝出乎震。天施地生,以應仲春。思文聖皇,順時秉仁。欽若靈則,飲御嘉賓。洪恩普暢,慶乃眾臣。其慶惟何,錫以帝祉。肆覲羣后,有客戾止。外納要荒,內延卿士。簫管詠德,八音咸理。凱樂飲酒,莫不宴喜。

上舉諸作,或五言、或四言,句式整鍊,而其中涉及飲酒的文句,仍多沿承詩經、漢賦雅正典麗的辭采,如:羽觴、音清、金罍、不醉且無歸(《小雅·湛露》「不醉無歸」),樂飲今夕(《小雅·頍弁》「樂酒今夕」)等等,因其未具特色,此處不再贅述。

2. 及時行樂

由於酒涵具「愁」的文學基型意義,「酒」本身又有銷憂解愁的功能,有愁而飲酒,有酒而忘憂;所以,「及時行樂」常為飲酒詩中最普遍的主題。

魏晉時期「及時行樂」的飲酒詩作,其所愁者,大多緣於「人生幾何」之感而生。曹操「短歌行」(《三國·魏》卷一)嘆云:

對酒當歌，人生幾何。譬如朝露，去日苦多。慨當以慷，
憂思難忘，何以解憂，唯有杜康。……

應璩「百一詩」（《三國‧魏》卷三）

年命在桑榆，東岳與我期。長短有常會，遲速不得辭。斗
酒多爲樂，無爲待來茲。……

陸機「短歌行」（《全晉詩》卷三）

置清高堂，悲歌臨觴。人壽幾何，逝如朝霜。時無重至，
華不再揚。蘋以春暉，蘭以秋芳。來日苦短，去日苦長。……

《離騷》曰：「日月忽其不淹兮，春與秋其代序。」古今均有對生
命的促忽易逝而發出憂思感喟，生命的夭逝，原本就使人類有著極深
的無奈與無力感，再加上狂飆時代，人禍兵燹的荼毒摧殘，無所逃於
天地之間的「人」，只好將生命逃遁於酒國之中，而圖藉「酒」以解憂
爲樂，陸機〈飲酒樂〉即云：「飲酒須飲多，人生能幾何。百年須受樂，
莫厭管絃歌。」（《全晉詩》卷八），然而，以「及時行樂」作爲安頓朝
不保夕的生命形骸，這種仍屬消極耽溺於外物（酒）的精神面貌，未
能經由個人生命凝鍊而出的自主力，予以提昇超越，實在不能算是飲
酒詩中的警策精拔之作；逮及陶潛〈飲酒詩〉云：「不知覺有我，安知
物爲貴。悠悠迷所留，酒中有深味。」，飲酒詩的思想境界與藝術風格，
經過千年來的蘊孕，始以石破驚天之勢，創闢出另一方天地。

3. 銷憂解懷

嵇康〈贈秀才入軍〉〔註35〕（《三國‧魏》卷四）

閒夜肅清，朗月照軒。微風動袿，組帳高褰。旨酒盈樽，
莫與交歡。鳴琴在御，誰與鼓彈。仰慕同趣，共馨若蘭。
佳人不在，能不永歎。

阮籍〈詠懷詩〉（《三國‧魏》卷五）

一日復一朝，一昏復一晨。容色改平常，精神自飄淪。臨
觴多哀楚，思我故時人。對酒不能言，悽愴懷酸辛。願耕

〔註35〕嵇康「贈秀才入軍」爲贈其兄嵇熹之作。嵇康本集云：「兄秀才公穆
入軍贈詩」，劉義慶〈集林〉云：「嵇熹字公穆，舉秀才。」

東皋陽，誰與守其眞。愁苦在一時，高行傷微身。曲直何
所爲，龍蛇爲我鄰。

張載〈霖雨〉（《全晉詩》卷四）

霖雨餘旬初朔，蒙昧日夜墜。何以解愁懷，置酒招親類。
啾啾絲竹作，伶人奏奇秘。悲歌結流風，逸響迴秋氣。

曹攄〈贈石崇〉（同上）

涓涓谷中泉，鬱鬱巖下林。泄泄羣翟飛，咬咬春鳥吟。野
次何索寞，薄暮愁人心。三軍望衡蓋，歎息有餘音。臨肴
忘肉味，對酒不能斟。人言重別離，斯情效於今。

上舉四詩，或敘緬懷親故之情，故有「旨酒楹樽，莫與交歡」、「臨觴
多哀楚，思我故時人」之句；或因秋風霪雨而應物斯感，故有「何以
解愁懷，置酒招親類」之句；或述離別之愁，故有「臨肴忘肉味，對
酒不能斟，乃言重別離，斯情效於今」；貫串詩中都有愁嘆，也都有
「酒」，由於詩例本多，故將之合併以「銷憂解懷」爲題。然而，上
述詩作中的各個題材，發展至唐代，不僅數量可觀，並俱爲飲酒詩中
的主題。

　　晉魏詩歌之中，涉及「酒」的作品，分別以 1. 燕祭嘉賓 2. 及時
行樂 3. 銷憂解懷，三種代表「飲酒詩」的主要內容。在語言與修辭
藝術方面，由於經過先秦、兩漢「醞釀期」的鍛練，魏晉「飲酒詩」
已趨於繁複多采：

　　一、就「酒器」而言：雖仍以尊、觴、罍、爵、卮爲器名，但在
酒器名稱之上，均大量冠上表示顏色、質地的狀詞，如：玉尊、玉卮、
金罍、金觴、羽爵、羽觴、鸞觴之類〔註36〕，使飲酒詩在官能意象上，
較活潑鮮明。

〔註36〕玉樽：「玉樽列廣筵」（〈大魏篇〉‧曹植）、玉卮：「前奉玉卮，爲我行
　　　　觴」（〈大牆上高行〉‧曹丕）、金罍：「金罍含甘醴」（〈贈王官中郎將〉‧
　　　　劉楨）、金觴：「金觴浮素蟻」（〈遊獵篇〉‧張華）、羽爵：「羽爵浮象
　　　　樽」（〈孟津〉‧曹丕）、羽觴：「羽觴乘波進」（〈三月三日洛水作〉‧
　　　　潘尼）、鸞觴：「鸞觴酌醴」（〈雜詩〉‧嵇康）。

　　二、就「酒名」而言：如綠酒、桂酒、醶醁、蒼梧竹葉、宜城九醞〔註37〕，以各種酒的品名入詩，亦促使飲酒詩的語彙更加豐贍，而非僅以「旨酒」「清酒」之稱來統括。以上一、二兩項，《漢賦》實已著其先鞭，魏晉則再使之更趨句式的工整采儷。

　　三、就「典故」的創作而言：魏晉名士與「酒」關係至密者，如：阮籍、劉伶、畢卓、山簡、張翰、陶潛等人，其言行思想被典故化，成爲飲酒詩中的「酒典」，例如：

　　　　山公出何許，往至高陽池。日夕倒載歸，酩酊無所知。時
　　　　時能騎馬，倒著白接　　。舉鞭向葛彊，何如并州兒。（《全
　　　　晉詩》卷八）

此詩詠山簡醉歸之態〔註38〕，其後凡詩句中有「高陽池」、「白接　」。皆爲象徵山簡的「酒典」；又如陶潛的「若復不快飲，空負頭上巾。」（〈飲酒詩〉第二十首），「漉酒巾」也成爲象徵陶潛的「酒典」。魏晉時期，這類名人事蹟與詩作，乃爲「飲酒詩」提供大量「簡潔而形象化的文字」〔註39〕；迄至唐代的飲酒詩，即經常運用魏晉名士的「酒典」入詩（詳見第四章、第四節）；由於魏晉時期在飲酒詩各方面的發展，始爲唐代創奠出繁複多姿的文學面貌。

三、陶淵明的飲酒詩：任真以飲　固窮以飲

　　蕭統《陶淵明集》序曰：「有疑陶淵明詩篇篇有酒，吾觀其意不在酒，亦寄酒爲跡者焉。」陶詩存於今者，約有一百二十五首〔註40〕，

〔註37〕綠酒：「鑪椀傳綠酒」（〈子夜警歌〉）、桂酒：「桂酒發清容」（〈清商曲辭〉）、醶醁：「醶醁漂素蟻」（〈三月三日〉·庾闡）、竹葉、九醞：「蒼梧竹葉清，宜城九醞醴」（〈輕薄篇〉·張華）。

〔註38〕《晉書·山簡傳》（卷四三）：「永嘉三年……鎮襄陽。于時四方寇亂，天下分崩，王威不振，朝野危懼。簡優游卒歲，唯酒是耽。諸習氏，荊土豪族，有佳園池，簡每出嬉遊，多之池上，置酒輒醉，名之曰高陽池。時有兒童歌曰：山公出何許，往至高陽池。日夕倒載歸，酩酊無所知。時能騎馬，倒著白接　。舉鞭向葛彊，何如并州兒？彊家在并州，簡愛將也。」

〔註39〕見黃慶萱《修辭學》第五章「引用」，頁117。

〔註40〕王叔岷《陶淵明詩箋證稿》：「陶詩存於今才，除誤編入之種苗在東皋、

其詩中涉及「酒」的，約計四十餘首，雖非篇篇有酒，但涉及飲酒的詩已佔其作品三分之一以上〔註41〕，數量亦頗為可觀。然其〈挽歌詩〉仍云：「但恨在世時，飲酒不得足。」其酷愛杯中之物，於此可見。「飲酒詩」之所以在陶淵明的筆觸下，「跌宕昭彰，獨超眾類」（蕭統《陶淵明集序》），使得飲酒境界全出者，不得不歸諸於其人格生命之「任真」與「固窮」〔註42〕；在精神上，他掌握了「任真」的自得，在生活上，他掌握了「固窮」的持守，而在醺然陶然的意境中，更能盡滌胸中塵慮，發揮物我兩忘的達觀脫略，超然神化；在其飲酒詩作中，以飲酒詩二十首的第十四首，最具「交醉真境」〔註43〕：

> 故人賞我趣，挈壺相與至。班荊坐松下，數斟已復醉。父老雜亂言，觴酌失行次。不覺知有我，安知物為貴。悠悠迷所留，酒中有深味。

是詩意承《莊子‧秋水篇》：「以道觀之，物無貴賤；以物觀之，自貴而相賤」，而達渾然忘我之境。明黃文煥《陶詩析義》卷三曰：

> 不覺知有我，物我皆忘，則身世之內所留尚有何物？真迷而不知矣，但知有酒味耳。

酒與詩人真率的天性，有相互發揮的功能，「酒」為其深心接物之時，轉悲苦為欣偷，化矛盾為圓融的妙物。所以，當他處在「八表同昏，

問來使及四時三首外，計一百二十四首，並聯句一首，亦僅一百二十五首。」，藝文印書館。

〔註41〕陶詩中有涉及酒的詩作，飲酒詩二十首中有九首（一、二、七、九、十三、十四、十八、十九、二十），其它有：〈停雲〉、〈時運〉、〈酬丁柴桑〉、〈答龐參軍〉、〈形影神三首〉、〈九日閒居〉、〈歸田園居〉、〈遊斜川〉、〈乞食〉、〈諸人共遊周家墓柏下〉、〈答龐參軍〉、〈連雨獨飲〉、〈移居〉、〈和劉柴桑〉、〈和郭主簿〉、〈歲暮和張常侍〉、〈還舊居〉、〈己酉歲九月九日〉、〈更戌歲九月中於西田穫早稻〉、〈止酒〉、〈述酒〉、〈責子〉、〈蠟日〉、〈擬古〉一首、〈雜詩〉三首（一、二、四）、〈詠二疏〉、〈讀山海經〉二首、〈挽歌詩〉三首，共四十四首。

〔註42〕詳見葉嘉瑩《迦陵談詩》——從豪華落盡見真淳論陶淵明之「任真」與「固窮」，三民書局。

〔註43〕清孫人龍纂輯《陶公詩評註初學讀本》卷二：「此同調者，是交醉真境。」即指〈飲酒詩〉第十四首。

平路伊阻」（停雲）的大僞斯興時代中，乃以「靜寄東軒，春醪獨撫」
（同上首）來排解；在驚疑「衰榮無定在，彼此更共之」（飲酒詩二
十首之一）的人世代謝無常中，乃以「忽與一觴酒，日夕歡相持」
（同上首）來融解；在深感「日月擲人去，有忘不獲騁」（雜詩十二
首之二）的淹流無成悲懷中，乃以「欲言無予和，揮杯勸孤影」（同
上首）來自解；在責歡「雖有五男兒，總不好紙筆」（責子）的不材
愚駭絕望下，乃以「天運苟如此，且進杯中物」（同上首）來化解；
無論是在喪亂相尋的狂飆時代，或是在幻化歸無的世途人生，或是
在個人生命理想的精神交戰，或是在後繼無望的親情擔荷下，詩人
一一以「酒」來吞飲承擔，以「酒」來消融醞解，終於釀化成「縱
浪大化中，不喜亦不懼，應盡便須盡，無復獨多慮。」（〈神釋〉）的
生命境界。

　　「神釋」是形影神三首中，最具妙諦勝意，宋葉夢得《玉澗雜書》
曰：

> 陶淵明作形影相贈與神釋之詩，自謂世俗惑於惜生，故極
> 陳形影苦，而釋以神之自然。〈形贈影〉曰：「願君取吾言，
> 得酒莫苟辭。」，〈影贈形〉曰：「立善有遺愛，胡爲不自竭。」，
> 形累於養而欲飲，影役於名而求善，皆惜生之弊也，故神
> 釋之曰：「日醉或能忘，將非促齡具。」所以辨養之累。曰：
> 「立善常所忻，誰當爲我譽。」所以解名之役。雖得之矣，
> 然所致意者，僅在促齡與無譽，不知飲酒而得壽，爲善而
> 皆見知，則神亦將汲汲而從之乎？似未能盡了也。是以亟
> 其知，不過「縱浪大化中，不喜亦不懼。應盡便須盡，無
> 復獨多慮。」謂之神之自然耳。

陶公自然乘化的質性，乃以「任眞」與「固窮」爲其精神與生活的止
泊，方東樹言二者即神釋詩的旨意所在，《昭昧詹言》卷四，論飲酒
詩第三首〔註44〕曰：

〔註44〕〈飲酒詩〉第三首：「道喪向千載，人人惜其情。有酒不肯飲，但顧
　　　世間名。所以貴我身，豈不在一生？一生復能幾，倏如流電驚。鼎

言由於不悟大道，故惜情顧名，而不肯「任真」，不敢縱飲，不知即時行樂，此即身後名不如生前一杯酒，與上篇〔註45〕似相背，然惟其能「固窮」，是以能忘憂而飲酒，固是一串意，特相背也，不可以文害義也，此，即「神釋」之意。

順任自然而忘是非者，謂之「任真」〔註46〕，酒，即可使詩人天機渾志，故其詩曰：「試酌百情遠，重觴忽忘天。」（〈連雨獨飲〉）；不與物競，自然守節，以「固窮」來安身立命，則能忘憂而飲酒，故其詩曰：「雖無揮金事，濁酒聊可恃。」（〈飲酒詩二十首之十九〉），陶公飲酒，乃是任真以飲，固窮以飲，而其飲酒詩之所以熠燿著靈智的光采與超悟，使得飲酒境界全出者，亦存乎比。

陶淵明為「古今隱逸詩人之宗」（鍾嶸《詩品》），其扇上畫贊曰：

三五道邈，淳風日盡，九流參差，互相推隕，形逐物遷，
心無常準，是以達人，有時而隱。

歸隱乃是老莊哲學對人生所啟示的歸宿，在一觴聊可揮裏，他是解脫了塵世的衰榮與得失，而超昇至「大化」〔註47〕的精神境界。金代元好問有云：「君看陶集中，飲酒與歸田，此翁豈作詩，其寫胸中天。」田園與飲酒，皆為隱逸者寄跡遁世的園圃，也是陶公寫其胸中天的興託所在，是則陶潛非僅為「田園詩人」的鼻祖，亦為「飲酒詩人」的宗祧；在陶淵明以前的詩人，未有純粹地僅以「飲酒」（〈飲酒詩二十首〉）作為詩題，而飲酒詩作的數量，也未有一人即達四十餘首如此可觀的篇幅；且在飲酒境界上，陶淵明乃是「任真以飲」、「固窮以飲」，其已能由原先有心的逃避世情，進而迎向生活的困境，以心靈的智悟

鼎百年內，持此欲何成。」

〔註45〕上篇即指飲酒詩第二首：「積善云有報，夷叔在西山。善惡苟不應，何事立空言。九十行帶索，飢寒況當年。不賴固窮節，百世當誰傳。」

〔註46〕〈連雨獨飲〉：「天豈去此哉，任其無所先。」〈古直箋〉：「《莊子‧齊物論篇》郭注：任自然而忘是非者，其體中獨任天真而已。」

〔註47〕詳見《陶淵明研究》（第二卷），郭銀田《田園詩人陶淵明》云：「陶淵明肯定宇宙裏最真實根本的東西是『大化』：也就是道體，所以祇要在大化裏去擁抱道體，自然對現象界生生滅滅以及小小不然的變動，便毫沒有值得注意的價值了。」頁591，九思出版社。

蘊得眞淳豁達的生命力與支持力，而在淺酌微醺的一杯揮持中，怡然
覓致一片心靈淨土。故其飲酒詩在風格上，乃有一影響最深鉅的特
色，即是：酒與理趣的相融。試觀其詩，如：

〈時運〉

　　洋洋平津，乃漱乃濯。邈邈遐景，載欣載矚。人亦有言，
　　稱心易足。揮茲一觴，陶然自樂。

〈連雨獨酌〉

　　運生會歸盡，終古謂之然。世間有松喬，於今定何間。故
　　老贈余酒，乃言飲得仙。試酌百情遠，重觴忽忘天。天豈
　　去此哉，任眞無所先。雲鶴有奇翼，八表須臾還。自我抱
　　茲獨，僶俛四十年。形骸久已化，心在復何言。

〈飲酒詩〉二十首之一、之七

　　衰榮無定在，彼此更共之。邵生瓜田中，寧似東陵時。寒
　　暑有代謝，人道每如茲，達人解其會，逝將不復疑。忽與
　　一觴酒，日夕歡相持。

　　秋菊有佳色，裛露掇其英。汎此忘憂物，遠我遺世情。一
　　觴雖獨進，杯盡壺自傾。日入群動息，歸鳥趣林鳴，嘯傲
　　東軒下，聊復得此生。

〈挽歌詩〉三首之一

　　有生必有死，早終非命促。昨暮同爲人，今旦在鬼錄。魂
　　氣散何之，枯形寄空木。嬌兒索父啼，良友撫我哭。得失
　　不復知，是非安能覺。千秋萬歲後，誰知榮與辱。但恨在
　　世時，飲酒不得足。

其詩或言悟理而陶然樂飲，或重觴後天機渾忘，或達其會而歡持忘
憂物；陶公已然歷練過「猛志逸四海」、「冰炭滿懷抱」、「復得返自
然」，而終抵於「不覺知有我」的生命境界〔註48〕，了悟到生死、得
失、是非、榮辱皆是因「有我」所以「有執」，故乃任化自然，轉而
融入於只可神會，不可迹求的「無我」境界，較諸一般僅圖以酒精

〔註48〕同上註，詳見李辰冬《陶淵明的境界》，頁759。

來逃避現世、自我隔離者，箇中境界，自然有高下迥異的殊別。陶淵明在「飲酒詩」境界的提昇與創造上，自必有其不可撼動的地位與影響力。「千古飲酒人，安得不讓淵明獨步。」〔註49〕，是故「酒聖」至尊之榮，陶公可謂當之無愧。

「飲酒詩」在魏晉時期，已有其一派特殊類型的詩作，「酒」亦有成為詩中主題興託所在，故「飲酒詩」的形成過程中，魏晉時期允為枝葉扶疏的「發展期」。

貳、南北朝時期

明胡應麟《詩藪》曰：

> 晉宋之交，古今詩道之大限乎。魏承漢後，雖寖尚華靡，而淳朴餘風，隱約尚在，……士衡、安仁一變而排偶開矣，靈運、延年再變而排偶盛矣，玄暉三變而排偶愈工，淳朴愈散，漢道盡矣。

形式主義文學的興起與大盛，為此期文學主流，而其詩作多為描寫風雲月露的篇牘，內容空虛華靡，歷代詩評家雖對纖靡巧麗，聲色俱開的南朝詩多所詬病；然而，在文學理論與藝術技巧上，其卻有正面且積極的建設性；由於對偶的風盛、聲律的講究，以及樂府小詩的影響，在詩的形式上，始衍生了各種新的格律，進而逐漸醞釀出絕句、歌行、律詩等，形式更嚴格、語言更精整的近體詩。南北朝時期的詩歌形式，乃上承漢魏、下開唐宋，為中國詩歌史上，由漢魏古詩演進到唐代近體詩的橋樑，在文學史上乃有其相當的地位。

「飲酒詩」發展至南北朝，由於受形式主義的文學潮流影響，此期「飲酒詩」在藝術創作技巧上，亦有力求辭采綺麗、聲律和諧、對偶精工、典故繁博的特色，如：

〔註49〕清溫汝能纂集《陶詩彙評》卷三，其《論飲酒詩》第一首曰：「……讀達人一語（筆者註：達人解其會，逝將不復疑），其覺世之嗜酒者，難索解人。竹林七賢、飲中八仙，尚未到解悟地位，而況其他？千古飲酒人，安得不讓淵明獨步！」

張正見〈對酒〉(《全陳詩》卷二)

　　當歌對玉酒，匡坐酌金罍。竹葉三清泛，蒲萄百味開。風
　　移蘭氣入，月逐桂香來。獨有劉將阮，忘情寄羽林。

整首詩在摛藻鍊色方面，著力極工，如：玉酒、金罍、竹葉、葡萄，
分別涵有視覺官能上的玉、金、青、紅種種繽紛的色彩美感；而芳酒、
蘭氣、桂香則各俱嗅覺官能上幽馥的美感，其詩辭采之綺麗，已可見
一斑；且詩中頸、腹二聯，對偶亦極工整貼切(酒名：竹葉、蒲萄；
數目：三、百；動詞：移、逐，入、來)，尾聯又引用因酒而得名的
劉伶、阮籍作比，藉古人與己酺醉嗜酒的情態，相互烘襯共鳴，此乃
明用典。整首詩在修辭藝術上，充份運用「酒」所涵具的色、香、味
等特殊質性，將之渲染得采藻滿眼，淋漓盡緻，使飲酒詩稟賦的官能
美感，形成獨樹一幟的風格。其它飲酒詩中有關色彩、數目、典故的
創製，皆具埒美前修，垂裕來葉的逸響，如：

　　　碧玉奉金杯，綠酒助花色。(梁武帝・〈碧玉歌〉)

　　　綠綺朱弦汎，黃花素蟻浮。(張正見・〈和衡陽王秋夜〉)

　　　塗歌楊柳曲，巷飲梅花樽。(王褒・〈長安有狹邪行〉)

　　　就中言不醉，紅袖捧金杯。(庾信・〈春日極飲〉)

詩中妥用色彩渲染事物，不但華彩紛披，且有鮮明意象的效果。「數
目」方面，如：

　　　但願樽中九醞滿，莫惜牀頭百個錢。(鮑照・〈擬行路難十八首
　　　之十八〉)

　　　欲袪九秋恨，聊舉十千杯。(簡文帝・〈漢高廟賽神〉)

　　　卷舒乃一卷，忘情且十斗。(陳後主・〈獨酌謠〉)

　　　穀皮兩書帙，壺盧一酒樽。(庾信・〈詠懷二十七首之二十五〉)

詩中酒句的數目對，無不神機獨運，妙到毫顛。「酒典」方面，如：

　　　山陽倒載非難得，宜城醇醲促須斟。(沈君攸・〈羽觴飛上苑〉)

　　　懸龜識季主，牓酒見相如。(庾肩吾・〈看放市〉)

　　　未能扶畢卓，猶足舞王戎。(庾信・〈答王司空餉酒〉)

　　　眼前一杯酒，誰論身後名。(庾信・〈詠懷〉二十七首之十一)

詩中分別以山簡、畢卓、王戎、張翰的言行爲典故〔註50〕，或據事類義，以增加風趣的氣氛，或摭拾鴻采，造成典雅的文質。南北朝形式主義的振藻揚葩，涵蘊萬端，所謂「儷采百字之偶，爭價一字之奇。情必極貌以寫物，辭必窮力而追新。」（《文心雕龍·明詩篇》），允爲至評。此期的修辭藝術，乃爲唐代飲酒詩奠定了形式技巧上的傑構，飲酒詩的風貌乃爲之丕變。

南北朝時期涉及飲酒的作品，茲分一、與「酒」有關的文體。二、詩歌。兩大項來探討：

一、與「酒」有關的文體

1. 書

陳代陳暄〈與兄子秀書〉

> 具見汝書與孝典，陳吾飲酒過差，吾有此好五十餘年，昔吳國張長公，亦稱耽嗜，吾見張公時，伊已六十，自言引滿大勝少年時，吾今所進，亦多於往日，老而彌篤，惟吾與張季舒耳。吾方與此子交歡於地下，汝欲夭吾所志邪。昔阮咸阮籍，同遊竹林，宣子不聞斯言，王湛能（玄）言巧騎，武子呼爲癡叔，何陳留之風不嗣，太原之氣祖歸然，翻成可怪。吾既寂寞當世，朽病殘年，產不異於顏原，名未動於卿相，若不日飲醇酒，復欲安歸。汝以飲酒爲非，吾以不飲酒爲過。昔周伯二度江，唯三日醒，吾不以爲少，鄭康伯一飲三百盃，吾不以爲多，然洪醉之後，有得有失，成廝養之志，是其得也，使次公之狂，是其失也。吾常譬酒猶水也，亦可以濟舟，亦可以覆舟，故江諮議有言：酒猶兵也，兵可千日而不用，不可一日而不備，酒可千日而

〔註50〕分別參見《晉書·山簡傳》（卷四三）、畢卓傳（卷四九）。王戎，見《世說新語》：「王長史、謝仁祖同爲王公掾，長史云：謝掾能作異舞。謝便起舞。王公熟視曰：使人思安豐。」；張翰，見《晉書·文苑列傳》：「翰任心自適，不求當世。或謂之曰：卿乃可縱適一時，獨不爲身後名邪？答曰：使我身後名，不如即時一杯酒。時人共貴其曠達。」（卷九二）

不飲，不可一飲而不醉。美哉，江公可與其論酒矣。汝驚
吾墮馬侍中之門，陷池武陵之第，徧布朝野，自言憔悴丘
也，幸苟有過，人必知之。吾生平所願，身沒之後，題吾
墓云：陳故酒徒，陳君之神道，若斯志意，豈避南征之不
復，賈誼之慟哭者哉，何水曹眼不識盃鐺，吾口不離觚杓，
汝寧與何同日而醒，與吾同日而醉乎政言其醒可及，其醉
不可及也，速營糟丘，吾將老馬，爾無多言，非爾所及。

南史列傳：「（昕）少弟暄，學不師受，文才俊逸，尤嗜酒，無節操，
徧歷王公門，沈緬諠譊，過差非度，其兄子秀曾憂之，致書於暄友人
何胥，冀以諷詠，暄聞之，與秀書曰……」（卷六一），史傳詳敘陳暄
致書其兄之子的緣由（勸諫其飲酒）；暄於書中自名「酒徒」（陳故酒
徒），而其酒戶所以老而彌篤，乃因：「吾既寂寞當世，朽病殘年，產
不異於顏原，名未動於卿相，若不日飲醇酒，復欲安歸？」故其口不
離觚杓。陳暄初時落魄，不爲中正所品，久不得調，後主在東宮時，
引爲學士，及即位，遷通直散騎常侍，常入禁中陪侍游宴，後因傲弄
轉甚，爲後主輕侮，發悸而死〔註51〕。觀其言行事迹，僅圖以酒排遣
寂寞殘年，然而，最後仍遭橫禍而死，其未達顯時憂悱，達顯後卻猝
亡，陳暄實僅能謂之爲「酒徒」而已。

2. 啟

梁代劉孝儀有〈謝東宮賚酒啟〉與〈謝晉安王賜宜成酒啟〉二作，
茲迻錄〈謝晉安王賜宜城酒啟〉〔註52〕一文：

〔註51〕《南史・陳暄列傳》：「暄素通脫，以俳優自居，文章諧謬，語言不節，
　　　後主甚親昵而輕侮之，當倒懸於梁，臨之以刃，命使作賦，仍限以
　　　晷刻，暄援筆即成，不以爲病，而傲弄轉甚，從主稍不能容，後遂
　　　搏艾爲帽，加于其首，火以熱之，然及於髮，垂泣求哀，聲聞于外
　　　而弗之釋。會衛尉卿柳莊在坐，遽起撥之。……後主素重莊，意稍
　　　解，敕引暄出，命莊就坐。經數日，暄發悸而死。」（卷六一）

〔註52〕《南史・劉潛列傳》：「潛，字孝儀，……舉秀才，累遷尚書殿中郎，
　　　敕令製雍州平等寺金像碑文，甚宏麗，晉安王綱鎮襄陽，引爲安北
　　　功曹史，及爲皇太子，仍補洗馬遷中舍人。」（卷三九）晉安王即爲
　　　蕭綱：宜城今在湖北襄陽縣南，產美酒。曹植〈酒賦〉即云：「宜成

　　孝儀啓，奉教垂賜宜城酒四器，歲暮不聊，在陰即慘，惟
　　斯二理，總萃一時，少府鬥猴，莫能致笑，大夫落雉，不
　　足解顏。忽值瓶瀉椒芳，壺開玉液，漢樽莫遇，殷杯未逢，
　　方平醉而遁仙，羲和耽而廢職，仰憑殊塗，便申私飲，未
　　矚囂恥，已觀憒岸，傾耳求音，不聞霆擊，澄神密眠，豈
　　覿山高，愈疾消憂，於斯已驗，遺榮忽賤，即事不欺，酪
　　酊之中，猶知銘荷不任云云。

劉孝儀因晉安王賜酒而作謝啓，大抵以盛讚酒的珍美與神效，進而呈
辭謝恩，以誌銘恩上德。

　　上舉兩篇書、啓之作，皆未具創意與特色，故此處僅略述其旨
要。

二、詩　歌

　　筆者據丁福保《全漢三國晉南北朝詩》所輯南朝（宋、齊、梁、
陳）、北朝（北魏、北齊、北周）以及隋代的詩作，其涉及於飲酒的
作品，數量漸豐。就詩題有「酒」字者而言，已寫二十九首，詩題有
與「酒」相關的字詞者（飲、觴、酌、醉），共有十首〔註 53〕，此期
的飲酒詩，可類分如下：

1. 燕樂嘉賓

　　簡文帝〈當置酒〉（《全梁詩》卷一）

　　　　置酒宴嘉賓，矚迥臨飛觀。絕嶺隔天餘，長嶼橫江半。日
　　　　色花上綺，風光水中亂。三益既葳蕤，四始方蔥粲。

　　楊訓〈羣公高宴〉（《全北齊詩》）

　　　　中郎敷奏罷，司隸坐朝歸。開筵引貴客，饌玉對春暉。塵
　　　　起金吾騎，香逐令君衣。綠酒犀為椀，鳴琴寶作徽。寸陰
　　　　良可惜，千金本易揮。

此類題材，多為應制之作，以求文詞的典麗雍容為勝，較少呈顯出時
代文學中的殊質特性，故此處不再贅述。

　　醴醪，蒼梧縹清」。
〔註 53〕詩題參見第一章第一節註 4。

2. 送行餞別

　　江孝嗣〈離夜〉（《全齊詩》卷四）

　　　石泉行可照，蘭杜向含風。離歌上春日，芳思徒以空。情
　　遽曉雲發，心在夕何終。幽琴一罷調，清醑復誰同？

　　沈約〈別范安成〉（《全梁詩》卷四）

　　　生平少年日，分手易前期。及爾同衰暮，非復別離時，勿
　　言一樽酒，明日難重持。夢中不識路，何以慰相思。

　　庾抱〈別蔡參軍〉（《全隋詩》卷三）

　　　人世多飄忽，溝水易西東。今日歡娛盡，何年風月同。悲
　　生萬里外，恨起一杯中。性靈如未失，南北有征鴻。

三首詩皆隔句押韻，句式已略具律詩雛形。第一首〈離夜〉，先從景
寫起，由於南北朝的華靡文風，以鏤心雕藻爲能事，故寫景枯乏無
味。頸聯一方面點出時間（春），一方面導出主題——離別。腹聯直
接編寫離情別意，仍不離風雲月露之狀，離情反未見顯露。尾聯頗
能托出遙深之情，然似從嵇康〈贈秀才入軍〉：「旨酒盈樽，莫與交
歡，鳴琴在御，誰與鼓彈。」（《三國・魏》卷四）襲意而待。當鼎
一臠，可概其餘，南北朝送行餞別之作，大體不出於此。本文所舉
的第二、三首詩作，則爲其中菁華之作，二詩都能直抒胸臆，眞情
流露。起句的蘊意與氣勢，深厚雄闊，皆從生平或人世大格局中，
發論陳慨，筆力萬鈞。頸聯則承意扣題，道出離別依情。腹聯皆以
「酒」爲興發，一則言樽酒難共持，一則言恨起一杯中，雖不直陳
其離情深感，然而，江淹〈別賦〉云：「有別必怨，有怨必盈。」，
盈滿於詩人胸口的別怨離愁，乃被一杯殷懃的離酒，牽引而出。「酒」
在送行餞別詩作中，往往成爲修辭藝術上，牽引別怨離愁的機杼，
其它如：「徒命銜杯酒，終成惘別離」（簡文帝・〈餞別〉）、「未盡樽
前酒，妾淚已千行」（范雲・〈送別〉）。這種能加強詩意上沈鬱頓挫
的手法，南北朝乃奠其基石，迄有唐一代，則臻於極境。

3. 及時行樂

　　鮑照〈擬行路難〉十八首之十五、十八（《全宋詩》卷四）

　　　　君不見柏梁臺，今日丘壚生草萊。君不見阿房宮，寒雲澤
　　　　雉棲其中。歌妓舞女今誰在，高墳纍纍滿山隅。長袖紛紛
　　　　徒競世，非我昔時千金軀。隨酒逐樂任意去，莫令含歎下
　　　　黃壚。

　　　　諸君莫歎貧，富貴不由人。丈夫四十彊而仕，余當二十弱
　　　　冠辰。莫言草木委冬雪，會應蘇息遇陽春。對酒敘長篇，
　　　　窮途運命委皇天。但願樽中九醞滿，莫惜牀頭百個錢。直
　　　　須優游卒一歲，何勞辛苦事百年。

　　范雲〈當對酒〉（《全梁詩》卷六）

　　　　對酒心自足，故人來共持。方悅羅衿解，誰念髮成絲。徇
　　　　性良爲達，求名本自欺。迨君當歌日，及我傾樽時。

自先秦時期以來，「及時行樂」一直爲飲酒詩思想的主旨。這類題材
中，因感生命的促忽易逝而興「及時行樂」者，也一直是這類題材的
主要「肇因」。所以，詩人庾信乃嘆曰：「人生一百年，歡笑惟三五，
何處覓錢刀，求爲洛陽賈。」（《全北周詩》卷二）；然而，前舉詩例
中，「才秀人微」的鮑照則有緣於歷史興亡與人世轍軻，而興「及時
行樂」思想，范雲則有因心足達性而歌飲行樂，雖皆有及時飲酒行樂
之意，但其「肇因」則有多元，「飲酒詩」的內容也隨之漸豐。

　　上述三種題材，皆具有時代的共通性，各期的飲酒詩中，都寫此
類作品。下列兩種題材，則爲南北朝所特具（前期猶罕作，本期則功
力、數量獨卓者）的詩作：

4. 酬酢贈答

　　庾信〈就蒲州使君乞酒〉（《全北周詩》卷二）

　　　　蕭瑟風聲慘，蒼茫雪貌愁。鳥寒棲不定，池凝聚未流，蒲
　　　　城桑葉落，灞岸菊花秋。願持河朔飲，分勸東陵侯。

　　又，〈蒲州刺史中山公許乞酒一車未送〉（同上）

　　　　細柳望蒲臺，長河始一廻。秋桑幾過落，春蟻未曾開。縈
　　　　角非難馭，摧輪稍可催。只言千日飲，舊逐中山來。

又，〈奉報趙王惠酒〉（同上）

> 梁王脩竹園，冠蓋風塵喧。行人忽枉道，直進桃花源。稚
> 子還羞出，驚妻倒閉門。始聞傳上命，定是賜中樽。野鑪
> 然樹葉，山杯捧竹根。風波還更煖，寒谷遂長暄。未知稻
> 鴈，何時能報恩。

又，〈奉答賜酒〉（同上）

> 仙童下赤城，仙酒餉王平。野人相就飲，山鳥一羣驚，細
> 雪翻沙下，寒風戰鼓鳴。此時逢一醉，應枯反更榮。

庾信雖滯羈北朝，然位望通顯，北史載曰：「明帝、武帝，並雅好文
學，信特蒙恩禮。至於滕、趙諸王，周旋欵至，有若布衣之交。」（〈庾
信傳〉），故其詩作中，賜酒奉答之作頗多，又如：〈蒙賜酒〉、〈奉答
賜酒鵝〉、〈正旦蒙趙正賚酒〉、〈衛王贈桑落酒奉答〉、〈答王司空餉酒〉
（《全北周詩》卷二）。而「乞酒」之作，則爲庾信一人首開先河；詩
人向蒲州使君，即中山公訓乞酒〔註54〕，公許乞酒而未送（乞、音器，
與也，與求乞之「乞」，字同而音義俱異。），故又作詩。其云：「蒲
城桑葉落」及「秋桑幾過落」，前後二詩中皆言桑落，知其所乞乃「桑
落酒」，《水經河水注》曰：

> 河東郡氏有姓劉名墮者，宿擅工釀，採挹河流，醞成芳酎，
> 懸食同枯枝之年，排於桑落之辰，故酒得其名矣。

桑葉凋落於秋季九、十月，《齊民要術》曰：「造酒，十月桑落初凍，
收水釀者爲善。」，故詩作詠及「桑落酒」者，也多在秋寒之季，如：
「忽聞桑葉落，正値菊花開」（〈蒙賜酒〉）、「跂窗催酒熟，停盃待菊
花」（〈衛王贈桑落酒奉答〉）〔註55〕。這類酬酢贈答之作，雖不免有

〔註54〕蒲州使君，即中山公訓，爲晉國公護世子。《周書·武帝紀》：「天和
　　　　元年二月，以開府、中山公訓爲蒲州總管。」

〔註55〕唐人詠及桑落酒者，如：杜甫「坐開桑落酒，來把菊花枝」（〈九日
　　　　楊奉先會白水崔明府〉）、劉商「白社風氣驚暮年，銅瓶桑落慰秋天」
　　　　（〈山翁持酒相訪以畫酬之〉）、錢起「木奴向熟懸金實，桑落新開瀉
　　　　玉紅」（〈九日宴浙江西亭〉）、劉禹錫「不知桑落酒，今歲與誰傾」（〈秋
　　　　日書懷寄河南王尹〉）等，皆是飲於秋寒節令的詠作。

頌德報恩的詩句，然而「庾信文章老更成」（杜甫〈咏懷古迹〉），其中仍有不少清新精微、情韻雋永的卓傑佳作，如：

> 愁人坐狹邪，喜得送流霞。跂窗催酒熟，停盃待菊花。霜風亂飄葉，寒水細澄沙。高陽今日晚，應有接　斜。（〈衛王贈桑落酒奉答〉）

> 今日小園中，桃花數樹紅。開君一壺酒，細酌對春風。未能扶畢卓，猶足舞王戎。仙人一捧露，判不及盃中。（〈答王司空餉酒〉）

私念春酌，物色之動，心亦搖焉，庾信在贈酒奉答詩作中，對時序物色遞變流轉的美感，涵存著一份迎迓欣賞的心情，贈酒的情誼也在醺然暢飲中呈顯，而無伺意矯揉的姿態；唐代飲酒詩中，詩人相互贈酒的題材已頗盛行（見第一章第二節），庾信之作，實爲其先聲。

5. 慰藉閨怨

沈約〈擬青青河畔草〉（《全梁詩》卷四）

> 漠漠牀上塵，心中憶故人。故人不可憶，中夜長歎息。歎息想容儀，不言長別離。別離稍已久，空牀寄杯酒。

謝微〈和虞記室騫古意〉（《全梁詩》卷十二）

> 美人弄白日，灼灼當春牖。清鏡對蛾眉，新花弄玉手。燕下拾池泥，風來吹細柳。君子何時歸，與我酌樽酒。

陳少女〈寄夫〉（《全陳詩》卷四）

> 自君上河梁，蓬首臥蘭房。安得一樽酒，慰妾九廻腸。

蘇蟬翼〈因故人歸作〉（《全隋詩》卷四）

> 郎去何太速，郎來何太遲。欲借一尊酒，共敍十年悲。

上舉詩例，多因思君未歸而愁結，或以酒抒解空閨之愁，或共敍「宜言飲酒，與子偕老」（《鄭風・女曰雞鳴》）的琴瑟之情；而這類題材的酒句，皆置於詩尾，實涵具藝術技巧上一大特色，即在時空表現方面，酒句的最後出現，乃將無限漫長孤獨的等待時日，完全凝縮在一尊酒中，使人在長短（時）、大小（空）的強烈對比下，更覺閨怨的深刻鮮明，這種特殊對比手法的運用，已成爲唐代飲酒詩常用的技巧

之一。

　　4. 5. 兩類題材，無論內容或技巧土，都爲南北朝所特具，其它題材，如：遊子的羈旅鄉愁，鮑照「自非羽酌歡，何用慰旅愁」（〈對酒〉·《全宋詩》卷四）、孔德紹「撫絃無人聽，對酒時獨斟。故鄉萬里絕，窮愁百慮侵」（〈夜宿荒村〉·《全隋詩》卷三）。又如：神仙的凌雲逍遙，陳後主「九酌忘物我，十酌忽凌霄。凌霄異羽翼，任致得飄飄」（〈獨酌謠〉·《全陳詩》卷一）。沈炯「再酌矜許史，三酌傲松喬。頻頻四五酌，不覺凌丹霄。」（同上首），都是有涉於「酒」的題材，也都在南北朝漸近發展成形。

　　魏晉南北朝，由於政治型態、社會結構、文學思潮等等，種種畸因異軌的影響，志士仁人的生命與理想，面對現實界的牾逆銼躓，既嗟世路艱崎、賞音難求，又憾恨於日月逝於上，體貌衰於下的歲月奄忽，種種坎壈塊壘、幽深沈痛，乃託酒以消融、寄酒以抒慰，「飲酒詩」遂於此衍成枝葉扶疏的「發展期」。

第三節　華實碩美的「鼎盛期」：唐代

　　唐詩分爲初、盛、中、晚四期，以明代高棅的立說尤爲精詳，其《唐詩品彙》序云：

　　　有唐三百年詩，眾體備矣，……略而言之，則寫初唐、盛唐、中唐、晚唐之殊。詳而分之，貞觀、永徽之時，虞魏諸公，稍離舊習，王楊盧駱，因加美麗。劉希夷有閨帷之作，上官儀有婉媚之體，此初唐之始製也。神龍以還，泊開元初，陳子昂古風雅正，李巨山文章老宿，沈宋之新聲，蘇張之大手筆，此初唐之漸成也。開元天寶間，則有李翰林之飄逸，杜工部之沈鬱，孟襄陽之清雅，王右丞之精緻，儲光義之眞率，王昌齡之聳俊，高適、岑參之悲壯，李頎、常建之超凡，此盛唐之盛者也。大歷貞元中則有韋蘇州之雅澹，劉隨州之閒曠，錢起之清贍，皇甫之冲秀，秦公緒之山林，李從一之臺閣，此中唐之再盛也。下暨元和之際，

則有柳愚溪之超然復古，韓昌黎之博大其詞，張、王樂府得其故實，元、白敘事，務在分明，與夫李賀、盧仝之鬼怪，孟郊、賈島之飢寒，此晚唐之變也。降而開成以後，則有杜牧之豪從，溫飛卿之綺靡，李義山之隱僻，許用晦之偶對；他若劉滄、馬戴、李群玉、李頻輩，尚能黽勉氣格，埒邁時流，此晚唐變態之極，而遺風餘韻猶有存者焉。

高棅所分四期，後雖有評其為謬妄之說者〔註56〕，然多已獲文學史家所采用，惟後人雖用初、盛、中、晚的名目，而年代則略有變更，今茲以上舉明高棅的四分法簡述於下〔註57〕：

一、初唐：由高祖武德元年起，至睿宗太極元年止，共九十四年。
（公元 618～712）

二、盛唐：由玄宗開元元年起，至代宗永泰元年止，共五十二年。
（公元 713～765）

三、中唐：由代宗大曆元年起，至文宗太和九年止，共六十九年。
（公元 766～835）

四、晚唐：由文宗開成元年起，至昭宣帝天佑三年止，共七十年。
（公元 836～906）

唐朝建國，帝祚凡二十，歷年幾三百，其間以安史之亂（玄宗天寶十四年）為由盛轉衰的轉捩點，此後治亂相尋，政治一蹶不振，內則有宦豎擅權，外則有藩鎮跋扈，交相為禍，加以黨爭的排擠，綱紀日壞；至唐末政教尤衰，王仙芝、黃巢、秦宗種相繼為禍，李茂貞的叛變、王行瑜、韓建的劫駕，朱溫、李克用的交鬨，在巨盜強藩的循環稱兵與權宦不斷剝蝕中樞之下，宗室凋零，大勢逐去，最後卒遭朱溫所篡奪。綜論唐世治運，則是百餘年的昇平景象，百餘年的治亂相乘，及

〔註56〕清錢謙《唐詩英華》云：「一人之身，更歷二時，詩以人次耶？抑人以時降耶？」，王世懋《藝圃擷餘》云：「學者固當嚴於格調，然必謂盛唐人無一語落中，中唐人無一語入盛，則亦固哉其言詩矣。」一以時代而論，一以風格而論，皆予抨擊，胡雲翼《唐詩研究》，已有中肯的論評，詳是書頁36，華聯出版社。

〔註57〕參見朱海波《中國文學史綱》，頁196。香港教育出版社。

數十年的酷亂靡已〔註58〕，玄宗之後，幾經二百年不斷的戰亂，在離亂的大時代背景中，愁鬱之志必紛沓而至，愁爲酒母，飲酒詩的創作，也因之不絕如縷，而衍成鼎盛之勢。

　　若就唐代特稟的人文結構而論。宗教方面，有佛道的盛行。道教之形成，始於東漢，而佛教傳入中國，則約在明帝以前，二者因爲一講服食導養，丹鼎符籙及神鬼報應祠祀之方，一主神靈不滅、輪廻報應，以及齋戒祭祀，雙方基本精義相近，故極易調和；迄有唐一代，雖儒、釋、道三教並盛，其中道教因所尊教主李耳，與李唐同姓，乃特加封號，立廟註經，備受帝室的護持〔註59〕，加上唐朝幾有三分之二的時代陷於戰亂，所謂「儒家守常，道家達變，佛家治心」時人勢必然傾倒於佛老，故縱如以民生疾痞爲己任的社會詩人白居易，亦云：「早棲心釋梵，浪跡老莊。」（〈病中詩十五首序〉）；佛教乃肯定人世的空幻，「如夢幻泡影，如露亦如電，應作如斯觀。」（《金剛經》），故乃摒遠現世，超越生滅，其理想世界爲涅槃，乃是出世的；道教「其中的核心就是神仙思想，一種追求現世利益的宗教理想：個人的長壽永生與社會的和諧安樂。因此道教既出世又入世，它不追求飄渺的未來，也不沈緬於過去，而是努力尋求現在的滿足。」〔註60〕，但是，就在宇宙化運永久與小我生命無常的矛盾對映中，一旦理想或現世受挫，諸如智慧修行的無成或神仙長生的落空，自然容易激盪起人情緒上的痛苦與掙扎，故李白乃云：「處世若大夢，胡爲勞其身。所以終日醉，頹然臥前楹」（〈春日醉起言志〉），白居易乃云：「空王百法學未得，姹女丹砂燒即灰，事事無成身老也，醉鄉不去欲何歸。」（〈醉吟〉二首之一），「酒」乃成爲詩人最終且最具體的生命投注物，唐代

〔註58〕參見劉伯驥《唐代政教史》，中華書局。

〔註59〕高宗曾上尊號稱老子爲太上玄元皇帝，玄宗更於兩京及諸州，徧置老君廟，又令庶士家各備老子一書，科考亦加老子一策（以上凡兩唐書高宗、玄宗本紀、及唐書選舉志），皆具護持之力。

〔註60〕參見《中國文化新論・宗教禮俗篇》，李豐楙〈仙道的世界──道教與中國文化〉，頁251，聯經。

的「飲酒詩」，也因而溶入了佛老的人生哲理，進而與詩人的生命連融爲一，「酒」已非物質性的酒，而是詩人主體生命的流顯。

　　就文化方面而言，唐代正是一個將南北漢胡各民族的精神與風格，匯融爲一爐的大時代，北朝的伉爽直率，南朝的清新優雅，兩種文化與血液的交流激盪，乃開創了我國詩歌史中的黃金時代，在體式、風格上，皆呈現了一片多采多姿的新氣象〔註61〕，由於各種體式創作的大盛，「飲酒詩」乃有更繁複的藝術表現方式；加上又揉融了纖麗與粗獷的風格異采，跨馬原野的胡姬成爲當壚笑春風的艷婦，有呼鷹鬥酒的使氣少年、酒後競風采三杯弄寶刀的豪烈游俠，「飲酒詩」有著更豐饒的精神面貌呈現，唐代由於文化的南北匯溶，也促成飲酒詩臻於文學藝術的頂峯。

　　就社會方面而言，唐代文士狎妓的風氣極盛。開元天寶遺事載曰：

　　　長安有平康坊，妓女所居之地，京師俠少，萃集於此，兼
　　　每年新進士，以紅牋名紙，遊謁其中，時人謂此坊爲風流
　　　藪澤。（〈風流藪澤條〉）

孫棨《北里志》序云：

　　　京中飲妓，籍屬教坊，凡朝士宴聚，須假諸曹署行牒，然
　　　後能致於他處；惟新進士設筵顧吏，故便可行牒，追其所
　　　贈之資，則倍於常數。諸妓皆居平康里，舉子、新及第進
　　　士，三司幕府但未通籍未直館殿者，咸可就詣。

唐代自武后以後，甄選人才，均以進士科爲主，「縉紳雖位極人臣，不由進士者，終不爲美」〔註62〕，進士乃詞科出身，不出於經術，故

〔註61〕葉嘉瑩《迦陵談詩》——「論杜甫七律之演進及其承先啓後之成就」：
　　　「在體式上，它一方面繼承了漢魏以來的古詩樂府，使之更得到擴
　　　展而有以革新，而另一方面，它又完成了南北朝以來一些新興的體
　　　式，使之益臻於精美而得以確立；在風格上，則更融合了剛柔清濁
　　　的南北漢胡諸民族的多方面的長處與特色，而呈現了一片多采多姿
　　　的新氣象。」，頁58。

〔註62〕唐代王保定《唐摭言》卷一〈散序進士〉：「進士科始於隋大業中，盛
　　　於貞觀、永徽之際。縉紳雖位極人臣，不由進士者，終不爲美，以
　　　至歲貢常不減八、九百人。」

其舉止多放浪疏狂，出入妓院，徵歌選舞，紅袖侑觴，以爲風流，旗亭畫壁以及能誦白樂天詩的名妓傳聞，皆成爲當時文士生活中的雅事。宋人有云：「晉人尙曠好醉，唐人尙文好狎。」（張端義《貴耳集》），文士與娼妓成爲唐代文學中極特殊的瑰彩，所以，「唐代文士表現於文學方面的浪漫情調，大都是娼妓生活的反映，由於唐代特重進士科，使文士與娼妓形成了極密切的關係」〔註63〕，而「酒」在其中必然扮演者極重要的一環，有關飲酒的詩作，也因之而蓬勃興作。總上宗教、文化、社會諸端，乃使飲酒詩至唐代而達華實碩美的「鼎盛期」。茲分就唐詩四期，于以詳述：

壹、初唐飲酒詩

王績爲初唐飲酒詩大家，他一生出仕、致仕三次，皆與「酒」有關聯，乃有「斗酒學士」之稱〔註64〕。其飲酒詩屬第一、二類者，幾達全部詩歌五分之一〔註65〕，此外，亦有與酒有關的文體創作（如：〈祭杜康新廟文〉、〈醉鄉記〉、〈五斗先生傳〉等皆是），故由其主要的飲酒作品中心乃可得見其思想的內蘊，如：

〈過酒家〉之二（卷三七）

此日長昏飲，非關養性靈。眼看人盡醉，何忍獨爲醒。

又，「贈程處士」（卷三七）

百年長擾擾，萬事悉悠悠。日光隨意落，河水任情流。禮樂囚姬旦，詩書縛孔丘。不如高枕上，時取醉消愁。

又，「贈學仙者」（卷三七）

採藥層城遠，尋師海路賒。玉壺橫日月，金闕斷煙霞。仙

〔註63〕參見臺靜農《論唐代士風與文學》，《中國文學史論文選集》，學生書局。

〔註64〕第一次仕隋，因朝廷禮繁而求爲揚州六合縣丞，又因嗜酒過分，妨礙職務而屢遭勘劾，乃託疾夜遁，歸隱還鄉。第二、三次仕唐，一是因良醞三升，差可戀爾，一是因焦革善釀而求爲太樂丞。其事迹詳見呂才《東皋子集序》。

〔註65〕參見葉慶炳《王績研究》，《人文學報》第一期。

> 人何處在，道士未還家。誰知彭澤意，更覓步兵那。春釀
> 煎松葉，秋杯浸菊花。相逢寧可醉，定不學丹妙。

王績的飲酒詩已超脫盛行於當時的齊梁宮體詩，轉華靡之風爲清曠，清翁方綱《石洲詩話》卷一云：

> 王無功以眞率疎淺之格入初唐諸家中，如鸞鳳羣飛，忽逢
> 野鹿，正是不可多得也。

其詩天然似陶，乃遠溯魏晉，迴異於當代而獨成一家。由於王績以道家思想爲主體〔註66〕，故摒除矯作虛僞的生活，企慕老莊清靜無爲的境界，呂才《東皋子集》序言王績：「結盧河渚，縱意琴、酒，慶弔禮絕，十有餘年」，其爲道之隱者，具有道家「愛生貴身」的觀念，只求藏名全身，自適其樂，故其詩多以「及時行樂」的享樂主義爲主，而飲酒致醉之樂，則可全身保眞以適性，其云：「每一甚醉，便覺神情安和，血脈通利，既無忤於物，而有樂於身，故常縱心以自適也。」（〈答程道士書〉），所以初唐諸家，以王績的飲酒詩作最豐。其它詩人，如：

> 王勃〈對酒春園作〉（卷五六）
>
> > 投簪下山閣，攜酒對河梁。狹水牽長鏡，高花送斷香。繁
> > 鶯歌似曲，疏蝶舞成行。自然催一醉，非但閱年光。

> 駱賓王〈詠雲酒〉（卷七八）
>
> > 朔空曾紀曆，帶地舊疏泉。色泛臨碭瑞，香流赴蜀仙。款
> > 交欣散玉，洽友悅沈錢。無復中山賞，空吟吳會篇。

又如李嶠〈酒〉（卷六十）、高正臣〈晦日置酒林亭〉（卷七二），皆有齊梁俳儷靡曼之風。但是，也有少數清新之作，如：

> 張九齡〈答陸灃〉（卷四九）
>
> > 松葉堪爲酒，春來釀幾多。不辭山路遠，踏雪也相過。

> 劉希夷〈故園置酒〉（卷八二）
>
> > 酒熟人須飲，春還鬢已秋。願逢千日醉，得緩百年憂。舊

〔註66〕王績貫通儒、道、釋三家思想，而以道家爲主，參見上註《王績研究》。

里多青草，新知盡白頭。風前燈亦滅，川上月難留。卒卒
周姬旦，栖栖魯孔丘。平生能幾日，不及且遨遊。

張說〈醉中作〉（卷八九）

醉後樂無極，彌勝未醉時。動容皆是舞，出語總成詩。

總上所論，初唐飲酒詩在風格上，乃有重文與主質二派。其中，主質
派以王績為巨擘，其飲酒詩所呈顯的思想，乃以道家的逍遙自適為
尚，初唐飲酒詩即以此派為代表。

貳、盛唐飲酒詩

李白為盛唐飲酒詩的盟主，杜甫云其「敏捷詩千首，飄零酒一
杯」，對其千首狂歌，一杯痛飲，深致懷思深惜之情摯；現存太白詩
作中，有近六十首的飲酒詩屬於第一、二類，已佔全部詩作十八分之
一〔註67〕，若加入第三類的飲酒詩，勢必更為可觀。范傳正〈唐左拾
遺翰林學士李公新墓碑〉云：

晦以麴蘗，暢于文篇，萬象奔走乎筆端，萬慮泯滅乎罇前。
臥必酒甕，行必酒船，吟風咏月，席地幕天，但貴乎適其
所適，不知夫所以然而然，至今尚疑其醉在千日，寧審乎
壽終百年？

若要采擷李白這位集開、天浪漫文學之大成者的神思俊采，則其「飲
酒詩」實可謂畢陳無餘，故前人論李白，必論及「酒」。自劉伶、陶
潛、王績以來，對於酒的讚頌，實無人能出其右者。太白飲酒詩情趣
超曠，才學天縱，如「月下獨酌」四首（卷一八二）：

天若不愛酒，酒星不在天。地若不愛酒，地應無酒泉。天
地既愛酒，愛酒不愧天。已聞清比聖，復道濁如賢。賢聖
既已飲，何必求神仙。三盃通大道，一斗合自然，但得酒

〔註67〕杜甫一千四百多首詩作中，僅二十餘首的詩題為第一、二類，王維則
僅有〈酌酒與裴迪〉一首；孟浩然僅〈襄陽公宅飲〉、〈醉後贈馬四〉
二首；高適僅一首〈同河南李少尹畢員外宅夜飲時洛陽告捷遂作春
酒歌〉；王昌齡僅有二首〈侯氏尉沈與宋置酒南溪留贈〉、「李倉曹宅
夜飲」，由此可知李白詩與酒的密切相聯，非盛唐諸家可望其項背。

中趣，勿爲醒者傳。(之二)

三月咸陽城，千花晝如錦。誰能春獨愁，對此徑須飲。窮通與修短，造化凤所稟。一樽齊死生，萬事固難審。醉後失天地，兀然就孤枕。不知有吾身，此樂最爲甚。(之三)

「酒」乃可通大道、合自然、齊死生、失天地，故李白飲酒往往是「百年三萬六千日，一日須飲三百杯」(〈襄陽歌〉)、「烹羊宰牛且爲樂，會須一飲三百杯」(〈將進酒〉)、「高談滿四座，一日傾千觴」(〈贈劉都使〉) 的「痛飲」方式，並且是寧願長醉不願醒，因爲李白所遭逢的人世是「棄我去者昨日之日不可留，亂我心者今日之日多煩憂」(〈宣州謝朓樓餞別校書叔雲〉)，他的深悲隱痛實因「太白乃是一個以其不羈之狂想，終身騰越於種種失望與愁苦之中的天才。他既失望於世，而又不能棄世，既不能棄世，而又懷有神仙之嚮往，而又明知其不可信不可恃」〔註68〕。緣於人生理想的廓落無成與澈骨的寂寞之悲，他只有藉沉醉不醒來擺脫「誤學書劍，薄游人間」的落拓沈哀，故有「愁來飲酒二千石，寒灰重暖生陽春」(〈江夏贈韋南陵冰〉)、「思對一壺酒，澹然萬事閒」(〈春日獨酌〉二首之二)、「滌蕩千古愁，留連百壺飲」(〈友人會宿〉)；酒可銷愁、可忘憂，故其云「愁多酒雖少，酒傾愁不來，所以知酒聖，酒酣心自開」(〈月下獨酌〉四首之四)，李白往往將酒與愁並寫 (由此益見酒所涵具的文學原型意義——愁)，而這位「嶔崎磊落可笑人」生命的隱痛沈哀，也一一在酒中透顯而出，故李白乃成爲盛唐飲酒詩中，最光燦爛漫的巨星。

詩聖杜甫雖與李白齊名，然其飲酒詩則不得不讓步於太白，其「飲中八仙歌」對李白的詩酒才具，更是極力讚佩，詩云：「李白一斗詩百篇，長安市上酒家眠，天子呼來不上船，自稱臣是酒中仙」，「酒中仙」乃成爲李白傳頌千古的美名。然而，杜甫亦有：「得錢即相覓，沽酒不復疑。忘形到爾汝，痛飲眞吾師」(〈醉時歌〉)、「朝回日日典春衣，每日江頭盡醉歸。酒債尋常行處有，人生七十古來稀。」(〈曲

〔註68〕同註61，說杜甫贈李白詩一首。

江〉）、「二月已破三月來，漸老逢春能幾回。莫思身外無窮事，且盡
生前有限杯」（〈絕句漫興〉九首之四）的沈醉自遣，杜詩末期多傷逝、
緬懷之作，衰退、蕭索的意態語氣，甚至嘆道：「唐堯眞自聖，野老
復何知」，詩人也只能黯然以酒代淚，「飲酒詩」在老杜晚年則漸入勝
境。

　　盛唐詩才輩出，且各具風貌，王、孟的山水田園，岑、高的戰爭
邊塞，一是清逸曠淡，一是蒼莽雄渾，如：

　　孟浩然〈裴司士員司戶見尋〉（卷一六〇）

　　　　府僚能枉駕，家醞復新開。落日池上酌，清風松下來。廚
　　　　人具雞黍，稚子摘楊梅。誰道山公醉，猶能騎馬回。

岑參〈酒泉太守席上醉後作〉（卷一九九）

　　　　琵琶長笛曲相和，羌兒胡雛齊唱歌。渾炙犁牛烹野駝，交
　　　　河美酒金叵羅。三更醉後軍中寢，無奈秦山歸夢何。

二種風格迥異的作品，其飲酒詩所呈現的意境以及語言的特色亦大相
逕庭。一是悠然安酌於松風池畔，一是酣飲於胡樂胡妓交雜齊唱中；
一是以家醞、雞黍、楊梅待客，一是以炙犁牛、烹野駝、交河美酒、
金叵羅（酒杯）宴席；篇末雖皆言醉返，然一是借山簡倒接　而歸的
任狂風趣爲結，一則借陝西長安的秦山，遙寄思歸之情，二詩的經營
手法雖同，卻予人清閒忻悅與沈重愁怫，兩種截然不同的感受；盛唐
飲酒詩交融各類風格，因而異采陸離，境界大拓。

參、中唐飲酒詩

　　白居易作品凡三千八百四十首（見《白氏集後記》），而「詩」即
有二千八百餘首，其中詩題隸屬於飲酒詩第一、二類者，共二百餘首，
則平均約每十四首中，便有一首詩與酒有關（其中尚未包括第三類的
飲酒詩在內），是則樂天非但豪於詩（其作品之富，自周秦以至晚唐，
無出其右者），亦豪於酒，其晚年自號醉吟先生（開成三年，六七歲），
又作〈醉吟先生傳〉云：「既而醉復醒，醒復吟，飲復醉，醉吟相仍，

若循環然。由是得以夢身世，雲富貴、幕席天地，瞬息百年，陶陶然，
昏昏然，不知老之將至，古所謂得全於酒者，故自號爲醉吟先生」，
這位早期力主「文章合爲時而著，歌詩合爲事而作」的社會詩人，自
元和十年被貶爲江州司馬之後，便屢謫外官，詩人亦避禍遠嫌，居官
常引病自免，不復諤諤直言，以致「諷諭」之作漸少，而以參禪學道、
寄懷於酒、取意於琴，自適於盃觴諷詠之間的作品爲主，如：

「詠懷」（卷四三九）

> 自從委順任浮沈，漸覺年多功用深。面上減除憂喜色，胸
> 中消盡是非心。妻兒不問唯耽酒，冠蓋皆慵只抱琴。長笑
> 靈均不知命，江籬叢畔苦悲吟。

又，〈勸酒寄元九〉（卷四三二）

> 薤葉有朝露，槿枝無宿花。君今亦如此，促促有生涯。既
> 不逐禪僧，林下學楞伽。又不隨道士，山中煉丹砂。百年
> 夜分半，一歲春無多。何不飲美酒，胡然自悲嗟。俗號銷
> 憂藥，神速無以加。一盃驅世慮，兩盃反天和。三盃即酩
> 酊，或笑任狂歌。陶陶復兀兀，吾孰知其它。況在名利途，
> 平生有風波。深知藏陷穽，巧言織網羅。舉目非不見，不
> 醉欲如何。

樂天的人生修養，曠達恬退，能「知足保和，吟翫性情」（〈與元九書〉），
雖其自謂「棲心梵釋，遁跡老莊」，然嚴格而論，就其生活與作品觀
之，如「白衣居士紫芝仙，半醉行歌半坐禪」（〈自詠〉卷四五四）、「每
夜坐視觀水月，有時行醉翫風花」（〈早服雲母散〉卷四五四），實非
釋非道，因其嗜於酒、深於詩、多於情，酒狂詩魔兼亦不能忘情吟，
故其一身醅濃的人間性與人情味，乃紛紛披陳於「飲酒詩」之中，白
居易的飲酒詩可謂承繼早期的諷諭詩，而有著對另一層次的現世生命
之觀照。

中唐詩壇，韓派爲另一支主軍，其以用奇字、造怪句，吟苦思深
爲特色，而以韓愈、孟郊、賈島等人爲名手，然觀其飲酒詩，則較少
盤空硬語，妥帖排擠的奇險句式，如：

韓愈「醉後」（卷三三七）

> 煌煌東方星，奈此眾家醉。初喧或忿爭，中靜雜嘲戲。淋
> 漓身上衣，顛倒筆下字。人生如此少，酒賤且勤置。

孟郊〈勸酒〉（卷三七四）

> 白日無定影，清江無定波。人無百年壽，百年復如何。堂
> 上陳美酒，堂下列清歌。勸君金屈卮，勿謂朱顏酡。松柏
> 歲歲茂，丘陵日日多。君看終南山，千古青峨峨。

前作乃敘盡與歡飲的醉態，後作則因年光奄忽而勸人飲酒，通篇酣暢
一氣，未見奇崛矞皇，吐奇驚俗的句式語意；賈島詩則未見詩題為第
一、二類者（就《全唐詩》所輯），其詩作詠及酒者亦少見，其中〈病
起〉詩寫「燈下南華卷，祛愁當酒杯」（卷五七三）則頗具新意（此
作不屬飲酒詩）；綜而論之，韓派詩人的「飲酒詩」，無論作品數量與
內容題材方面，皆不如元、白淺俗派來得豐富多采。其它詩人，如五
言雙璧劉、韋，其詩風格以閒澹韻高著稱，與盛唐王、孟相近，故不
復贅述。此外，卓立於中唐的鬼才詩人李賀，以其奇瑰幽僻的風格，
成為晚唐穠麗唯美詩格的先啟，讀李賀「將進酒」（卷三九三），則更
可篤信：

> 琉璃鍾，琥珀濃，小槽酒滴真珠紅，烹龍炰鳳玉脂泣，羅
> 幃繡幕圍香風。吹龍笛，擊鼉鼓，皓齒歌，細腰舞。況是
> 青春日將暮，桃花亂落如紅雨。勸君終日醉酩酊，酒不到
> 劉伶墳上土。

陸放翁云：「賀詞如百家錦衲，五色眩眃，光奪眼目，使人不敢熟視」
（《對牀夜語》卷二），此詩不論設色、擬物、情態等的描摹興發，
俱盡感官之所能與想像之所極；中唐飲酒詩雖以元、白淺俗派為代
表，然李賀奇艷絕倫的詩作，乃為晚唐飲酒詩之典型，則其影響實
不可略視。

肆、晚唐飲酒詩

　　皮、陸二人所作次韻唱和之詩，據《全唐詩中》所輯，即有五

十二首詩題爲飲酒詩第一、二類者〔註69〕，《唐才子傳》謂此唱和詩
云：

> 夫次韻唱酬其法不古，元和以前未之見也，令狐楚、薛能、
> 元稹、白樂天集中暨稍稍開其端。以意相和法，漸廢作於間。
> 迨日休、龜蒙，則飈流頓盛，猶空谷聲，隨響即答。(卷八)

二人唱和之作，如：皮日休〈酒病偶作〉(卷六一五)

> 鬱林步障晝遮明，一柱濃香養病醒。何事晚來還欲飲，隔
> 牆聞賣蛤蜊聲。

陸龜蒙〈和襲美酒病偶作次韻〉(卷六二八)

> 柳疏桐下晚窗明，祇有微風爲析酲。唯欠白綃籠解散，洛
> 生閒詠兩三聲。

兩首詩所用的韻腳，字、音皆同者有三（明、酲、聲），可謂精妙工
整已極，晚唐「體愈雕鏤」之風，由此亦可得見。

皮陸二人，交擬金蘭，其中皮尤嗜酒，作有《酒箴》曰：「皮子
性嗜酒，雖行止窮泰，非酒不能。……戲曰醉士，因箴以自警，箴曰：
酒之所樂，樂其全眞，寧能我醉，不醉於人」，全眞於酒，實乃遯世
無悶者樂飲嗜酒的緣由，皮陸的松陵唱和，以逃於山林與藝文之中，
嘯歌詩酒，盤桓風月，皆是詩人臨處於晚唐世表政亂之下，所採取的
消極隱遁態度，而二人飲酒唱和之作，乃成爲晚唐極具特色的「飲酒
詩」代表。

晚唐以「穠麗之詞，宏敞之音，光殿一代，語宏敞則推樊川，數
穠麗則稱玉谿」〔註70〕，杜牧、李義山爲晚唐二大詩人，杜牧能於英

〔註69〕皮日休（卷六〇八～六一六），陸龜蒙（卷六一七～六三〇），兩人唱
和奉酬之作，大多以皮（字襲美）爲先唱，陸（字魯望）爲奉和，
故僅詳列皮日休的詩題：〈酒中十詠〉、〈奉和添酒中六詠〉、〈奉和魯
望看壓新醅〉、〈醉中偶作呈魯望〉、〈醉中即席贈潤卿博士〉、〈春夕
酒醒〉、〈醉中寄魯望一壺并一絕〉、〈更次來韻寄魯望〉、〈奉酬魯望
醉中戲贈〉、〈醉中先起李縠戲贈走筆奉酬〉、〈酒病偶作〉、〈友人許
惠酒以詩徵之〉，其計二十六首，二人則有五十六首。

〔註70〕詳見許文雨《唐詩集解》卷七〈詞華派〉序說，正中書局。

偉俊爽中具高遠綺麗之致，商隱能於綺靡華艷中具婉約深邃之美，尤其兩人都因陷困於牛李黨爭而一生轆轤無成，因而「酒」在其詩作中，亦成爲託逃之鄉澤，如：

杜牧〈雨中作〉（卷五二○）

> 賤子本幽慵，多爲儔賢侮。得州荒僻中，更值連江雨。一褐擁秋寒，小窗侵竹塢。濁醪氣色嚴，皤腹瓶甖古。酣酣天地寬，怳怳嵇劉伍。但爲適性情，豈是藏鱗羽。一世一萬朝，朝朝醉中去。

李商隱「夜飲」（卷五四○）

> 卜夜容衰鬢，開筵屬異方。燭分歌扇淚，雨送酒船香。江海三年客，乾坤百戰場。誰能辭酩酊，淹臥劇清漳。

宦情的衰落、異地的羈客、時代的戰亂，種種紛沓糾結無計銷解的憂苦，只好藉朝朝沈醉、連夜痛飲，以求釋懷紓意；飲酒詩除有作沈痛疏狂語者外，也有作清逸高遠話者，如：杜牧〈醉眠〉（卷五二一）

> 秋醪雨中熟，寒齋落葉中。幽人本多睡，更酌一罇空。

也有作隱秀穠纖語者，如：李商隱〈花下醉〉（卷五四○）

> 尋芳不覺醉流霞，倚樹沈眠日已斜。客散酒醒深夜後，更持紅燭賞殘花。

晚唐文人明顯的逃於藝術，對國事顯示一種無力感，文人所編集冊，如非爲「長樂暇日，陋巷窮時」（韋莊《又玄集》序），即爲一或開窗展卷，或月榭行吟」（韋縠《才調集》序）文學的趣味已多偏重在形式技巧及雕章飾句的講究（註71），故晚唐飲酒詩乃踵事增華，更見豐美。

　　總之，唐代飲酒詩，歷經。初、盛、中、晚四期各家詩人的轉承與拓展，終於經由萬壑爭流的繽紛繁複，匯聚成有唐一代「飲酒詩」浩浩長河的盛況。

〔註71〕參見《中國文化新論・文學篇二──意象的流變》，李豐楙〈多采多姿的中晚唐詩風〉，頁256，聯經。

第三章　唐代飲酒詩的內涵探討

　　唐代詩人在近三百年間所建構的詩國華廈，實非前人所能想見，也非後人所能並馳！

　　其中，飲酒詩在沿承「醞釀期」與「發展期」的創作過程之後，其內涵乃統攝了前代之肌理神髓，更踵事增華，蘊孕衍化成詩歌文學中，一特出的類型，本章乃擬就唐代飲酒詩的內涵，做一全面性的探討，茲分下列七節：

　　第一節「宇宙自然的交融冥合」：乃針就飲酒詩之中，對宇宙自然和諧之美，經由「入乎其內，出乎其外」的超然觀照後，所做的探討，其中涵融了：「清曠幽閒的謐境」、「逍遙自足的玄思」、「素樸摯厚的淳情」，三種妙諦勝境。

　　第二節「生命歲華的奄逝無常」：乃針就飲酒詩之中，對生命歲華奄逝的悲感所做的探討，其乃涵具了「及時行樂的隱慟」、「物色嬗的撼情」、「歷史興廢的愴懷」，三種情感的膠滯浮動；此乃由上節「超」的心境返墜到「執」的心境。

　　第三節「現世人生的轗軻困阨」：乃針就飲酒詩之中，對人世間種種沉哀落拓的感喟所做的探討，其乃包涵了「人事飄忽的嗟歎」、「懷抱沉淪的抑鬱」、「天涯支離的悽惋」，三種由「執」的心境深至更凝滯難解的愁牢之中。

　　第四節「神仙長生的遐思幻設」：乃針就飲酒詩之中，因對神仙長生的肯定企慕而遣世醉飲，或因對神仙長生的懷疑幻滅而沉溺痛飲，兩種情境所做的探討，其中涵具了「對仙道世界的肯定與企慕」、「對神仙長生的懷疑與幻滅」。此乃由上節的現世人生困境之中，逃遁至仙境世界的坎壈詠懷。

　　第五節「舊雨新知的靈犀相契」：乃針就飲酒詩之中，敘及友朋之間的深情厚誼所做的探討，其中涵蓋了「逢友同酌」、「憶故人杯」、「贈酒知交」、「招飲訪飲」，四種篤摯的友誼交流。

　　第六節「豪俠名士的任氣縱情」：乃針就飲酒詩之中，對豪俠名士浪漫瑰麗的情懷所做的探討，其中涵具了英雄傲岸：「縱酒使氣的豪情」，以及名士風流：「杯酒春燈的風采」，兩種殊異的情趣。

　　第七節「酒物飲態的圖貌寫神」：乃針就飲酒詩之中，涉及與「酒」相關的名物（酒器、酒名、酒戲），以及飲酒情態（中酒、酒醒、斷酒），所做的探討，其中涵括了「酒物的巧言切狀」與「飲態的傳神寫照」，兩種物態人情的描摹刻繪。

　　以上七節，乃為筆者嘗試以較完整的考察態度，以統攝唐代飲酒詩之中，種種情致紛披的內涵。

第一節　宇宙自然的交融冥合──山花向我笑　正好銜杯時

　　李白「待酒不至」（卷一八二）詩云：

　　　　玉壺繫青絲，沽酒何來遲。山花向我笑，正好銜杯時。晚酌東窗下，流鶯復在茲。春風與醉客，今日乃相宜。

詩人以悠然自化的心境，靜觀宇宙，委身自然，於是，含情山花與之共舉春杯，婉轉流鶯與之同酌晚窗，在一觴聊揮之中，宇宙自然素樸豐美的蘊涵，乃與詩人「交融冥合」，進而達到天人相契相宜的和諧境界。

　　唐代飲酒詩所蘊涵的純粹之境──宇宙自然的交融冥合。其乃縮

合了隱逸的超俗精神，以及對山林、田園的嚮往，詩人在永恆常新的大化運轉之中，緣於心靈對宇宙萬物自然盡性之態的觀照與感悟，遂萌生「逍遙精舍居，飲酒自為足」（章應物〈始除尚書郎別善福精舍〉卷一八九）、「荷鋤分地利，縱酒樂天真」（麴信陵〈移居洞庭〉卷三一九），此種逍遙自足，歸返自然生命之無限長流的「酒隱」生活；因此，在探討唐代飲酒詩的內涵之時，筆者乃提出其中有涉於「宇宙自然的交融冥合」之蘊境的詩作，予以列論。

在尚未闡明本節內容旨要之前，有一項亟待知性思省的觀念即是：「酒」既非山花、流鶯之類的自然景物，亦未具有實質的生命性態，何以在吟詠「宇宙自然的交融冥合」之境的詩作時，卻常以「酒」作為天人相契相宜的杼機，藉其以託情詠懷，抒發作者的曠思胸磊呢？針對此一問題，若欲振葉尋根、沿波討源，則不得不就詩中所言的「醉」字之深意，加以研蘁。

劉若愚在《中國詩學》一書中，論及中國人的一些概念與思想感覺方式，其中，有對「醉」做概略的闡述：[註1]

> 中國詩時常言及飲酒和達到「醉」……這個字並不含有強烈的感官享樂的意思，也不像許多歐洲的飲酒歌那樣，暗示歡樂和高興。……而是指一個人精神上脫離日常關心的事的狀態。……中國詩中說「醉」大部分是一種常套……這種習慣至少溯回到詩集「楚辭」中的一篇「漁父」……在這篇作品中，詩人抱怨「眾人皆醉我獨醒」。後世詩人像劉伶，將詩人和現世的位置倒置，而追求象徵著從這現世的痛苦和個人的感情中逃避的「醉」……

《楚辭‧漁父篇》中的「醉」與「醒」，乃衍生為中國知識份子「仕」與「隱」觀念的壁壘糾葛[註2]，劉伶《酒德頌》中「兀然而醉，怳爾而醒」的無思無慮，其樂陶陶之境，則已然將「醉」寓託為「隱」

〔註1〕詳見劉若愚《中國詩學》，第五章〈中國人的一些概念與思想感覺的方式〉頁98，幼獅文化事業公司印行。

〔註2〕參小見本文第二章、第一節，先秦時期：《楚辭》。

者能細宇宙、暢眞心，逍遙宇外的精神境界〔註3〕；其後，陶淵明以「不覺知有我，安知物爲貴。悠悠迷所留，酒中有深味」（〈飲酒詩〉二十首之十四）的「交醉眞境」〔註4〕，乃將「醉」提昇至無我無執的至高蘊境。因此，「醉」字漸成中國詩中習見的一種常套，「醉」與「醒」成爲無知與有知，兩種生命樣態的象徵。「醉」乃涵有相當於「隱」字的深意在內；醉者，酒酣也，故「酒」雖非自然景物，未具實質生命性態，卻常作爲吟詠「宇宙自然的交融冥合」之境中，天人相契相宜的機杼。

　　唐代飲酒詩中，有關「宇宙自然的交融冥合」之詠作，本文擬分：壹、清曠幽閒的諡境。貳、逍遙自足的玄思。參、素樸摯厚的淳情。三方面予以闡論。

壹、清曠幽閒的諡境

李白〈自遣〉（卷一八二）

　　對酒不覺暝，落花盈我衣。醉起步溪月，鳥還人亦稀。

杜牧〈醉眠〉（卷五二一）

　　秋醪雨中熟，寒齋落葉中。幽人本多睡，更酌一樽空。

許渾〈湖上〉（卷五三八）

　　髩鬖欲當三五夕，萬蟬清雜亂泉紋。釣魚船上一尊酒，月出渡頭零落雲。

韓偓〈醉著〉（卷六八〇）

　　萬里清江萬里天，一村桑柘一村煙。漁翁醉著無人喚，過午醒來雪滿船。

明、楊愼《升菴詩話》曾評曰：「唐詩人主情，去三百篇近；宋詩人主理，去三百篇遠」〔註5〕，唐人主情的詩觀，可採芮挺章《國秀集》

〔註3〕參見本文第二章、第二節，魏晉時期：與酒相關的文體——「頌」。

〔註4〕參見本文第二章、第二節，陶淵明的飲酒詩。

〔註5〕唐、宋詩精神特質之殊別，可參見龔鵬程〈知性的反省——宋詩的基本風貌〉一文，《中國文化新論·文學篇二——意象的流變》，聯經。

所云：「昔陸平原之論文曰：詩緣情而綺靡。是彩色相宜，煙霞交映，風流婉麗之謂也。」此一精闢闡說，做為註解。唐詩以「情」為主線，而其呈現飲酒詩「宇宙自然的交融冥合」，此種以涵具神理妙諦為勝的詩作之時，亦是以景物境象為其寓府；然而，在表現上則未呈現出諸物象間的理與關係，而是客觀地呈現出境象的物性，是緣情蓄意以觀象求象、以象顯體（而非宋詩之即物究理、以意鍊象）〔註6〕，比項特色，在前舉詩例之中，均可獲得佐證。

　　李白「自遣」詩所描繪的景物，均氤氳在一片醉意的氛圍之中。詩人緣於「醉」而眠，又緣於「醉眠」而不知落花盈衣，其後，緣於「醉醒」時，當下所湧現的清明之心，更使詩人的性靈，欣然交融冥合於宇宙自然之中。其詩以落花、溪月、歸鳥諸物象純粹、客觀的呈現，未有即物究理、以意鍊象的經營；然而，全詩緣情蓄意，意到辭工，以韻發端、渾成無迹之美，乃進而烘染出一幅彩色相宜、煙霞交映的「清曠幽閒的諡境」。

　　杜牧〈醉眠〉詩，首句、次句共計十字之中，即已道出熟醪、秋雨、寒齋、落葉四種紛陳的物象；其詩自然靈動，不假雕琢，藉由物象本身純粹的展示，勾勒出秋深酒熟的幽諡境象，由於一、二句已醞蓄著濃郁的諡境，順勢而下，便有下句的「幽人本多睡」，且詩中的一、四句與二、三句，一主言「酒」、一主言「幽」，句句脈理相貫，酣然一氣，其詩並無作者主觀的述說或知性的辨識，然而，詩人藉由景物境象的醞蓄烘染，進而契入秋雨岑寂的自然世界之中，幽居閒放以養天和，而與宇宙自然交融冥合。

　　許渾〈湖上〉詩，以「釣魚船上一尊酒，月出渡頭零落雲」，種種綺縠紛披的物象：釣船、尊酒、圓月、渡頭、散雲（若再添上第二句，則尚有：嘶蟬、水紋），烘托出作者幽閒清曠的生命情調與靜諡的景境。

〔註6〕同上註，頁293。

　　韓偓〈醉著〉一詩，在空間結構上，有其匠心獨具之處（空間由「大」漸凝縮至「小」的焦點），在詩的內涵蘊境止，亦別具自然高妙的化機。「漁翁醉著無人喚，過午醒來雪滿船」，乃描繪「人」沉酣於天地流轉遞變之中，由純然無感無知的「醉」的狀態下，悠然醒豁，則已滿船是雪。全詩籠罩在一片寂天寞地的闃靜當中，人似已全然潛蟄於宇宙大化之中，而在其猝轉有知的剎那，首先入眼的物象——雪，又將人的「知」，交融冥合於自然之無限洪流中。

　　以上諸作，「酒」均爲詩中極主要的物象，整首詩的意蘊，亦藉由「酒」烘染出一片「清曠幽閒的謐境」。《全唐詩》之中，稟具此適性自然，陶醉於自然之愉悅謐境的飲酒詩頗多，茲摘舉數例，如：

　　　野童扶醉歸，山鳥助酣歌。（孟浩然〈夏日浮舟過陳大水亭〉卷一六〇）

　　　白雲勸盡杯中物，明月相隨何處眠。（高適〈賦得還山吟送沈四山人〉卷二一三）

　　　蒼苔濁酒林中靜，碧水春風野外昏。（杜甫〈絕句漫興〉九首之六，卷二二七）

　　　坐牽蕉葉題詩句，醉觸藤花落酒杯。（方干〈題越州袁秀才林亭〉卷六五一）

詩中寫一片清曠幽閒的謐境，乃在不著意之間，自然流露出一種可以直感而得的情韻；唐詩以情爲美，其所以較諸宋詩更近於素樸階段的詩三百，即緣於此。

貳、逍遙自足的玄思

　　王維〈送孟六歸襄陽〉（卷一二六，一作張子容詩）

　　　杜門不復出，久與世事疏。以此爲良策，勸君歸舊廬。醉歌田舍酒，笑讀古人書。好是一生事，無勞獻子虛。

　　李白〈月下獨酌〉四首之三（卷一八二）

　　　三月咸陽城，千花晝如錦。誰能春獨愁，對此徑須飲。窮通與脩短，造化夙所稟。一樽齊死生，萬事固難審。醉後

失天地，兀然就孤枕。不知有吾身，此樂最爲甚。

柳宗元〈飲酒〉（卷三五三）

今夕少愉樂，起坐開清尊。學觴醉先酒，爲我驅憂煩。須
臾心自殊，頓覺天地暄。連山變幽暗，綠水函晏溫。藹藹
南郭門，樹木一何繁。清陰可自庇，竟夕聞佳言。盡醉無
復辭，偃臥有芳蓀。彼哉晉楚富，此道未必存。

白居易〈卯時酒〉（卷四四四）

佛法讚醍醐，仙方誇沆瀣。未如卯時酒，神速功力倍。一
杯置掌上，三嚥入腹內。煦若春貫腸，暄如日炙背。豈獨
支體暢，仍加志氣大。當時遺形骸，竟日忘冠帶。似遊華
胥國，疑反混元代。一性既完全，萬機皆破碎。半醒思往
來，往來可吁怪。寵辱愛喜間，惶惶二十載。前年辭紫闥，
今歲拋皂蓋。去矣魚反泉，超然蟬離蛻。是非莫分別，行
止無疑礙。浩氣貯胸中，青雲委身外。捫心私自語，自語
誰能會。五十年來心，未如今日泰。況茲杯中物，行坐長
相對。

逍遙者，乃「言逍遙乎物外，任天而遊無窮也。」〔註7〕，唐代飲酒
詩中，常涵具此種逍遙自足的達觀思想。詩人於「得全於酒」當中（《莊
子‧達生》），乃超越了現實的富貴得失與褒貶榮辱，破除對小我窮通
的執著，肯定任運而化的人生態度，讓有限的自我化入無限的逍遙
裏，而與宇宙自然交融冥合。

　　前舉詩例，王維送孟浩然歸隱舊廬之作，以「醉歌田舍酒，笑讀
古人書」，此種逍遙自足的慧境，凌駕世俗對功名利祿的企求與嚮往；
李白有一首五言律詩〈贈孟浩然〉云：「吾愛孟夫子，風流天下同。
紅顏棄軒冕，白首臥松雲。醉月頻中聖，迷花不事君。高山安可仰，
徒此揖清芬。」亦可見詩仙對於襄陽的高致，讚譽備至。唐時文人雅
士，爲擺落人事，游心物外，而求深遁幽棲的隱逸者頗夥，其中，雖
有若干心存終南捷徑之仕意者，然而，視山林自然爲衷心歸隱之所

〔註7〕王先謙《莊子集解》「逍遙遊」題下注，頁1，三民書局。

者，實乃當時極為蔚盛的風尚。許宣平〈負薪行〉（卷八六〇）云：

> 負薪朝出賣，沽酒日西歸。借問家何在，穿雲入翠微。

負薪出賣，沽酒而歸，在隱者全身投入於驅世慮、返天和的酒鄉，以及淳樸豐美的山林自然當中，生命的逍遙自足，才全然流露而出，因此「酒隱」思想在《全唐詩》中，幾卷卷可見得：

> 寄酒全吾道，移家愛遠山。（皇甫冉〈送朱逸人〉卷二四九）
>
> 惟將酒作聖，不厭谷名愚。（權德輿〈過隱者湖上所居〉卷三二六）
>
> 生寄一壺酒，死留千本書。（許渾「題倪處士舊居」卷五三〇）
>
> 壺中瀉酒看雲影，洞裏逢師下鶴迎。（劉得仁〈送祖山人歸山〉卷五四五）

其次，李白〈月下獨酌〉詩，以「一樽齊死生，萬事固難審。醉後失天地，兀然就孤枕」，作為對人生的殘缺前與不可遁逃的破敗運命（窮通與修短）的超脫；李白時以「獨酌」為題〔註8〕，其中多藏納著詩人在永恆的時間長流裏，對小我生命的寂寞自照，如：

> 懷余對酒夜霜白，玉牀金井水崢嶸。人生飄忽百年內，且需酣暢萬古情。（〈答王十二寒夜獨酌有懷〉）
>
> 東風吹愁來，白髮坐相侵。獨酌勸孤影，閒歌面芳林。（〈獨酌〉）
>
> 彼物皆有託，吾生獨無依。對此石上月，長醉歌芳菲。（〈春日獨酌〉）

然而，他在人間所意識的孤寂悲感與沉哀落拓，卻多在大自然一草一木的欣然遇合，以及糟丘即蓬萊的樽酒揮飲之中，深悟「得心自虛妙，外物空頹靡」（〈金門答蘇秀才〉）的靈慧之境，因而超越了時間的限圍，獲致逍遙宇外的自足與寧定。

〔註8〕李白詩題有「獨酌」之作：〈北山獨酌寄韋六〉（卷一七二）、〈獨酌清溪江石上寄權昭夷〉（卷一七二）、〈答王十二寒夜獨酌有懷〉（卷一七八）、〈秋月板橋浦泛月獨酌懷謝朓〉（卷一八一）、〈月下獨酌〉四首（卷一八二）、〈獨酌〉（卷一八二）、〈春日獨酌〉二首（卷一八二），共計十一首，居全唐詩人之冠。

　　柳宗元「飲酒」詩，寫其心境的遞變，由「起坐開清尊」之後，乃轉煩憂爲喧欣，其心所觀照玄覽的山水，亦隨之豁然清明，「遠山變幽暗，綠水函晏溫」句，即是情景交寫的絕佳之筆。世人推崇子厚的山水諸記，言其「稱物之妙，宇宙在乎手，萬物生於心靈」（《唐末文醇》）。子厚的詩歌亦同富此靈心妙手，在「怡悅閒澹中，均能闡釋一種美學，自彼寂然的山水，映現自身不爲世知的寂寞。心靈置身於美的觀照之中，苦難的實利世界退隱了，牢憂的世界也透出一絲的和諧」〔註9〕；除有自然之美的冥化之外，「盡醉無復辭，偃臥有芳蓀」的陶然玄暢，亦爲疏瀹其心神靈台的潤劑。詩人涵泳於天酣地醉的自然宇宙當中，終乃脫除了「罪謗交積，群疑當道」的怫鬱憤恚，在「引觴滿酌，頹然就醉，不知日之入」的怡然適性之中，乃達「心凝形釋，與萬物冥合」（〈始得西山宴遊記〉）的澄澈之境，而覓得逍遙自足的逸趣。

　　白居易「卯時酒」，將「酒」謳讚爲至高至尊的神品，其有「似遊華胥國，疑反混元代」的夐古素心，亦具「一性既完全，萬機皆破碎」的哲思洞觀，於是，得失、寵辱、愚賢、巧拙，均泯沒於酒，在一杯入腹之後的「煦若春貫腸，暄如日炙背」，乃使軀骸仿如澡沐在自然的暖春煦陽之中，飄然出塵，有如魚反泉、蟬離蛻，領略到返璞歸眞的逍遙自足之玄思。醉吟先生常於酒中養其眞，如「效陶潛體詩」（卷四二八）十六首之中，即有：

　　　　朝飲一杯酒，冥心合元化。兀然無所思，日高且閒臥。（第三首）

　　　　忽然遺物我，誰復分是非。是時連夕雨，酩酊無所知。（第四首）

　　　　歸來五柳下，還似酒養眞。人間榮與利，擺落如泥塵。（第十二首）

〔註9〕吳炎塗《柳宗元的性情與寂寞》，鵝湖雜誌，三十期，民國66年12月。

酒天虛無，酒地綿邈，酒國安恬，其中無君臣貴賤之拘，無財利之圖，無刑罰之道，陶陶焉、蕩蕩焉，其樂莫可得而量也。轉而入于飛蝶，都則又薔騰浩渺，而不思覺〔註10〕，在廣袤的酒國天地之中，實乃蘊涵了無限「逍遙自足的玄思」。

參、素樸摯厚的淳情

王績〈田家〉三首之三（卷三七）

> 平生唯酒樂，作性不能無。朝朝訪鄉里，夜夜遣人酤。家貧留客久，不暇道精粗。抽簾持益炬，拔簪更燃爐。恆聞飲不足，何見有殘壺。

儲光羲〈田家雜興〉八首之八（卷一三七）

> 種桑百餘樹，種黍三十畝。衣食既有餘，時時會親友。夏來菰米飯，秋至菊花酒。孺人喜逢迎，稚子解趨走。日暮閒園裏，團團蔭榆柳。酩酊乘夜歸，涼風吹戶牖。清淺望河漢，低昂看北斗。數甕猶未開，明朝能飲否？

李白〈下終南山過斛斯山人置酒〉（卷一七九）

> 暮從碧山下，山月隨人歸。卻顧所來徑，蒼蒼橫翠微。相攜及田家，童稚開荊扉。綠竹入幽徑，青蘿拂行衣。歡言得所憩，美酒聊共揮。長歌吟松風，曲盡星河稀。我醉君復樂，陶然共忘機。

崔道融〈村墅〉（卷七一四）

> 正月二月村墅閒，餘糧未乏人心寬。南鄰雨中揭屋笑，酒熟數家來相看。

大凡文化根苗深植於大地厚土的民族，其質性亦多歸向平實淳樸。中國自古以農立國，雖然這種「足蒸暑土氣，背灼炎天光」，日出而作，日入而息的農耕生活，頗為勞苦，但是，在一鋤一犁的血汗交灌之下，生命的依存與歡慰都從泥土裏萌芽滋生，農民祈祐風雨順調，稻　肥足，其後，在收穫的愉悅與感恩之中，更使人與天地之間溫厚和諧的

〔註10〕錄自《說郛》所輯陶穀〈清異錄〉酒漿門。

情意，彌爲契合。

在中國繁複多姿的詩歌奧府之中，有極多篇幅是隸屬於上述對田園風物的謳詠。其中，亦有部分乃以「酒」爲主要機杼之作，這類有涉於酒的作品，在內容上，大多以描繪田家安恬的生活歡情爲主要特色，而那種根源於大地泥壤的素樸之情與拙厚之性，均在「酒」汩汩的生命脈動之下，自然流露於胸次之間。

上舉詩例，王績〈田家〉之作，乃寫其嗜酒率眞之性，「朝朝訪鄉里，夜夜遣人酤」，乃言其嗜酒樂飲之性；「家貧留客久，不暇道精粗」則言其坦率眞摯之性，雖貧困到抽簾拔簀以爲爐薪的窘境，卻仍熱忱留客同酌濁醪，其素樸之淳情可見。明初高僧楚石詩云：「富至雖云樂，貧家亦有歡。門開當大野，客至倒深罇。就把青荷葉，舖爲碧玉盤。浮生如過鳥，急景似跳丸。」〔註11〕，更把貧居里巷之民精神上的寄慰與淳樸的性情，刻繪得淋漓盡緻。

儲光羲〈田家雜興〉一詩，藉由「酩酊乘夜歸，涼風吹戶牖」的暢意痛飲、了無罣礙，以及「數甕猶未開，明朝能飲否？」的賓主盡歡、祈續歡情之邀，乃將田家豐足、親友融洽的忻喜諧和之情，一一呈顯。

李白〈下終南山過斛斯山人置酒〉詩，在一片月光山影、幽篁青蘿，物物有情相迎的氛圍中，主客歡敘舊情、共飲美酒、引吭清歌，直至河星稀疏、夜幕深沉，「我醉君復樂，陶然共忘機」，則已是俗慮都無，機心俱忘的飲酒化境。

崔道融〈村墅〉詩中，以「南鄰雨中揭屋笑，酒熟數家來相看」，從因「酒熟」而笑的刹那，滿屋人聲人語的歡騰氣氛，亦隨之擴散而出；《全唐詩》之中，以「酒」作爲描寫田家「素樸摯厚的淳情」的詩例頗多，杜甫〈遭田父泥飲美嚴中丞〉詩，即是一幅最鮮明生動的

〔註11〕明初高僧楚石梵琦和寒山詩作，寒山詩云：「田家避暑月，斗酒共誰歡。雜雜排山果，疎疎圍酒罇。蘆筍將代席，蕉葉且充盤。醉後搘頤坐，須彌小彈丸。」（卷八○六）

樸素鄉情之寫眞：「高聲索果栗，欲起時被肘。指揮過無禮，未覺村
野醜。月出遮我留，仍嗔問升斗。」郝敬批選杜工部詩，即云此詩：
「情景意象，妙解入神，口所不能傳者，宛轉筆端，如虛谷答響，字
字停勻，野史留客與田家樸直之致，無不生活。」，其它詩作如：

> 田舍有老翁，垂白衡門裏，有時農事閒，斗酒呼鄰里。喧
> 聒茅簷下，或坐或復起。(王維〈偶然作〉六首之二，卷一二五)
> 開軒面場圃，把酒話桑麻。待到重陽日，還來就菊花。(孟
> 浩然〈過故人莊〉卷一六〇)
> 池塘煙未起，桑柘雨初晴。歲晚香醪熟，村村自送迎。(章
> 孝標〈長安秋夜〉卷五〇六)

總上，唐代飲酒詩所蘊涵的純粹之境——宇宙自然的交融冥合，
乃含攝「清曠幽閒的謐境」與「逍遙自足的玄思」，以及「素樸摯厚
的淳情」，三種高妙的蘊境。

第二節　生命歲華的奄逝無常——請君有錢向酒家　君不見　蜀葵花

岑參〈蜀葵花〉(卷一九九) 詩云：

> 昨日一花開，今日一花開。今日花正好，昨日花已老。始
> 知人老不如花，可惜落花君莫掃。人生不得長少年，莫惜
> 牀頭沽酒錢。請君有錢向酒家，君不見，蜀葵花。

詩人藉由蜀葵花的盛衰榮枯，而興起了對年華易逝的無限悲戚，以及
憂懼那不可逭逃的生命終極的來臨，因乃大聲呼告世人：「請君有錢
向酒家，君不見，蜀葵花！」詩人對生命歲華奄逝無常的深情銳感，
乃披顯在此鏘鏘然擲地有聲的一句激切呼示語中。

「人之生也，與憂俱生」(《莊子・至樂篇》)，的確，生命在其一
步入「有生」之機時，自然也會「有死」(方生方死)，佛家以生、異、
住、滅（或說成、住、壞、空）的流轉，歸納宇宙一切事物樣態變化
的過程。人，雖可以其智悟洞澈生命的本質與究竟，然而，「日月逝

於上，體貌衰於下，忽焉與物遷化，斯志士之大痛」（曹丕《典論論文》），生死的悽愴悲憾，實為人類生命之中，最深沉無告的大痛；南朝劉宋詩人鮑照，早已有岑參所云「牀頭沽酒錢」，此種以酒為生的及時行樂思想之詠作：

> 君不見河邊草，冬時枯死春滿道。君不見城上日，今暝沒
> 盡去，明朝復更出，今我何時當得然，一去永滅入黃泉。
> 人生苦多歡樂少，意氣敷腴在盛年。且願得志數相就，牀
> 頭恆有沽酒錢。功名竹帛非我事，存亡貴賤付皇天。（〈擬
> 行路難〉十八首之五）

人處在自然無垠的時間長流裏，有如薤上露、風中塵，奄忽奄滅，無跡可尋；詩人經過對生命的沉潛觀照後，其在瀕臨歲華流逝的悚惕激盪之中，除懷有「勸君莫惜金樽酒，年少須臾如覆手」。（溫庭筠〈醉歌〉卷五七六），此種及時行樂以銷憂的主要意識型態之外，亦有將自身超拔而成，反而對所處周遭物華的 嬗（即「物色之動」），存著一份領略迎賞的欣情，杜甫〈江畔獨步尋花〉所云：「江深竹靜兩三家，多事紅花映白花。報答春光知有處，應須美酒送生涯」（卷二二七），即表現了因節序（春光）的感蕩，而沉酣在追尋生命當下湧現的品味之中。此外，在我國傳統的詩歌文學，往往將歷史世界之中，朝代的或興或亡，與自然永恆的時空相對比照，進乃暗示出詩人對人間生命的一種無常虛幻之感。李白〈對酒〉詩中（卷一八二），即有此種「人事有代謝，往來成古今」（孟浩然〈與諸子登峴山〉）的奄逝無常之嘆：

> 勸君莫拒杯，春風笑人來。桃李如舊識，傾花向我開。流
> 鶯啼碧樹，明月窺金罍。昨來朱顏子，今日白髮催。棘生
> 石虎殿，鹿走姑蘇臺。自古帝王宅，城闕閉黃埃。君若不
> 飲酒，昔人安在哉。

總上所論，本節乃擬就：壹、及時行樂的隱慟。貳、物色 嬗的撼情。參、歷史興廢的愴懷。三方面來探討唐代飲酒詩在「生命歲華的奄逝無常」所呈顯的意蘊與特色。

壹、及時行樂的隱慟

崔國輔〈對酒吟〉（卷一一九）

行行日將夕，荒村古冢無人跡。蒙籠荊棘一鳥吟，屢唱提壺沽酒喫。古人不達酒不足，遺恨精靈傳此曲。寄言世上諸少年，平生且盡杯中醁。

孟郊〈勸酒〉（卷三七四）

白日無定影，清江無定波。人無百年壽，百年復如何。堂上陳美酒，堂下列清歌。勸君金屈巵，勿謂朱顏酡。松柏歲歲茂，丘陵日日多。君看終南山，千古青峨峨。

白居易〈勸酒〉（卷四四四）

勸君一醆君莫辭，勸君兩醆君莫疑。勸君三醆君始知。面上今日老昨日，心中醉時勝醒時。天地迢遙自長久，白兔赤烏相趁走。身後堆金拄北斗，不如生前一樽酒。君不見春明門外天欲明，喧喧歌哭半死生。遊人駐馬出不得。白輿素車爭路行。歸去來，頭已白，典錢將用買酒喫。

聶夷中〈飲酒樂〉（卷六三六）

日月似有事，一夜行一周。草木猶須老，人生得無愁。一飲解百結，再飲百憂。白髮欺貧賤，不入醉人頭。我願東海水，盡向杯中流。安得阮步兵，同入醉鄉遊。

「及時行樂」一直是飲酒詩最具代表性的思想內涵，從「醞釀期」《詩經》的「死喪無日，無幾相見，樂酒今夕，君子維宴」（《小雅·頍弁》）與漢代《樂府》的「人生天地間，忽如遠行客。斗酒相娛樂，聊厚不為薄」（古詩十九首），到「發展期」魏晉的「長短有常會，遲速不得辭。斗酒多為樂，無為待來茲」（應璩〈百一詩〉）與南北朝的「但願樽中九醞滿，莫惜牀頭百個錢。直須優游卒一歲，何勞辛苦事百年」（鮑照〈擬行路難〉十八首之十八），迄至有唐一代的「鼎盛期」，此類詩作更是不勝枚舉，例如：

浮生知幾日，無狀逐空名，不如多釀酒，時向竹林傾。（王績〈獨酌〉卷三七）

> 古人今人若流水，共看明月皆如此。唯願當歌對酒時，月
> 光常照金樽裡。（李白〈把酒問月〉卷一七九）
> 花落還再開，人老無少期。古來賢達士，飲酒不復疑。（戴
> 叔倫〈感懷〉二首之二，卷二七三）
> 蜂喧鳥咽留不得，紅蕚萬片從風吹。豈如秋霜雖慘冽，摧
> 落老物誰惜之。爲此徑須沽酒飲，自外天地棄不疑。（韓愈
> 〈感春〉四首之二，卷三三八）
> 白骨土化鬼入泉，生人莫負平生年。何時出得酒禁國，滿
> 甕釀酒曝背眠。（盧仝「歎昔日」三首之三，卷三八八）

以上諸多詩例，均以兩種強烈對比的生命型態：生與死、老與少，作
爲呈現「及時行樂」思想的主機，而且，經常借自然界永恆的實體或
物理（如：古今如一的「月」、年年落而復開的「花」等等），烘染出
對自我生命奄逝無常的悲感，最後，乃歸結以「飲酒」──不如飲此
神聖杯，萬念千憂一時歇（白居易〈啄木曲〉），圖以兀然一醉之樂，
來勘破死主之大限；然而，「及時行樂」思想的底層，對老境難耐，
少年易過，此種生命困境的疏瀹，仍落在莊子所謂「物有結之」之境
〔註12〕，即仍被「生」之境所繫縛，唐、成玄英疏之云：

> 若夫當生慮死，而以憎惡存懷者，既內心不能自解，故爲
> 外物結縛也。

物結乃生於「慮」，慮便有計較之心，計較必生哀樂之情，故飲酒詩
所喜顯的「及時行樂」思想，多仍耽溺在哀生之奄忽、悲死之倏至，
而以飲酒銷憂爲樂的「結縛」之中，其中，實還藏納著對生命奄逝無
常的「隱慟」在內。

　　崔國輔〈對酒吟〉起句即以「夕日」（老）「古冢」（死）兩種具
體實物來象徵生命歲華的殘落與蒼涼，也給全詩當頭罩下一層死亡的
黑紗；孟郊〈勸酒〉詩的起句「白日無定影，清江無定波」也是用了

〔註12〕莊子《大宗師》：「且夫得者時也，失者順也，安時而處順，哀樂不能
　　　　入也。此古之所謂縣解也，而不能解者，物有結之。且夫物不勝天
　　　　久矣，吾又何惡焉。」

相同手法，其後二詩乃將痛飲芳醇，及時行樂的意態，紛紛披陳而出，崔詩云：「寄言世上諸少年，平生且盡杯中醁」。孟詩云：「勸君金屈卮，勿謂朱顏酡，松柏歲歲茂！丘陵日日多」，其以當歡趁少年，勿待人老化同塵之時，遺憾終生。王建〈惜歡〉（卷二九九），詩中亦敘及此情：

> 當歡須且歡，過後買應難。歲去停燈守，花開把燭看。狂來欺酒淺，愁盡覺天寬。次第頭皆白，齊年人已殘。

此外，白居易〈勸酒〉詩，乃以廣大窈冥，無涯無際的天地與人相比照，一是「面上今日老昨日」，一則是「迢遞自長久」，人於天地之間，有如蟪蛄之於青松，如何不「典錢將用買酒喫」？以上三首詩中，雖均不直言「憂生哀死」之沉慟，甚乃企圖以放逸跌宕的筆意，將怫鬱愁結之懷，銷弭於「堂上陣美酒，堂下列清歌」的酣暢快意之中，表面上是悟悅曠達，內裏則是「嘻笑之怒，甚乎裂眥；長歌之哀，過乎痛哭」，其飲酒愈狂渴，其隱慟愈悽楚，故聶夷中〈飲酒樂〉詩，竟乃渴求「我願東海水，盡向杯中流」，李白亦有「烹羊宰牛且為樂，會須一飲三百杯」（〈將進酒〉）的狂飲；「及時行樂」的隱慟，乃在「日日無窮事，區區有限身」的「慮」（當生慮死）之下，轉求以「若非杯酒裏，何以寄天眞」（註13）的抒解，然其胸臆實有哀生悲死的憎恨在懷，此乃其隱慟之所由生。

　　及時行樂思想之源生，本含有對宇宙化運的肯定，也有貴身愛生的個人價值之認識，但就在化運永久與小我生命無常的矛盾對映裏，自然容易激盪起人情緒上的苦痛與煩惱，而興起及時行樂的感覺。因之，在以及時行樂思想為主的詩作中，多有因悲歎生命促忽而生感慨悲懷，其在天命無可改移的大慟之中，只存下個人於有限條件下的立身安命之道——飲酒為樂，未純粹轉至「栩栩然胡蝶也，自喻適志也，

〔註13〕李敬方〈勸酒〉（卷五○八）：「不向花前醉，花應解笑人。只憂連夜雨，又過一年春。日日無窮事，區區有限身。若非杯酒裏，何以寄天眞。」

不知周也」（莊子《齊物論》）的物忘相泯之境，亦未完成獨善一身的
通透生命（仍有哀戚縱性的傷身），此即「及時行樂」的飲酒詩中，
所呈顯出來的隱慟之主要所在。

貳、物色　嬗的撼情

王維〈臨湖亭〉（卷一二八）

輕舸迎上客，悠悠湖上來。當軒對尊酒，四面芙蓉開。

杜甫〈江畔獨步尋花〉七絕句之一（卷二二七）

江上栽花惱不徹，無處告訴只顛狂。走覓南鄰愛酒伴，經
旬出飲獨空牀。

白居易〈早冬〉（卷四四三）

十月江南天氣好，可憐冬景似春華。霜輕未殺萋萋草，日
暖初乾漠漠沙。老柘葉黃如嫩樹，寒櫻枝白是狂花。此時
卻羨閒人醉，五馬無由入酒家。

杜牧〈獨酌〉（卷五二一）

窗外正風雪，擁爐開酒缸，何如釣船雨，篷底睡秋江。

「藝術家，他所關切的就是他置身的形相世界，他所追尋的不是絕對
真理的呈現與描繪，而是情感上的描繪與默許，藝術創造活動所關切
的問題是描繪與表現。因此，在藝術的領域當中，生命不會是孤絕、
抽象的事物，而是展現在情致紛披的各種生命景象當中」〔註14〕，在
紛然雜沓的形相世界之中，四時節序的推移，本即涵有生命消長的義
蘊在內，陸機〈文賦〉所云：「遵四時以嘆逝，瞻萬物而思紛。悲落
葉於勁秋，喜柔條於芳春」，即為對春發秋落的自然景象，觸發嘆逝
的感懷。《文心雕龍・物色篇》乃有對四季時令的感蕩人心，喚觸人
情之不同姿采，一一予以闡示抒陳：

春秋代序，陰陽慘舒，物色之動，心亦搖焉。蓋陽氣萌而
玄駒步，陰律凝而丹鳥羞，微蟲或入感，四時之動物深矣。
是以獻歲發春，悅豫之情暢；滔滔孟夏，鬱陶之心凝；天

〔註14〕參見蔡英俊《中國古典詩歌中的生命——愛恨生死》，故鄉出版社。

> 高氣清，陰沈之志遠；霰雪無垠，矜肅之慮深；歲有其物，
> 物有其容；情以物遷，辭以情發，一葉且或迎意，蟲聲有
> 足引心，況清風與明月同夜，白日與春林共朝哉！

劉勰從春秋代序，四時變遠的考察中，點示出四季之變即物色之動，物色既動，人心遂感，於是，「詩人感物，聯類不窮」，物色之動乃撼蕩出種種發諸情性的無盡詠作。

前舉四首詩例，分別描摹在四季之中，為物色所動的飲情。王維〈臨湖亭〉乃寫夏日閒酌的悠遊，詩人徜徉於水影波光，幽荷吐蕊的湖亭景致之中，在「當軒對尊酒，四面芙蓉開」，坐飲花群、清香薰沐的酣暢裏，頓覺溽暑全消，鬱陶之心亦為之豁解。

杜甫〈江畔獨步尋花〉，寫詩人在「幽蟄蠢動，萬物樂生」（傅玄〈陽春賦〉）的春心馳蕩之下，無處抒發其領略：春林花媚、春鳥意哀、春風多情的悅豫心境，乃「走覓南鄰愛酒伴」，然其人早已為春情所引而「經旬出飲獨空牀」了！結句的翻出意汁，使得原本已至狂顛的春心，更加漾盪而令人難耐其情。

白居易〈早冬〉之飲，寫其流覽冬景猶覺得春華的怡暢心緒，詩中盡掃霰雪無垠，矜肅慮深的描繪，而有「老柘葉黃如鐵樹，寒櫻枝白是狂花」的爛漫想像。最後，詩人終在物色　嬗的撼情下，「五馬無由入酒家」，詩至此戛然而止，雖不敘其飲況，卻已留下無窮酣醺之意。

杜牧〈獨酌〉詩，寫其在風雨凜冽、篷雨瀟瀟，一片深秋陰沉之氣的氛圍中，以「擁爐開酒缸」之中的暖爐、燒酒，兩種在官能上涵有「熱」感之物的烘染下，進乃覓得靜眠天地之間的怡然放曠之趣。

在物色　嬗的撼情下，乃有春杯的旖旎，夏酌的閑逸，秋醉的曠遠，冬飲的酣暢。而在四時的流轉交替中，春、秋二季尤為詩人吟謳所獨鍾，「春」由蟄潛而新發，「秋」則由榮華而零落，二者均為物色之遷動，自必然憂魂鑠魄尤為深鉅。因之，迎春、賞春、秋思、秋懷之類的題詠，乃歷見於詩藁篇牘；其中，雖有如上所舉的詩例一般，

對物色的嬗，存著一份領略迎賞的欣情，而能「放歌乘美景，醉舞向東風」（賈至「對酒曲」卷二三五）；然而，亦有許多因惜春而愁，感秋而悲的詩作，例如：

　　元稹〈送春詞〉（卷三五九）

　　　　昨來樓上迎春處，今日登樓又送歸。蘭蕊殘妝含露泣，柳條長袖向風揮。佳人對鏡容顏改，楚客臨江心事違。萬古至今同此恨，無如一醉盡忘機。

　　韓愈〈秋懷詩〉十一首之一（卷三三六）

　　　　窗前兩好樹，眾葉光薿薿。秋風一拂披，策策鳴不已。紅燈照室牀，夜半偏入耳。愁憂無端來，感歎成坐起。天明視顏色，與故不相似。羲和驅日月，疾急不可恃。浮生雖多塗，趨死惟一軌。胡爲浪自苦，得酒且歡喜。

韓愈、元稹的悲秋與春愁，均在物色之變中，興起對生命歲華奄逝無常的一種懷想和悲感，最後亦以尋求「一醉盡忘機」「得酒且歡喜」的「及時行樂」方式來抒解其鬱結，由於此種意識型態前文已有詳論，故此處剋就能以全然迎賞的欣情來興詠物色之動的篇作，作爲探討的重心。

參、歷史興廢的愴懷

　　殷堯藩〈登鳳凰台〉二首（卷四九二）

　　　　鳳凰台上望長安，五色宮袍照水寒。綵筆十年留翰墨，銀河一夜臥闌干。三山飛鳥江天暮，六代離宮草樹殘。始信人生如一夢，壯懷莫使酒杯乾。（其一）

　　　　梧桐葉落秋風老，人去台空鳳不來。梁武台城芳草合，吳王宮殿野花開。石頭城下春生水，燕子堂前雨長苔。莫問人間興廢事，百年相遇且銜杯。（其二）

　　薛逢〈悼古〉（卷五四八）

　　　　細推今古事堪愁，貴賤同歸土一丘。漢武玉堂人何在，石家金谷水空流。光陰自旦還將暮，草木從春又到秋。閒事與時俱不了，且將身暫醉鄉遊。

　　高駢「寫懷」二首之一（卷五九八）

　　　漁竿消日酒消愁，一醉忘情萬事休。卻恨韓彭興漢室，功

　　　成不向五湖遊。

以上所舉詩例，均是以史事做爲詩歌敘詠的對象，藉此以表達作者個

人對歷史事蹟與人物的觀感；當作者在抒發個人主觀的情志，展現其

對歷史興廢所抱持的襟懷或感念之時（非以純粹敘詠史事的客觀成份

爲主，而是以呈露作者個人情懷的主觀成份爲本位者）〔註15〕，其中

經常存有一共通的特徵，即詩中往往將「酒」的意象，傳遞出一種悲

涼消極的情愫，進而流露出作者本身對生命奄逝無常、不可究詰的愴

懷。

　　　殷堯藩爲中唐詩人，〈登鳳凰台〉兩首，乃寫作者登臨金陵古蹟

鳳凰台〔註16〕，而興起對六朝歷史興廢的感嘆。金陵爲歷史上改朝換

代最酷烈的悲劇舞台，其在三百餘年之間，歷經吳、東晉、宋、齊、

梁、陳六個王朝的更迭，因之，金陵的古蹟勝地也成爲歷來詩人詠作

的焦點。李白〈登金陵鳳凰台〉有：「吳宮花草埋幽徑，晉代衣冠成

古丘」的嘆逝，李商隱〈詠史〉有：「三百年間同曉夢，鍾山何處有

龍盤」的疑諷，韋莊〈臺城〉有：「江雨霏霏江草齊，六朝如夢鳥空

啼」的悵惋。殷堯藩「登鳳凰台」兩首詠作，在其登台流覽古蹟之時，

競奔眼簾之中的盡是：「六代離宮草樹殘」、「梁武台城芳草合」、「吳

王宮殿野花開」、「石頭城下春生水」、「燕子堂前雨長苔」種種英雄銷

磨、霸迹殆滅的荒蕪景象，於是，作者乃慨云：「始信人生如一夢，

壯懷莫使酒杯乾」、「莫問人間興廢事，百年相遇且銜杯」，其因歷史

沙堡在時空的沖蝕下，終必步入淪夷湮沒之徑而生的愴痛，乃逼出作

〔註15〕唐代以後，在特殊的創作形式與精神內容下所完成的有關歷史事蹟或
　　　　人物的詠作，可大略用兩種類型來區分：（1）詠史。（2）懷古。此
　　　　處所指可謂之爲屬「懷古」類型的作品。參見蔡英俊《中國古典詩
　　　　歌中的歷史——興亡千古事》，導論，故鄉出版社。

〔註16〕《江南通志》：「宋元嘉十六年，有三鳥翔集山間，文彩五色，狀如孔
　　　　雀，音聲諧和，眾鳥羣附，時人謂之鳳凰。起臺于山，謂之鳳凰臺。」

者對生命的悲感與無常感的透視與觀照。在此,「酒」除有銷憂解愁的實質功效之外,亦寓涵了深植於作者精神底層中,一種欲將沉醉換悲涼的消頹心境,王昌齡「長歌行」(卷十九)即有:

> ……況登漢家陵,南望長安道。下有枯樹林,上有鼯鼠窠。
> 高皇子孫盡,千古無人過。寶玉頻發掘,精靈其奈何。人
> 生須達命,有酒且長歌。

此種貌似灑脫實仍愴痛的心境,乃在對酒長歌的強顏歡笑之中,彰顯而出。

薛逢為晚唐詩人,其「悼古」之作,起句便以「細推今古事堪愁,貴賤同歸土一丘」,來歸結存在於生命之中的一種無可逃拒的命運——死亡。自然的時空交替流衍,由旦而暮,由春至秋,人的終生便在此中翻騰掙扎而至泯滅,尾聯「閑事與時俱不了,且將身暫醉鄉遊」句,乃將歷史舞台上的人事代謝看成永遠演不完的閑事,藉此割斷人與歷史的關聯性,縱身醉鄉。此與高駢〈寫懷〉以「漁竿消日酒消愁,一醉忘情萬事休」來疏解韓信、彭越功敗垂成的憾恨,或李白〈金陵〉三首之三(卷一八一)云:

> 六代興亡國,三杯為爾歌。苑方秦地少,山似洛陽多。古
> 殿吳花草,深宮晉綺羅。併隨人事滅,東逝與滄波。

以及羅隱「西京道德里」(卷六五五)所云:

> 秦樹團團夕結陰,此中莊舄動悲吟。一枝丹桂未入手,萬
> 里蒼波長負心。老去漸知時態薄,愁來唯願酒杯深。七雄
> 三傑今何在,休為閑人淚滿襟。

甚乃迄至明朝三國演義的題詞亦以「一壺濁酒喜相逢,古今多少事,都付笑談中」,諸詩都有著基本上的共通點,即是以「酒」來寄託作者對歷史興廢的愴懷,此乃漸而衍化成普遍存在於中國知識份子內心的處世態度〔註17〕。

總上所論,「及時行樂的隱慟」、「物色嬗的撼情」、「歷史興亡

〔註17〕同註15,頁36。

的愴懷」三大蘊意，乃爲唐代飲酒詩在呈顯「生命歲華的奄忽易逝」之時，所分具的內涵特色。

第三節　現世人生的轗軻困阨──巧拙賢愚相是非何如一醉盡忘機

白居易〈對酒〉五首之一（卷四四九）

> 巧拙賢愚相是非，何如一醉盡忘機。君知天地中寬窄，鵬鷃鸞鳳各自飛。

早期以「文章合爲時而著，歌詩合爲事而作」（〈與元九書〉）爲文學大纛的社會詩人白居易，其以擔負人生憂患的心情，沈潛於社會基層之中，欲以「唯歌生民病，願得天子知」（〈寄唐生詩〉）的諤諤直言，爲民請命，而與天下蒼生休戚與共；然其宦途之轗軻困阨，竟至壯懷俱空。《舊唐書・本傳》（卷一六六）載云：

> 居易初對策高第，擢入翰林，蒙英主特達禮遇，頗欲奮屬效報，苟致身於許謨之地，則兼濟生靈。蓄意未果，望風爲當各者所擠，流徙江湖四五年間，幾淪蠻瘴。自是宦情衰落，無意於出處，唯以逍遙自得，吟味性情爲事。

所謂「士窮窘而得委命」，白居易早先的肯定自視與昔後的疑懼自放，其間的逆轉，實是人生的一大反諷；其爲當路所擠，謫貶江湖之後，宿志沉寂、閎識銷滯，不再汲汲於現世的巧與拙、賢與愚之間的孰是孰非，領悟到天地間沒有絕對的大、絕對的小，事物沒有絕對的貴、絕對的賤；最後，乃圖以「一醉盡忘機」，來斬斷人與現世之間種種情志相逢的臍帶，將形骸藏修悠息於「醉」之中，進乃獲得生命的安頓。試觀其詩，例如：

〈歲暮〉（卷四五二）

> 窮陰急景坐相催，壯齒韶顏去不回。舊病重因年老發，新愁多是夜長老。膏明自蒸緣多事，雁默先烹爲不才，禍福細尋無會處，不如且進手中杯。

又如〈感春〉（卷四四一）

> 巫峽中心郡，巴城四面春。草青臨水地，頭白見花人。憂
> 喜皆心火，榮枯是眼塵。除非一杯酒，何物更關身。

禍福、憂喜、榮悴、甚至窮達、得失、成敗，在在都是人人所無法不
陷足其中的世間淵藪，也是人人所難以從中鷹揚拔起的現世深窄，故
李白〈春日醉起言志〉乃云：「處世若大夢，胡爲勞其生。所以終日
醉，頹然臥前楹」（卷一八二），其同樣以「醉」做爲疏瀹人間勞形役
心之累的共通之徑，進乃有以現世爲幻象，以人生爲逆旅的坎壈詠懷。

　　「物有萬類，錮人如鎖，事有萬感，熱人如火」（白居易〈自晦〉），
緣於人世的紛然雜沓，故唐代飲酒詩之中，有涉於「現世人生的轞軻
困陀」的詠作，乃涵括了各種境況迥異的層面，實非本文所能鈎稽盡
全，故此處剬就三方面：壹、人事飄忽的嗟歎。貳、懷抱沉淪的抑鬱。
參、天涯支離的悽惋，予以研析。

壹、人事飄忽的嗟歎

李適之〈罷相作〉（卷一〇九）

> 避賢初罷相，樂聖且銜杯。爲問門前客，今朝幾個來。

王維〈酌酒與裴廸〉（卷一二八）

> 酌酒與君君自寬，人情翻覆似波瀾。白首相知猶按劍，朱
> 門先達笑彈冠。草色全經細雨濕，花枝欲動春風寒。世事
> 浮雲何足問，不如高臥且加餐。

元稹〈放言〉五首之五（卷四一三）

> 三十年來世上行，也曾狂走趁浮名。兩廻左降須知命，數
> 度登朝何處榮。乞我杯中松葉滿，遮渠肋上柳枝生。他時
> 定葬燒缸地，賣與人家得酒盛。

白居易〈詔下〉（卷四五三）

> 昨日詔下去罪人，今日詔下得賢臣。進退者誰非我事，世
> 間寵辱常紛紛。我心與世兩相忘，時事雖聞如不聞。但喜
> 今年飽飯吃，洛陽禾稼如秋雲。更傾一尊歌一曲，不獨忘

　　世兼忘身。

人情似紙番番薄，世事如碁局局新，此乃古今恒存的喟嘆，故富貴難憑、榮枯反覆、禍福廻環，種種人事飄忽的嗟歎，應諸現世，則毫無偏枯地呈顯在人情的反覆，仕宦的困躓等人事之上。

　　李適之於天寶元年代牛仙客為左相，因與李林甫不合，受其中傷，罷官於天寶五年，其〈罷相作〉，按《本事詩》云：

　　　　開元末，宰相李適之疏直坦夷，時譽甚美，李林甫惡之，
　　　　排誣罷免，朝官雖知其無罪，謁問者甚稀，適之意憤，日
　　　　飲醇酒，且為此詩，林甫愈怒，終不免於禍。

李適之本以罷相為戚而飲酒自遣，其云：「為問門前客，今朝幾個來？」則門可羅雀、賓客遽稀之狀可見〔註18〕；徐夤〈西寨寓居〉亦有：「閱讀南華對酒杯，醉攜筇竹畫蒼苔。豪門有利人爭去，陌巷無權客不來。」之嘆，耿湋〈春日即事〉亦有：「家貧童僕慢，官罷友朋疏，強飲沽來酒，羞看讀了書」之怨，杜甫所云「途窮見交態，世梗悲路澀」（〈送率府程錄事還鄉〉），即是一針見血地對人事的飄忽所發之嗟悵。

　　王維〈酌酒與裴迪〉詩，乃因裴迪有所干請而不遂，頗為悒怨，故王維作此以慰藉老友；全詩以「人情反覆似波瀾」為旨，故頸聯「白首相知猶按劍，朱門先達笑彈冠」，即痛陳白首舊交轉瞬為敵國，朱門顯達者卻忘貧賤之友的嗟嘆；而草色一聯，乃是「即景托論，以眾卉而邀時雨之滋，以奇英卻受春寒之痼，物類且有不得其平者，況人心世事浮雲變幻，又安足問耶？」〔註19〕，其詩首、尾二聯循環相應，挈起全篇之主，以其身說處此人情翻覆、世事浮雲的現世，唯有借酒忘憂，高臥加餐而已。此雖屬曠語，實乃「寓悲涼於曠達」，人事飄忽的嗟悵，乃更見昭顯。

　　元稹〈放言〉敘其年少渴慕功名，然在仕途幾經挫折之後，宦情衰冷，乃乞酒澆其塊壘，甚有企以「他時定葬燒缸地，賣與人家得酒

〔註18〕參見森大來《唐詩選評釋》卷六，頁528，河洛。
〔註19〕參見清代趙殿成《王摩詰全集箋注》卷十，頁145，世界。

「盛」的狂誕自放語態。元稹自二十四歲（貞元十九年）拔萃及第，授秘書省校書郎〔註20〕，其後曾仕相，至五十三歲（太和五年）於都岳節度使任內去世，蹭蹬仕途約有三十年，由於「性鋒銳」（《舊唐書·本傳》），遇事敢言，多所忤犯，在任左拾遺及監察御史之職時，彈劾權倖，樹敵日滋，後幾度遭貶謫，甚乃遠至荊蠻、巴蜀等瘴癘荒僻之地，幾至病喪，其「放言」詩五首之一，即有：

> 近來逢酒便高歌，醉舞詩狂漸欲魔。五斗解酲猶恨少。十
> 分飛盞未嫌多，眼前讐敵都休問，身外功名一任他。死是
> 等閒生也得，擬將何事奈吾何。

往昔官場讐敵的險惡，讒言的銷骨，以及鞭策踔勵其心最力的功名榮寵，均已銷融於「酒盃沈易過，世事紛何已」（〈遣春〉）的嗟恨之中。

　　白居易〈詔下〉詩中，將宦海波譎，以「昨日詔下去罪人，今日詔下得賢臣」，具體扼要的時間對比，一筆帶出詩心所指：「世間寵辱常紛紛」，樂天與元稹同為中唐社會詩之巨擘，然其均遭「世途倚伏都無定，塵網牽纏卒未休」（〈放言〉）的轗軻困阨之中。此外，甚至以「致君堯舜上，再使風俗淳」自許自期的詩聖杜甫，其在浮生看物變，為恨與年深的窮暮之年，亦有：「細推物理須行樂，何事浮名絆此身」（〈曲江〉二首之二），「縱飲久判人共棄，懶朝真與世相違」（〈曲江對酌〉），「聞君話我為官在，頭白昏昏只醉眼」（因許八奉寄江寧旻上人）的頹靡心境，由上舉三位社會詩派詩人詩風與人生觀的共同改變，可以驗知現世人生的轗軻困阨（世事飄忽之中的人情反覆與宦途蹭蹬，僅為其中之一環），其斲剥詩人身心之慘酷與影響之深遠。

貳、懷抱沉淪的抑鬱

　　李白〈冬夜醉宿龍門覺起言志〉（卷一八二）

> 醉來脫寶劍，旅憩高堂眠。中夜忽驚覺，起立明燈前。開
> 軒聊直望，曉雪河冰壯。哀哀歌苦寒，鬱鬱獨惆悵。傳說

─────────────

〔註20〕唐文粹六八，白居易《元稹墓誌銘》云：「公九歲能文，十五明經及第，二十四判入四等，署秘書省校書郎。」

版築臣，李斯鷹犬人。欻起匡社稷，寧復長艱辛。而我胡
爲者，歎息龍門下。富貴未可期，殷憂向誰寫。去去淚滿
襟，舉聲梁甫吟。青雲當自致，何必求知音。

李商隱〈風雨〉（卷五三九）

淒涼寶劍篇，羈泊欲窮年。黃葉仍風雨，青樓自管絃。新
知遭薄俗，舊好隔良緣。心斷新豐酒，銷愁斗幾千。

李群玉〈自遣〉（卷五六九）

翻覆升沉百歲中，前途一半已成空。浮生暫寄夢中夢，世
事如聞風裏風。修竹萬竿資闃寂，古書千卷要窮通。一壺
濁酒暄和景，誰會陶然失馬翁。

韓偓〈半醉〉（卷六八一）

水向東流竟不迴，紅旗白髮遞相催。壯心暗逐高歌盡，往
事空因半醉來。雲護雁霜籠澹月，雨連鶯曉落殘梅。西樓
悵望芳菲節，處處斜陽草似苔。

「身」得以列廊廟上才、邦國茂器，「功」足以列丹青畫像、麒麟閣
台，此乃古今文士祈能名垂史筆、事列朝策、志兼天下的共同懷抱。
曹植〈請招降江東表〉云：

臣聞士之羨永生者，非徒以甘食麗服宰割萬物而已，將有
以補益群生，尊主惠民；使功存於竹帛，名光於後嗣。

欲建永世之業，垂金石之功，就古代士人階層而言，「出仕」是最主
要，也是最迫切的蹊徑。中國知識份子唯有參政一途，方可展其所學
所能；此外，出仕也是其恃以營生活口之計。近人徐復觀曾對知識份
子的歷史性格與歷史命運，有如下的評價〔註21〕：「在戰國時代所出
現的『遊士』、『養士』兩個名詞，正說明了中國知識份子的特性。『遊』
是證明它在社會上沒有根，『養』是證明它只有當食客才是生存之道。
而遊的圈子也只限於政治，養的圈子也只限於政治。於是，中國的知
識份子一開始便是政治的寄生蟲。」，士在除了投身政治別無他途的

〔註21〕徐復觀《中國知識分子的歷史性格和歷史命運》，青年中國雜誌，一
卷二號，民國 68 年 9 月，頁 35～36。

前提下，爲了生計、名位或理想等種種因素，官場漸變成政治上殘酷慘烈的競技場，許多文士均在其中遭遇了「拘攣莫伸，抑鬱誰訴」（杜牧〈上史部高尚書狀〉）的苦悶，陷於身心俱疲卻無以脫拔自解的困境；因之，懷抱日益沉淪的抑鬱，乃成爲轗軻困阨的現世人生（絕大多數來自政治競技場上割裂的傷痕）的主要課題。

　　「苟無濟代心，獨善亦何益」（〈贈韋秘書子春〉），李白以人間偉烈功業爲生命鵠的，殷求經世濟民，深以一己的獨善爲不然，緣於其追企功業之心愈熱切，其所獲致的沉淪抑鬱的挫折乃更深且鉅。前舉〈多夜醉宿龍門覺起言志〉詩中，起句「醉來脫寶劍」即爲一篇之目，其中，「醉」與「寶劍」，乃涵有兩種迥然相異的意象，「寶劍，原是象徵李白的自我表現以及政治參與，但此刻卻將它『脫』掉這中間自然就隱藏了李白內心的失望與無奈之情」〔註22〕，「醉」則象徵李白的自我沈潛與政治的疏離，醉而脫劍，眠而後醒，這中間自然就隱藏有李白內心的矛盾與掙扎，而李白對功業未成、懷抱沉淪的焦急、鬱懟之情，乃在中夜驚覺之後，勢如江海般，傾洩噴薄而出，實乃悲忿已極。「開軒聊直望」，窗外的世界仍是「曉雪河冰壯」，這正是其〈行路難〉所慨嘆：「欲渡黃河冰塞川，將登太行雪滿山」的偃蹇景況；又念及古人如傅說、李斯之徒，雖出身微賤，卻終能突起而成社稷之才，相形之下，自己雖同具經綸之才，卻只能弔影自傷，向隅獨泣，其抑鬱之情乃在古人與自身，一窮一達、一否一泰的強烈對比下，愈發哀慟難忍，況且才士還有身邊小人讒邪的困躓，壯懷功業乃愈發無奈難持了！詩中最後兩句「青雲當自致，何去求知音」的自我抒慰，雖仿佛將生命鷹揚拔起，欲奮壯志於雲霄，其實是將作者推向更寂寞無助的孤峯之上，更難逢賞識拔擢之人，故其懷抱沉淪的抑鬱，委實只能徒歎「寒灰寂冥憑誰暖，落葉飄揚何處歸」（〈幽歌行上新平長史兄粲〉）。

〔註22〕參見呂興昌《李白研究》，台大中文研究所碩士論文，民國62年。

　　李商隱「風雨」詩中，首聯「淒涼寶劍篇，羈泊欲窮年」，亦與李白相同，以寶劍自況，甚至借郭震獻寶劍篇而扶搖青雲的典故〔註23〕，做為自傷其懷才不遇，而致流落多戚的對比；再則，「寶劍」本該光芒熠耀，爍人心神，但卻冠上「淒涼」二字，而全詩旨趣，即蘊涵在此二字之中，詩意亦攀附於此二字來發揮。頸聯「黃葉仍風雨，青樓自管絃」，即承上聯分兩股寫，一寫自身，以黃葉飄搖於風雨之中自比；一寫他人，恣情歡笑於朱門管絃嘈雜之中，在一悲一喜的鮮明對比下，懷抱沉淪的抑鬱之情，乃更形強烈凸顯；腹聯的「新知遭薄俗，舊好隔良緣」更將自身伶仃孤苦的淒涼，在舊好新知均漠然相待的炎涼世態之中，抑鬱的懷抱實已泛濫至極，故尾聯乃言欲以酒澆愁，作者最後將一身羈泊淪落、無人荐識的淒涼，完全凝縮在一個「酒」字上，企圖藉酒以沈潛自我，疏離仕途懷抱困蹇無成的悲戚。由此，讀者不難察知，縱使其能飲盡東海，亦無法銷解其懷抱沉淪的淒涼鬱懟，故其只能嘆云「中路因循我所長，古來才命兩相妨」（〈有感〉），而不得飲一醆芳醪了！

　　唐詩之中，以書劍言其懷抱者，如：孟浩然在感歎「皇皇三十載，書劍兩無成」之後，乃言「且樂杯中物，誰論世上名」（〈自洛之越〉），羅鄴在「數星昨夜寒爐火，一陣誰家臘甕香」的牽引下，乃自嘆「久別羈孤成潦倒，廻看書劍兩蒼黃」（〈冬夕江上言事〉五首之二），詩人在轗軻現世中，懷抱（書劍）沉淪的抑鬱之情，乃在酒（愁）的澆灌持飲下，愈加梗塞胸臆而忿鬱難平。

　　李群玉，字文山，其人「清才曠逸，不樂仕進，專以吟詠自適」（《唐才子傳》）；韓偓，字致光（一作堯），作有《香奩集》，竟成後代情詞之祖，然其人狷潔不二，因不附朱全忠，貶濮州司馬，復官後仍不赴召，實為風骨嶒稜的詩人。《四庫全書提要》稱其「詩雖局於

〔註23〕張說「郭代公行狀」：「公少倜儻，廓落有大志，十八擢進士第，判入高等，授梓州通泉尉。則天聞其名，擇微引見，令錄舊文，上古劍篇，覽而喜之。」，參見玉谿生詩箋注，里仁書局。

風氣，渾厚不及前人，而忠憤之氣，時時溢於語外，性情既摯，風骨自道，慷慨激昂，迴異當時靡靡之音」，其與李群玉同處於晚唐兵變政亂的現世中，故均有懷抱沉淪的抑鬱。李群玉「自遣」詩首聯「翻覆升況百歲中，前途一半已成空」，其廓落無成的沉鬱之情，即已泌透全詩；因之，頸聯乃有浮生如夢，世事如風的疏離觀照，腹聯即扣承頸聯疏放逸宕之意，轉求以「修竹萬竿資闃寂，古書千卷要窮通」來安撫其沉寂困躓的苦悶，進而將其壯志落空的抑鬱之情，推向更孤獨無告的悲感中；尾聯「一壺濁酒暄和景，誰會陶然失馬翁」則將已瀰漫全詩的廓落無成之懷，以「一壺濁酒」來遣憂消患，適性順情，而獲景暄心陶的酒中趣。韓偓〈半醉〉則無李詩的曠放，首聯「水向東流竟不迴，紅顏白髮遞相催」，以「竟」字的無奈，「遞」字的促猝，凸顯出作者滿腔「時不我予」的悲情，頸聯「壯心暗逐高歌盡，往事空因半醉來」，一則與首聯相應（壯心暗盡，往事空來），一則與詩題相扣（半醉），作者在前四句，已將沉淪哀戚之意，以直敘的筆法舖陳而出，使抑鬱悲情，傾洩而出，其後腹、尾二聯，則以間敘筆法，敘景托情，娓娓道出作者的沈哀落拓，而其依望所得的芳菲景致乃是：雲籠寒月，雨打衰梅的殘澹景象，遍地都是「斜陽草似苔」般枯澀腐蕪，作者身臨此不堪之境，只好圖以高歌狂飲來掩埋其懷抱沉淪的抑鬱之情了。

　　除因感「白首成何事，無歡可替悲」（崔櫓「述懷」卷五六七）而圖以「淺把涓涓酒，深憑送此生」（杜甫〈水檻遣心〉卷二二七）的消沉鬱懟之外，「下第」，所呈顯出懷抱沉淪的切痛，也是轗軻人生之中極普遍的現象，如：

趙嘏〈下第後歸永樂里自題〉二首之一（卷五五〇）

　　無地無媒只一身，歸來空拂滿牀塵。尊前盡日誰相對，唯有南山似故人。

又如李山甫〈下第獻所知〉三首之二（卷六四三）

　　不識人間巧路岐，只將端拙泥神祇。與他名利本無分，却

共水雲曾有期。大祇物情應莫料，近來天意也須疑。自憐
心計今如此，憑仗春醪爲解頤。

杖劍負笈赴國，廻望卻見書劍兩蒼黃，原持一股熾熱懷抱，若是外在
的功名未能給予相對的價值肯定，致使懷抱沉淪，則就有可能使文人
重新諦視其生命，而衍生成或激情、或頹唐、或疏離等，種種不同的
生命情調；然而，歷史賦予文士的悲劇命運：「游與養」，終究逼使他
們總是必須驚惶、哀戚、鬱懟地步上「豪士無所用，彈弦醉金罍」（李
白〈金陵鳳凰台置酒〉卷一七九），此種懷抱沈淪的悲愴老路。

參、天涯支離的悽惋

李白〈客中作〉（卷一八一）

蘭陵美酒鬱金香，玉椀盛來琥珀光。但使主人能醉客，不
知何處是他鄉。

司空曙〈過長林湖西酒家〉（卷二九三）

湖草青青三兩家，門前桃杏一般花。遷人到處唯求醉，聞
說漁翁有酒賒。

盧仝〈解悶〉（卷三八七）

人生都幾日，一半是離憂。但有尊中物，從他萬事休。

韋莊〈離筵訴酒〉（卷六九六）

感君情重惜分離，送我殷勤酒滿杯。不是不能判酩酊，卻
憂前路醉醒時。

王弇州云：「夫貧老愁病，流竄滯留，人所謂不佳者也，然而入詩則
佳，富貴榮顯，人所謂佳者也，然入詩則不佳。」，所謂「窮而後工」，
現世人生的轗軻困阨，其加諸在「情之所鍾」的騷人墨客身上的種種
蹇阨逆牾，乃迸射出如長空流星般斑爛耀爍、眩撼心神的異采。

「天涯支離」是現世之中最爲椎心的鉅痛，〈江淹別賦〉即云：「黯
然銷魂者，惟別而已矣」，李義山亦云「人世死前惟有別」（〈離亭賦
得折楊柳〉二首之一），天涯支離的悽惋，其中乃藏納著鄉愁、羈恨、
離憂等，種種紛披的悲愴情懷，而「酒」，正是銷解此憂恨交織之痛

的主要力量。若就前舉詩例而觀，李白的鄉愁中即有「美酒」「玉椀」「醉客」；司空曙的羈愁中即有「求醉」「酒賒」；盧仝、韋莊的離憂中即分別有「尊中物」與「酒滿杯」「酩酊」「醉醒」，四詩之中均有「酒」，均以酒來消憂療愁。《全唐詩》中，寫及天涯支離的悽惋之詩作，極多涉及於「酒」，例如：

> 對酒已成千里客，望山空寄兩鄉心。(戴叔倫〈與從弟瑾同下第後出關言別〉卷二七六)
>
> 除卻同傾百壺外，不愁誰奈兩魂銷。(楊憑〈湘江泛舟〉卷二八九)
>
> 離恨如旨酒，古今飲皆醉。(貫休〈古離別〉卷三五五)
>
> 酒酣輕別恨，酒醒復離憂。(許渾〈送李定言南遊〉卷五二八)
>
> 悠揚歸夢惟燈見，濩落生涯惟酒知。(李商隱〈七月二十九日崇讓宅讌作〉卷五四〇)
>
> 在客幾多日，俱付酒杯中。(喻鳧〈感遇〉卷五四三)
>
> 久客轉語時態薄，多情只共酒淹留。(趙嘏〈自遣〉五四九)
>
> 勸君金屈卮，滿酌不須辭。花發多風雨，人生足別離。(于武陵〈勸酒〉卷五九五)

或為長亭送別，或望斷鄉路，或流離羈寓，在這些詩作中，其寫酒杯愈深，酒醉愈甚，則愈顯現出支離天涯的悽惋之情，此乃此類詩作內涵的最大特色，故李白乃期望主人能盡出美酒，圖以一醉忘卻鄉愁，然而，「但使」二字則已幾近否定了醉忘鄉愁的可能性；司空曙被謫貶後，乃到處求醉，甚乃窮窘至賒酒的地步，仍不忘飲；盧仝則以萬事消沉向酒杯的頹放態度，沉淪於酒中，韋莊則是已知酩酊，均仍杯杯滿傾，實乃憂半路醉醒之時，反翻引無限的別怨。上舉四詩的作者，均灌滿了一杯又一杯，不可量計的酒。然而，天涯支離之痛，均在一杯又一杯的苦酒澆灌下，仍陷於「澟然四顧難消遣，祇有佯狂泥酒盃」的悽惋情境。

　　總上，唐代飲酒詩之中，對人事飄忽的嗟嘆、懷抱沉淪的抑鬱、天涯支離的悽惋，正披露出「酒」所具的文學基型意義：「愁」，此亦

爲轗軻困阨的現世人生所必然引觸的結果。

第四節　神仙長生的遐思幻設——杖頭春色一壺酒 爐內丹砂萬點金

呂巖〈七言〉（卷八五七）

萬卷仙經三尺琴，劉安聞説是知音。杖頭春色一壺酒，爐
內丹砂萬點金。悶裏醉眠三路口，閒來遊釣洞庭心。相逢
相遇人誰識，只恐沖天沒處尋。

長生求死與神仙樂園的遐思幻設（「幻設」即幻想假設之意）〔註24〕，
乃源生於人類心靈深處，祈能超越時間、空間的大限，以滿足其心理
所企慕的理想憧憬，故呂巖乃有「沖天沒處尋」的殷盼。但是，「在
世俗的宇宙裏，長生不老與樂園情境也許是一種永遠無法滿足的夢，
但經由神話、宗教及巫術等神秘方式，充分發揮其滿足心理與社會需
要的功能，這就是神仙道教在中國歷史中的重要意義。」〔註25〕

　　唐代對神仙不死的探求，主要是透過丹藥的伏煉，祈能藉神奇的
仙藥，以獲得延生、長生。有唐一代乃是煉丹的黃金時期，上至皇室
貴胄，下至文士平民，大都醉心於道教所塑造的神仙世界：養生成仙。
而以煉藥服食的風氣，尤爲盛行，當時，甚至有數位君主因服藥毒發
而亡者〔註26〕，一般文人傷身殞命於此術者，亦不在少數，白居易〈思
舊〉詩（卷四五二）曰：

閑日一思舊，舊遊如目前。再思今何在，零落歸下泉。退

─────────────

〔註24〕「『幻設』即幻想假設，語見明胡應麟《少室山房筆叢》，近人作小説
　　　　史多引用之。」引自林文月《從遊仙詩到山水詩》，頁88，《中國古
　　　　典文學論叢》，詩歌之部，冊一。中外文學叢書。

〔註25〕詳見李豐楙「不死的探求」——道教信仰的介紹與分析，頁189。《中
　　　　國文化新論・宗教禮俗篇》：敬天與親人。聯經出版事業公司。

〔註26〕唐代帝王，如：太宗、憲宗、穆宗、敬宗、武宗、宣宗都服丹藥而致
　　　　死。同上註，參見李豐楙《仙道的世界——道教與中國文化》，頁286。
　　　　其引自張子高《中國古代化學史》（香港，1977）所引趙翼《廿二史
　　　　劄記》、李季可《松窗百説》。

> 之服流黃，一病訖不痊。微之鍊秋石，未老身溘然。杜子
> 得丹訣，終日斷腥羶。崔君誇藥力，經冬不衣綿。或疾或
> 暴天，悉不過中年。唯予不服食，老命反遲延。……

原本企求經由仙藥的服食，能得以延長生命，羽化登仙，解脫現實世界的囿限而臻至永恆的境界；然而，仙境本就飄渺難尋，所煉丹藥反又促人早死，詩人白居易深刻了悟到神仙長生的終歸幻滅，乃慨然嘆曰：「且進盃中物，其餘皆付天」（同上首），現世的永生既已無望，只好以酒代之，任隨天命而終。

　　因此，這種對神仙長生的遐思幻設，要現在唐代詩歌的思想內涵上，乃有兩種主要類型：一是對仙道世界的肯定與企慕；一是對神仙長生的懷疑與幻滅。二種不同思想類型的表達，皆與「酒」有著相當密切的關係，茲分別論述於下。

壹、對仙道世界的肯定與企慕
一、以遺世醉飲，表達對仙道世界的肯定與企慕

施肩吾〈遇醉道士〉（卷四九四）

> 霞帔尋常帶酒眠，路傍疑是酒中仙。醉來不住人家宿，多
> 向遠山松月邊。

吳子來〈留觀中詩〉二首（卷八五二）

> 終日草堂間，清風常往還。耳無塵事擾，心有玩雲閒。對
> 酒惟思月，餐松不厭山。時時吟內景，自合駐童顏。
> 此生此物當生涯，白石青松便是家。對月臥雲如野鹿，時
> 時買酒醉煙霞。

呂巖〈七言〉（卷八五七）

> 堪笑時人問我家，杖擔雲物惹煙霞。眉藏火電非他說，手
> 種金蓮不自誇。三尺焦桐爲活計，一壺美酒是生涯。騎龍
> 遠出遊三島，夜久無人玩月華。

求仙者在清風朗月，慮澹物輕，一片空靈的心境下，遺世醉飲，尤其在酒意釀酣之際，仿如瞬息轉晴之間仙道世界即可覓致修成。吳子來

爲大中（宣宗）末道士，《雲笈七籤》曰：「子來止成都雙流縣興唐觀中。養氣絕粒，時亦飲酒，他無所營。一日自寫其眞，并詩二章，留遺觀中道士費玄眞去。」，呂巖，字洞賓，咸通（懿宗）中舉進士，不第。遊長安酒肆，遇鍾離權得道，不知所往。二人均爲得道高士，且其修煉與「酒」有相當密切的關係。唐代道士羽化登仙的傳說，多有因緣於「酒」者，如：《全唐詩》卷八六〇載錄《欒清傳略》曰：

> 欒清，字渾之，貞元時，與徐戡俱好道術，遊江南，舟遇二客，問其姓名，客笑持二蓮葉遺之，上各有詩，一葉題曰攄浩然，一葉題曰汎虛舟。有頃，遺渾之酒一巵，其馨香，飲訖別去，失所在。渾之大醉，吐出數斗物，戡視之，皆五臟，爛黑在地，渾之歡然起，撫掌而歌，遂仙去，戡亦不知所之。

又如萼嶺書生〈示邊洞元〉（卷八六二）詩序曰：

> 洛陽道士邊洞元，於嵩山萼嶺遇一書生，以木簡負數冊書，酒一大壺，同憩松下。傾壺中酒飲洞元，洞元醉，書生曰：我有術可與師醒酒。取木簡摩拭化爲劍，曰：借師之肝膽之可乎？洞元懼而醒，乞命。遂揮劍騰空去，擲下書一卷，有絕句云。

「酒」乃爲通向神仙世界的孔道，「醉」則象徵無我無執、返歸淳朴之境的契機。因而，欒清與邊洞元雖皆飲遺酒，然洞元在「懼而醒」之後，書生即揮劍騰空而去，留詩云：「邂逅相逢萼嶺邊，對傾浮蟻共談玄。擬將劍法親傳授，卻爲迷人未有緣。」；洞元因懼醒而無緣度化，欒清則大醉歡然而仙去，兩人境遇有若雲泥天壤之別，而其間因緣則隱契於「酒」與「醉」。

此外，道士亦常以出入酒肆，時以酩酊大醉的形象行世，如《張白傳略》（卷八六一）：

> 衡州人，少應舉不第，入道。常挑一鐵蘆葫，得錢便飲酒，自稱白雲子。忽一日死，葬武陵城西。經半載，有鼎州揚州勾當公事，遇於酒肆，同酌數日，眾聞之，開驗其棺，

一空。

又如酒肆布衣〈醉吟〉詩序（卷八六二）：

> 貞元末，有布衣於長安中遊酒肆，吟詠丐酒，人以爲狂。
> 時當素秋，忽慨然四望，淚下霑襟。一老叟怪而問之，布
> 衣曰：我來天地間一百三十春秋矣，每見春日煦和，不覺
> 喜樂；至秋，未嘗不傷而悲之也，非悲秋，悲人之生也。
> 因吟詩攜手，同醉數日，不知所在。

呂巖亦有詩題「眞人行巴陵市，太守怒其不避，使案吏具其罪，眞人曰：須酒醒耳。頃忽失之，但留詩曰」（卷八五七），眞人言「須酒醒」，由此益可知其愈近於醉，則仙道世界愈近於成，呂巖〈敲爻歌〉（卷八五九）云：「酒是良朋花是伴，花街柳巷尋眞人，眞人只在花街玩，摘花戴飲長生酒，景裏無爲道自昌，一任群迷多笑怪，仙花仙酒是仙鄉。」，酒與醉，非僅爲道士眞人成仙的因緣，亦爲其行世常秉的形象；職此，詩作之中，乃多以遺骨醉飲的心境，表達對仙道世界的肯定與企慕。

二、以頌歌仙酒，表達對仙道世界的肯定與企慕

李白〈擬古〉十二首之十（卷一三八）

> 仙人騎彩鳳，昨下閬風岑。海水三清淺，桃源一見尋。遺
> 我綠玉杯，兼之紫瓊琴。杯以傾美酒，琴以閑素心。二物
> 非世有，何論珠與金。琴彈松裏風，杯勸天上月。風月長
> 相知，世人何倏忽。

許渾〈天笠寺題葛洪井〉（卷五三○）

> 羽客鍊丹井，井留人已無。舊泉青石下，餘瓮碧山隅。雲
> 朗鏡開匣，月寒冰在壺。仍聞釀仙酒，此水過瓊酥。

李商隱〈武夷山〉（卷五四○）

> 只得流霞酒一杯，空中簫鼓當時回。武夷洞裏生毛竹，老
> 盡曾孫更不來。

詩人對仙酒的頌歌，亦蘊涵其對仙道世界的肯定與企慕。所以，李白在飲下仙人所遺的美酒綠玉杯之後，仿如已「翱翔太清，縱意容冶」

（仲長統〈述志〉詩），故有「風月長相知，世人何倏忽」此等醋然
自得之意態。許渾題葛洪鍊丹井，則藉「仍聞釀仙酒，此水過瓊酥」
句，流露詩人對羽士杳然仙去的欣羨與讚頌。李商隱詩所言「流霞
酒」，王充《論衡‧道虛篇》載曰：

> 曼都好道學仙，委家亡去，三年而返，家問其狀，曼都曰：
> 去時不能自知……居月之旁，其寒悽愴口，饑欲食，仙
> 人輒飲我以流霞一杯，每飲一杯，數月不饑。

屈原〈遠遊篇〉即有「餐六氣而飲沆瀣兮，漱正陽而含朝霞」句，王
逸引陵陽子明經，說明六氣乃為天地至純至清之氣〔註27〕，因之，流
霞仙酒的服飲，乃含有「以類輔自拔」（魏伯陽《參同契》）及「假求
於外物以自堅固」（葛洪《抱朴子》），將服食以求長生羽化之企冀，
故詩中詠及「流霞酒」者頗多，如李白「遊泰山詩」六首之一：「玉
女四五人，飄飄下九垓。含笑引素手，遺我流霞杯，」（卷一七九）、
錢起〈開元觀遇張侍御〉：「欲醉流霞酌，還醒度竹鐘」（卷二三七）、
曹唐〈送劉尊師祗詔闕庭〉三首之二：「霞觴共飲身雖在，風馭難陪
跡未閑」（卷六四一）、顏萱〈戲張道士不飲酒〉：「吾師不飲人間酒，
應待流霞即舉杯」（卷七二七）等均是；職此，詩人多以頌歌仙酒，
表達對仙道世界的肯定與企慕。

　　對仙道世界的肯定與企慕，可由遺世醉飲與頌歌仙酒而略得其梗
概；其次，再就神仙長生的遐思與幻設的另一主要類型，予以論述。

貳、對神仙長生的懷疑與幻滅

　　東晉葛洪《抱朴子‧論仙》曰：

> 萬物云云，何所不見，況列仙之人，盈乎竹素矣。不死之
> 道，曷為無之。……若夫仙人，以藥物養身，以術數延命，

〔註27〕《楚辭》王逸注云：「改陽子明經言，春食朝霞，朝霞者，日欲出時
黃氣也。秋食淪陰，淪陰者，日沒以後赤黃氣也。冬食沆瀣，沆瀣
者，北方夜半氣也。夏食正陽，正陽者，南方日中氣也。升天玄地
黃之氣，是為六氣。」

> 使内疾不生，外患不入，雖久視不死，而舊身不改；苟有
> 其道，無以難爲也。

列仙之人既有，不死之道既可學，葛洪進而言其方法至要者有三：寶精（房中術）、行炁（呼吸吐納）、服一大藥（金丹）〔註28〕；其中，服藥被視爲長生之本，甚且以所服之藥決定仙品：「朱砂爲金，服之昇仙者，上士也；茹芝導引，咽氣長生者，中士也；餐食草木，千歲以還者，下士也。」（《抱朴子‧金丹》）；唐朝爲狂熱求仙之時代，而煉丹風尚，尤爲蓬勃盛行。但是，煉丹術非僅需耗費相當的財力，且需有非常的耐力與功力，方可進行，而且，其所使用的重金屬（金、銀），及各種礦物（鉛、汞、硫磺、雲母等），化合冶煉而成的丹藥，實含有劇毒，服食後常有中毒身亡的現象〔註29〕，因而，對神仙長生產生懷疑與幻滅之感者，有極大部份是緣於燒藥不成所致，再則是深感仙人恍惚，未可期待；而此二者，正是神仙道教的論難所在。

一、因燒藥不成，對神仙長生產生懷疑與幻滅

白居易〈燒藥不成命酒獨醉〉（卷四五六）

> 白髮逢秋生，丹砂見火空。不能留姹女，爭免作衰翁。賴
> 有杯中綠，能爲面上紅。少年心不遠，只在半酣中。

劉禹錫〈和樂天燒藥不成命酒獨醉〉（卷三五八）

> 九轉欲成就，百神應主持。嬰啼鼎上去，老貌鏡前悲。卻
> 顧空丹竈，回心向酒巵。醺然耳熱後，暫似少年時。

〔註28〕葛洪《抱朴子‧釋滯篇》：「欲求神仙，唯當得其至要，至要者，在於寶精、行炁、服一大藥便足，亦不用多也。」寶精是寶貴人們的精，其言：「房中之法十餘家，……其要在於還精補腦之一事耳。」（〈釋滯〉），行炁或稱服炁，即呼吸吐納之法，其言：「行炁有數法焉……，其大要者，胎息而已，得胎息者，能不以鼻口嘘吸，如在胞胎之中，則道成矣。」（〈釋滯〉），服一大藥，就是金丹，其言：「余考覽養性之書，鳩集久視之方，曾所披涉篇卷以千計矣，莫不皆以還丹金液爲大要者焉，然則比二事，蓋仙道之極也，服此而不仙，則古來無仙矣。」（〈金丹〉）

〔註29〕道教丹術乃依尸解觀念，詮解其爲「藥解」，詳見同註24，頁203～207〈尸解仙説〉。

徐鉉〈春盡日游從湖贈劉起居〉（劉時方燒藥）（卷七五六）

今朝湖上送春盡，萬頃澄波照白髭。笑折殘花勸君酒，金丹成熟是何時。

張辭〈題壁〉（人有以爐火藥術爲事者，辭大哂之，命筆題其壁）（卷八六一）

爭那金烏何，頭上飛不住。紅爐漫燒藥，玉顏安可駐。今年花發枝，明年葉落樹。不如且飲酒，莫管流年度。

上述諸詩作，均以容貌日衰而金丹未成，乃自勸人飲酒，莫再幻設神仙長生之事。此外，甚且有直接對仙藥、仙酒的養生成仙之效，予以否定置疑，如：

張祜〈勸飲酒〉（卷五一一）

燒得硫磺漫學仙，未勝常付酒家錢。賓常不喫齊推藥，卻在人間八十年。

孟浩然〈清明日宴梅道士房〉（卷一六○）

林臥愁春盡，寒帷覽物華。忽逢青鳥使，邀入赤松家。丹竈初開火，仙桃正發花。童顏若可駐，何惜醉流霞。

果眞獲得仙人靈丹金液的妙術，即可容顏不老，青春永駐嗎？其實「爲愛延年術」者，多爲「藥誤不得老」〔註30〕，而縱飲仙酒千杯至醉，春盡顏衰仍如昔；因此，李白乃言：「綠酒哂丹液，青娥凋素顏」（〈古風〉五九首之三十，卷一六一），李群玉亦慨云：「何煩五色藥，尊下即丹丘」（〈半醉〉卷五六九）詩人對神仙長生的懷疑與幻滅，也隨著丹砂、姹女的見火無迹，而更形如海市蜃樓般虛無飄渺，最後，終於逼出了「幻世如泡影，浮生抵眼花。惟將綠醅酒，且替紫河車。」（白居易〈對酒〉卷四四○）如斯寥落的生命情懷。

〔註30〕白居易〈對酒〉（卷四三三）：「人生一百歲，通計三萬日。何況百歲人，人間百無一。賢愚共零落，貴賤同埋沒。東岱前後魂，北邙新舊骨。復聞藥誤者，爲愛延年術。又有憂死者，爲貪政事筆。藥誤不得老，憂死非因疾。誰言人最靈，知得不知失。何如會親友，飲此杯中物。能沃煩慮消，能陶眞性出。所以劉阮輩，終年醉兀兀。」

二、因仙人恍惚，對神仙長生產生懷疑與幻滅

李白〈擬古〉十二首之三（卷一八三）

長繩難繫日，自古共悲辛。黃金高北斗，不惜買陽春。石火無留光，還如世中人。即是已如夢，後來我誰身。提壺莫辭貧，取酒會四鄰。仙人殊恍惚，未若醉中真。

李白〈對酒行〉（卷一六五）

松子栖金華，安期入蓬海。此人古之仙，羽化竟何在。浮生速流電，倏忽變光彩。天地無凋換，容顏有遷改。對酒不肯飲，含情欲誰待。

劉义〈自古無長生勸姚合酒〉（卷三九五）

奉子一杯酒，爲子照顏色。但願腮上紅，莫管頷下白。自古無長生，生者何戚戚。登山勿厭高，四望都無極。丘壟逐日多，天地爲我窄，祇見李耳書，對之空脈脈。何曾見天上，著得劉安宅。若問長生人，昭昭孔丘籍。

《漢書·藝文志》：「神仙者，所以保性命之真，而游求其外者也。聊以盪意平心同死生之域，而無怵惕於胸中」，大凡人對仙境樂土的追企渴慕，乃在其能擺脫時間與空間予人的限圍，得以養性全真，無死生怵惕之憂。而「上與造物者遊」的仙人，更是「飲則玉醴金漿，令則翠芝朱英，居則瑤台瑰室，行則逍遙太清」（《抱朴子》），此乃訪道學仙者時以「吾將營丹砂，永世與人別」（李白〈古風〉五九首之五）爲矢志之因。赤松子、安期生、劉安皆列仙之人〔註31〕，然而，亦如燒藥不成，霜華已染的情境一般，在年光車轂日日月月輾壓之下，當容衰顏遷，生命涸竭之時，羽化仙人猶恍惚不知何在，神仙與長生皆幻如泡影，詩人罹此不堪之痛後，才知玉杯竟空言；於是，「蟹螯即金液，糟丘是蓬萊，且須飲美酒，乘月醉高台」（李白〈月下獨酌〉四首之四），尊前的蟹螯即爲天上金液，酒坊的糟丘即爲神仙蓬萊，與其求仙學道以長保青春，還不如對酒狂飲，及時作樂；或者「賴有

〔註31〕劉向《列仙傳》有赤松子、安期生；葛洪《神仙傳》有劉安。詳見《百部叢刊》之十二、六十五，夷門廣牘。

酒仙相暖熱，松喬醉即到前頭」（白居易〈對酒〉五首之三，卷四四九），惟在醉意氤氳、醉眼迷離之下，仙人髮髯倏然而來；詩人由仙鄉跌入醉鄉，其無望無寄之慟乃更深。劉禹錫〈戲贈崔千牛〉詩曰：「學道深山虛老人，留名萬代不關身。勸君多買長安酒，南陌東城占取春。」（卷三六五），則已言學道無用，不如飲酒惜春。職此，因燒藥不成、仙人恍惚，對神仙長生的遐思幻設，乃產生懷疑幻滅之感，而終乃皈依杜康酒國，在「一歡宣百體之關，一飲蕩六府之務」（袁山松〈酒賦〉）中，兀兀酣逝。

神仙長生的遐思幻設，以兩種迥然不同的思想內涵呈現，或肯定企慕、或懷疑幻滅，二者皆在飲酒詩中一一流顯，「酒」，或使其陶醉於仙境憧憬中，酣然自得；或為其藉以銷解、排遣仙道落空的悒鬱愁牢；故在探討唐代飲酒詩的內涵之時，神仙長生的遐思幻設實為極具特色之一環。

第五節　舊雨新知的靈犀相契——清樽宜明月　復有平生人

張說〈清夜酌〉（卷八九）

　　秋陰士多感，雨息夜無聲，清樽宜明月，復有平生人。

人與人在廣袤的天地之中，一朝結識，彼此在歷經生命的真切照會後，由於心靈的相契而產生理智的肯定認取與情感的關懷抒慰，這種「清樽宜明月，復有平生人」的靈犀相契之感，正是抵掌立交的友情，至高無上的境界。因之，雖四海之內，誰無交朋，然而，惠死莊杜口，鍾歿師廢琴，真正能情同金石、愛等兄弟的同心友、忘形交，畢竟寥若晨星；當人們在眾裏尋他千百度之後，斯人一旦乍現，其撼盪激湧而出的友誼情愫，必將成為人人所珍視的瓌寶。唐代飲酒詩所呈現的這份靈犀相契的友情，可由四種主要類型：「逢友同酌」、「憶故人杯」、「贈酒知交」、「招飲訪飲」來統攝詩人「論交入酒罏」的精神內涵，茲分述如下。

壹、逢友同酌

李白〈友人會宿〉（卷一八二）

　　滌蕩千古愁，留連百壺飲。良宵宜清談，皓月未能寢，醉來臥空山，天地即衾枕。

岑參〈喜韓樽相過〉（卷一九九）

　　三月灞陵春已老，故人相逢耐醉倒。甕頭春酒黃花脂，祿米只充沽酒資。長安城中足年少，獨共韓侯開口笑。桃花點地紅斑斑，有酒留君且莫還。與君兄弟日攜手，世上虛名好是閒。

杜甫〈贈衛八處士〉（卷二一六）

　　人生不相見，動如參與商。今夕復何夕，共此燈燭光。少壯能幾時，鬢髮各已蒼。訪舊半為鬼，驚呼熱中腸。焉知二十載，重上君子堂。昔別君未婚，兒女忽成行。夜雨翦春韭，新炊間黃梁。主稱會面難，一舉累十觴。十觴亦不醉，感子故意長。明日隔山岳，世事兩茫茫。

人生際會迅如雷光流矢，當知交重晤，共對清樽明月，娓娓細數平生，在百壺醉飲之後，彼此乃更感友誼之真篤。唐代詩歌中，描寫朋友情誼的佳作頗多，其中有以「逢友同酌」來呈現詩人的醇情厚意者，友朋在一盃共舉之中，「酒」以其特稟的生命熱力，疏暢人情的隔閡，滌盡人世的愁鬱，使得彼此相知的情懷，在酒的催化下，更顯得真率懇摯；因之，李白乃有同友人醉臥空山的暢性忘形，岑參在喜逢故人之後，竟欲以酒留君莫還，且視如兄弟之親；杜甫與衛八處士在久別重逢的違睽下，乃有一舉累十觴的殷切念情；「酒」乃成為友朋之間共持共飲共識的交心之物，故崔顥亦感：「平生少相遇，未得展懷抱，今日杯酒間，見君交情好。」（〈贈輕車〉‧卷一三〇）、杜牧〈逢故人〉亦云：「莫惜今宵醉，人間忽忽期」（卷五二五）、李咸用〈和友人喜相遇〉十首之六：「相逢莫厭杯中酒，同醉同醒祇有君」（卷六四六）等詩作，皆在「逢友同酌」的酒氣浩蕩當中，顯見出舊雨新知靈犀相契的至情至性。

貳、憶故人杯

李白〈哭宣城善釀紀叟〉（卷一八四）

紀叟黃泉裏，還應釀老春。夜臺無曉日，沽酒與何人。

韋應物〈開元觀懷舊寄李二韓二裴四兼呈崔郎中嚴家令〉（卷一八九）

宿昔清都燕，分散各西東。車馳行跡在，霸雪竹林空。方軫故物念，誰復一樽同？聊披道書暇，還此聽松風。

白居易〈嘗新酒憶晦叔〉二首（卷四五四）

尊裏看無色，杯中動有光。自君拋我去，此物共誰嘗。

世上強欺弱，人間醉勝醒。自君拋我去，此語更誰聽。

羅隱〈雪中懷友人〉（卷六六一）

臘酒復臘雪，故人今越鄉。所思誰把醆，端坐恨無航。兔苑舊遊盡，龜臺仙路長。未知鄒孟子，何以奉梁王。

傳統中國的歷史活動與社會結構，一直由男性位居主要角色，因而，同性儕輩彼此互訴思慕相惜之情，在古典詩歌的領域中，亦多以男性友朋間的中心相賞，歡飲相親為主；尤其在面對人世的種種歷劫，時空乖隔、死生契濶，人以有情之軀，黯然回首之際，舊交零落，新知遠隔，何時再能歌呼共一卮？故酒憶故人杯之情，乃油然而生。

上述詩例，李白哭紀叟，白居易憶晦叔（崔玄亮），此乃哀悼友朋長逝的死別之慟；韋應物與羅隱的懷舊寄友，則為傾吐友朋生別的低廻銷魂。無論生別的牽念或死別的愴痛，存在於友朋之間的情愫，皆在緬憶故人杯的當下，愈形濃醇。故李白以「沽酒與何人」道出天人永隔的索漠悲悽，此句乃透著二層的悲感；就正面而言，紀叟釀酒，卻無沽酒之人，是直寫死者孑然孤寂的沈哀；相對而言，李白若想飲紀釀老春，亦已無處可沽，此則間敘生者悵然撫昔的憾恨。白居易則深感「世上強欺弱，人間醉勝醒」，然而，此語此物，除故友晦叔之外，無人能共知共醉於此理，故其在嘗新酒之時，不禁憶起常共酒杯的舊友，藉著新酒與舊友的強烈對比，更托顯出「物是人非」的悒鬱

悲懷。「酒」成為生人與死者心靈交感相憶之物。

至於友朋生別之後的縈念牽掛，韋應物云「方軫故物念，誰復一樽同」，羅隱云「所思誰把醆，端坐恨無航」，二人皆以天涯遙隔，未能再共嘗對飲故人杯，而引為大恨；此外，如：李嶠〈秋山望月酬李騎曹〉亦云：「獨軫離居恨，遙想故人杯」（卷五七）、白居易亦云：「最恨潑醅新熟酒，迎冬不得共君嘗」（〈初冬得皇甫澤州手札并詩數篇因遣報書偶題長句〉卷四五六）、薛能〈塞上蒙汝州任中丞寄書〉則慨云：「西樓一望知無極，更與何人把酒杯」（卷五五九），「酒」成為友朋間，心靈所憑所託的相憶之物，因而，舊雨新知的靈犀相契，在「憶故人杯」的無限深情撼痛之下，乃更凸顯出友誼的濃酣真篤。

參、贈酒知交

「贈酒知交」乃涵括二意，一是言贈酒給友人，一是言受贈酒於友人。

韋應物〈寄釋子良史酒〉（卷一八八）

　　秋山僧冷病，聊寄三五杯。應瀉山瓢裏，還寄此瓢來。

韓愈〈酬馬侍郎寄酒〉（卷三四四）

　　一壺情所寄，四句意能多。秋到無詩酒，其如月色何。

杜牧〈歙州盧中丞見惠名醞〉（卷五二四）

　　誰憐賤子啟窮途，太守封來酒一壺。攻破是非渾似夢，削平身世有如無。醺醺若借嵇康懶，兀兀仍添甯武愚。猶念悲秋更分賜，夾溪紅蓼映風蒲。

徐夤〈白酒兩瓶送崔侍御〉（卷七○九）

　　雪化霜融好潑醅，滿壺冰凍向春開。求從白石洞中得，攜向百花巖畔來。幾夕露珠寒貝齒，一泓銀水冷瓊杯，湖邊送與崔夫子，惟見嵇山盡日頹。

朋友間靈犀相契之情的流顯，藉著一壺煦若春陽的佳釀所寄，乃進而建構了一座堅實暢達的友誼橋樑。韋、徐二人之作乃贈酒予友人，韓、杜二人之作則為受贈酒於友人，無論是贈予者或受贈者的「酒」中，

必然揉融了彼此最眞摯的友情；韋應物因惦及山居僧友的一身冷病，乃「聊寄三五杯」（註32），詩中雖用淡語，而實寫濃情；徐夤則極陳白酒之絕美「幾夕露珠寒貝齒，一泓銀水冷瓊杯」，其所贈之酒愈芳醇，愈發顯現出其情之醅濃；而友人在猝得贈酒，衷心愛賞之後，方更深刻地感悟到知交情誼的珍貴溫馨，故韓愈乃以「四句意能多」來酬謝馬總的「一壺情所寄」，杜牧則在窮途困蹇的悲秋時節，遽獲太守的賜酒，乃得以「攻破是非渾似夢，削平身世有如無」。

　　唐代詩人「贈酒知交」的風尙頗盛，酬謝答贈之作亦頗多。此類型的詩作中，具有一項特色，即其多極力謳讚「酒」的色、香、味俱全俱美，以表其情摯的至深至篤，如：「山瓶乳酒下青雲，氣味濃香幸見分」（杜甫〈謝嚴中丞送青城山道士乳酒一瓶〉卷二二七）、「色比瓊漿猶嫩，香同甘露仍春。十千提攜一斗，遠送瀟湘故人」（郎士元〈寄李袁州桑落酒〉卷二四八）、「一餠顏色似甘泉，開向新栽小竹前」（張籍〈劉兵曹贈酒〉卷三八六）、「傾如竹葉盈罇綠，飲作桃花面上紅」（白居易〈錢湖州以箬下酒李蘇州以五酘酒相次寄到無因同飲聊詠所懷〉卷四四三）、「謝將清酒寄愁人，澄澈甘香氣味眞」（孫氏〈謝人送酒〉卷七九九）……等皆是；此外，亦有向友人乞酒者，如：

　　姚合〈寄衞拾遺乞酒〉（卷四九九）

　　　老人罷巵酒，不醉已經年。自飲君家酒，一杯三日眠。味輕花上露，色似洞中泉。莫厭時時寄，須知法未傳。

　　李濤〈春社從李昉乞酒〉（卷七三七）〔註33〕

〔註32〕韋應物除作〈寄釋子良史酒〉，尚有〈答釋子良史送酒瓢〉及〈重寄〉二首（皆見卷一八八），由此亦可證知兩人情誼之深厚，茲錄其詩如下：
　　「此瓢今已到，山瓢知已空。且飲寒塘水，遙將風也回。」（〈答釋子良史送酒瓢〉）
　　「復寄滿瓢去，定見空瓢來。若不打瓢破，終當費酒材。」（〈重寄〉）
〔註33〕《石林詩話》云：俗稱社日飲酒治聾。昉時爲翰林學士，有月給內庫酒，故濤從乞之。杜公，濤小字，與朝士言，多以自名。

社公今日沒心情，爲乞治聾酒一瓶。惱亂玉堂將欲徧，依稀巡到第三廳。

友朋之間相互贈酒，甚乃乞酒的詩作，大多藉著遙寄一壺的交心之情，將時空的遠隔化爲無形，將生命的怫鬱超脫提昇；因之，在「酒」的無限品味中，「贈酒知交」乃益發顯現出友朋間靈犀相契的珍貴友誼。

肆、招飲訪飲

「招飲」乃招至友人，與之共飲；「訪飲」乃出訪友人，與之同酌。藉著飲酒的絡繹往返，益形流露出友朋之間靈犀相契的交誼。

張九齡〈答陸澧〉（卷四九）

松葉堪爲酒，春來釀幾多。不辭山路遠，踏雪也相過。

孟浩然〈春中喜王九相尋〉（卷一六○）

二月湖水清，家家春鳥鳴。林花掃更落，徑草踏還生。酒伴來相命，開尊共解酲。當杯已入手，歌妓莫停聲。

白居易〈薔薇正開春酒初熟因招劉十九張大夫崔二十四同飲〉（卷四四○）

甕頭竹葉經春熟，階底薔薇入夏開。似火淺深紅壓架，如錫氣味綠黏臺。試將詩句相招去，倘有風情或可來。明日早花應更好，心期同醉卯時杯。

劉得仁〈夜攜酒訪崔正字〉（卷五四四）

只應芸閣吏，知我僻兼愚。吟興忘飢凍，生涯任有無。慘雲埋遠岫，陰吹吼寒株。忽起圍爐思，攜來酒滿壺。

唐代詩人中，白居易所寫「招飲」「訪飲」之類的題材最多，尤其以「招飲」爲主題者更豐〔註34〕，其中〈問劉十九〉（卷四四○）

〔註34〕白居易詩作以「招飲」爲主題者，如：〈招東鄰〉（卷四三○）、〈病中逢秋招客夜酌〉（卷四三一）、〈華陽觀桃花時招李六拾遺飲〉（卷四三六）、〈病中答招飲〉（卷四三八）、〈問劉十九〉（卷四四○）、〈東樓招客夜飲〉（卷四四一）、〈感懷櫻桃花因招飲客〉（同上卷）、〈木芙蓉花下招客飲〉（卷四四三）、〈雪夜對酒招客〉（卷四五一）、〈嘗酒

則爲獲致評價極高的作品：

> 綠螘新醅酒，紅泥小火爐。晚來天欲雪，能飲一杯無？

蘅塘退士評曰：「信手拈來，都成妙諦，詩家三昧，如是如是。」章變曰：「用土語不見俗，乃是點鐵成金手法。」，以其尋常口語，而成自然之境，詩家絕妙之辭，將雪夜招友同酌的盎然情趣，在「綠螞蟻」〔註35〕、「紅泥火爐」此種鮮活生動的日常口語襯托下，兩人的交誼更增無限熟稔親切之感。前文所舉「招飲」詩例，樂天在薔薇正開、春酒初熟之時，乃招三、五良朋佳友，共賞春花、共品新酒、共享酣然自得之樂，彼此友情的靈犀相契，亦在同醉同賞的招飲之下，愈漸滋長。

此外，出訪友人與之同酌的「訪飲」，如前文所舉張九齡在芳醇的誘惑與友情的召喚下，乃「不辭山路遠，踏雪也相過」；孟浩然則在索然幽居，百無聊賴之際，乃欣喜於「酒伴來相命，開尊共解酲」；劉得仁則於風雪愁慘的蕭冷季候，攜酒訪知交，進得以「吟興忘飢凍，生涯任有無」。友朋間的迢迢訪飲，或出訪知交，或知交來訪，當其良友把晤、歡持杯醆之際，彼此的友誼亦愈形濃醇；藉茲「招飲訪飲」所特稟的動態涵蘊（招友與訪友的絡繹交流），友朋之間靈犀相契的情誼愈發深摯而縣延不絕。

唐代飲酒詩中所呈現的「舊雨新知靈犀相契」的精神內涵，透過「逢友同酌」、「憶故人杯」、「贈酒知交」、「招飲訪飲」四種情緻紛披的主要類型，乃將一個濃酣完足的友情世界，揉融轉託於「酒」之中。

聽歌招客〉（卷四五六）等，以「訪飲」爲主題者，如：〈訪皇甫七〉（卷四四六）、〈雪中酒熟欲攜訪吳監先寄此詩〉（卷四五六）、〈攜酒往朗之莊居同飲〉（卷四五九）、〈喜裴濤使君攜詩見訪醉中戲贈〉（卷四六○）等。

〔註35〕螘，蟻也。浮在未經漉製的濁酒上面的汎齊，土話稱爲「綠螞蟻」。《釋名・釋飲食》曰：「汎齊，浮蟻在上汎汎然也。」

第六節　豪俠名士的任氣縱情——三杯吐然諾　五嶽倒爲輕

李白〈俠客行〉（卷一六二）詩云：

> 趙客縵胡纓，吳鉤霜雪明。銀鞍照白馬，颯沓如流星。十步殺一人，千里不留行。事了拂衣去，深藏身與名。閒過信陵飲，脫劍膝前橫。將炙啖朱亥，持觴勸侯嬴。三杯吐然諾，五嶽倒爲輕。眼花耳熱後，意氣素霓生。救趙揮金槌，邯鄲先震驚。千秋二壯士，煊赫大梁城。縱死俠骨香，不慚世上英。誰能書閣下，白首太玄經。

構成豪俠之士奇瑰恢肆的生命才調者，主要有：劍、膽、義，三大要物。「義」爲其行爲的準則，「劍」爲其行義的工具，「膽」爲其仗劍行義的力量之源〔註36〕，而「酒」則使俠者一身豪宕飛拔之氣，淋漓盡致地呈顯而出。「三杯吐然諾，五嶽倒爲輕。眼花耳熱後，意氣素霓生」句，即藉著酒氣的興發，將俠者豪情萬丈，明爽佻達的風姿神采，描繪得栩栩若生；除「酒」之外，自古俠骨柔情，本相通貫，橫刀長嘯的任氣豪俠，總有「蕙蘭相隨喧妓女，風光去處滿笙歌」（李白〈少年行〉卷一六五）的青樓艷妓相互輝映，「美人醇酒」幾已成爲古今豪俠的英雄表徵，「詩因鼓吹發，酒爲劍歌雄。對舞青樓妓，雙鬟白玉童」〔註37〕，在舞衫歌扇，曲宴周遊之中，「把酒顧美人」的縱情自恣，乃一一流顯。因之，豪俠名士的任氣縱情，或奮壯志於雲霄，或繫閒情於風月，皆爲唐代飲酒詩中，蘊涵著浪漫詩情異彩之美的作品。今茲分就下列兩大類型：「縱酒使氣的豪情」與「杯酒春燈的風采」，以探討其內涵。

壹、縱酒使氣的豪情

〔註36〕詳見顏崑陽《喜怒哀樂》——《中國文學小叢刊》第一輯，頁165，故鄉出版社。

〔註37〕李白〈在水軍宴韋司馬樓船觀妓〉（卷一七九）詩：「搖曳帆在空，清流順歸風。詩因鼓吹發，酒爲劍歌雄。對舞青樓妓，雙鬟白玉童。行雲且莫去，留醉楚王宮。」

李白〈白馬篇〉（卷一六四）

龍馬花雪毛，金鞍五陵豪。秋霜切玉劍，落日明珠袍。鬥雞事萬乘，軒蓋一何高。弓摧南山虎，手接太行猱。酒後競風采，三杯弄寶刀。殺人如翦草，劇孟同遊遨。發憤去函谷，從軍向臨洮。叱咤經百戰，匈奴盡奔逃。歸來使酒氣，未肯拜蕭曹。羞入原憲室，荒徑隱蓬蒿。

王維〈少年行〉（卷一二八）

新豐美酒斗十千，咸陽游俠多少年。相逢意氣為君飲，繫馬高樓垂柳邊。

杜甫〈少年行〉（卷二二六）

馬上誰家白面郎，臨階下馬坐人牀。不通姓字粗豪甚，指點銀瓶索酒嘗。

李益〈輕薄篇〉（卷二八二）

豪不必馳千騎，雄不在垂雙鞬。天生俊氣自相逐，出與鵰鶚同飛翻。朝行九衢不得意，下鞭走馬城西原。忽聞燕雁一聲去，迴鞭挾彈平陵園。歸來青樓曲未半，美人玉色當金尊。淮陰少年不相下，酒酣半笑倚市門。安知我有不平色，白日欲落紅塵昏。死生容易如反掌，得意失意由一言。少年但飲莫相問，此中報讎亦報恩。

「豪」是俠者共具的氣勢，他的行事「雖不軌於正義，然其言必信，其行必果，已諾必誠，不愛其軀，赴士之阨困，既已存亡死生矣，而不矜其能，羞伐其德。」（《史記‧游俠列傳》），輕生一諾，義無反顧的任俠意氣是「豪」；縱酒使氣則將俠士橫溢的豪情，由敘述性的觀念，轉化為動態性的表現。以李白所作的〈白馬篇〉，詩中一開始便極盡能事地勾勒出俠士超凡的氣勢與形象：白馬神駒、金鞍珠袍、秋霜寶劍是描述俠士的裝束形象；萬乘之尊、軒蓋之高、射虎執猱，則套用典故以描述俠士的氣勢〔註38〕，至此，詩中人物的形貌、性格，

〔註38〕「鬥雞事萬乘，軒蓋一何高」句，乃指是玄宗時賈昌事迹，詳見《李太白集校注》，卷二，古風五十九之二十四首：「路逢鬥雞者，冠蓋何輝赫」句注，里仁書局。「南山虎」則見晉書卷五八，周處傳。

仍如一尊五彩描金的斑爛雕像，雖有貌而卻無神；但是，接下來的「酒後競風采，三杯弄寶刀。殺人如翦草，劇孟同遊遨」以及「歸來使酒氣，未肯拜蕭曹」，則將俠者縱恣桀驚、仗劍使氣的豪情神態，活靈活現地呈顯出來，藉著酒氣而怒叱殺人、藉著酒氣而淡視富貴；又如「笑盡一杯酒，殺人都市中」（李白〈結客少年場行〉卷一六三）、「黃金白璧買歌笑，一醉累月輕王侯」（李白〈憶舊遊寄譙郡元參軍〉卷一七二），俠者逸興遄飛的豪情，才從表象的敘述，深入到精神內在的真正躍動之處，而在讀者眼前，才跳出一位活脫脫、色色逼真的豪俠英雄。

　　王維與杜甫的〈少年行〉，詩中所描繪的人物性格、身分都很相似，並且，對兩位任氣少年狂縱不拘的豪情，所呈現的途徑，也都極相近，「相逢意氣爲君欲，繫馬高樓垂柳邊」，是無視酒錢驚人，一口接一口，大碗大盃乾盡的「意氣」，「不通姓氏粗豪甚，指點銀瓶索酒嘗」，則是根本不作客套禮數，一開口就是「拿酒來！」的粗豪言行，二者均以「飲酒」作爲具體呈現其任氣縱情的「豪」狀。

　　李益刻繪少年的俊氣，除有「呼鷹阜櫪林，逐獸雲雪岡」（杜甫〈壯遊〉）般的雄健驍勇之外，「酒」亦是其不可或缺之物，「酒酣半笑倚市門」寫其浪蕩不拘的神貌，「少年但飲莫相問，此中報讎亦報恩」寫其輕生一諾的義氣，皆絲絲入扣。唐人輕視腐儒，傾慕遊俠的浪漫精神，可時見其奔湊於詩人腕下：

　　　走馬還相尋，西樓下夕陰。結交期一劍，留意贈千金。高
　　　閣歌聲遠，重關柳色深。夜聞須盡醉，莫負百年心。（王昌
　　　齡〈少年行〉卷一四〇）
　　　玉劍膝邊橫，金杯馬上傾。朝遊茂陵道，夜宿鳳凰城。豪
　　　吏多猜忌，無勞問姓名。（李巖〈少年行〉卷一四五）
　　　醉騎白馬走空衢，惡少皆稱電不如。五鳳街頭閒勒轡，半
　　　垂衫袖揔金吾。（施肩吾〈少年行〉卷四九四）

樂府詩題〈少年行〉多爲描寫慷慨任俠之作，唐代詩人作此題者，即

有十四位、三十首之多〔註 39〕；此外，如：〈結客少年塲行〉、〈漢宮少年行〉、〈長安少年行〉、〈渭城少年行〉、〈邯鄲少年行〉等等，均爲題材、內容相近之作。這類主要以丕顯俠者氣勢與心志的詩作，則幾乎與「酒」有著血肉相連般至親至切的關係，因俠者的精神常是在衝決著，所以會「三杯吐然諾，五嶽倒爲輕」，但是，俠者的精神也常在超越著，所以能「且樂生前一杯酒，何須身後千載名」（李白〈行路難〉三首之三，卷一六二），當其精神衝決之時，「酒」正是聳動其氣蓋天地之勢者；當其精神超越之時，「酒」正是安頓其逍遙恢廓之志者，所謂「一杯顏色好，十盞膽氣加。半酣得自恣，酩酊歸太和」（元稹〈酬樂天勸酒〉）俠士的生命質素已與「酒」相合相融，故其迸射蘊化而出的氣勢與心志，可謂之爲縱酒使氣的豪情，此爲探討飲酒詩之中，豪俠名士任氣縱情的內涵時，不可略視的一大特色。

貳、杯酒春燈的風采

李白〈少年行〉二首之二（卷一六五）

　　五陵年少金市東，銀鞍白馬度春風。落花踏盡遊何處，笑入胡姬酒肆中。

白居易〈對酒吟〉（卷四四七）

　　一拋學士筆，三佩使君符。未換銀青綬，惟添雪白鬚。公門衙退掩，妓席客來鋪。履舄從相近，謳吟任所須。金銜嘶五馬，鈿帶舞雙姝。不得當年有，猶勝到老無。合聲歌漢月，齊手拍吳歈，今夜還先醉，應煩紅袖扶。

溫庭筠〈蘇小小歌〉（卷五七六）

　　買蓮莫破券，買酒莫解金。酒裏春容抱離恨，水中蓮子懷芳心。吳宮女兒腰似束，家在錢塘小江曲。一自檀郎逐便風，門前春水年年綠。

〔註 39〕唐代詩人作〈少年行〉詩者，有：李白三首、王維四首、王昌齡二首、張籍一首、李嶷三首、劉長卿一首、令狐楚四首、杜牧二首、杜甫三首、張祐一首、韓翃一首、施肩吾一首、僧貫休三首、韋莊一首，共計十四人，三十首。詳見《全唐詩》。

劉兼〈訪妓不遇招酒徒不至〉（卷七六六）

　　小橋流水接平沙，何處行雲不在家。畢卓未來輕竹葉，劉
　　晨重到嫌桃花。琴樽冷落春將盡，幃幌蕭條日又斜。回首
　　卻尋芳草路，金鞍拂柳思無涯。

　　觀妓、攜妓、狎妓、養妓爲唐代社會風尚，以娼妓生活爲題材，
顯現出豪俠名士在杯酒春燈之中的風采，此類詩作亦爲唐代飲酒詩中
所涵具的一大特色。

　　當時的文人名士作狹邪遊者，比比皆是，李白即有〈秋獵孟諸夜
歸置酒單父東樓觀妓〉（卷一七九）、〈攜妓登梁王棲霞山孟氏桃園中〉
（卷一七九）、〈出妓金陵子呈盧六〉（卷一八四）等作；韓愈據載乃
有二妓妾，一曰絳桃，一曰柳枝，皆能歌舞〔註40〕，張籍〈祭退之〉
詩有云：「……中秋十六夜，魄圓天差晴。公既相邀飲，坐語於階楹。
乃出二侍女，合彈琵琶箏。……」（卷三八三），則知此老簟中，興復
不淺，故其雖曾鄙薄「長安眾富兒，盤饌羅羶葷。不解文字飲，惟能
醉紅裙。」（〈醉贈張秘書〉卷三三七），卻也有「銀燭未銷窗送曙，
金釵半墮座添春」（〈酒中留上襄陽李相公〉卷三四四）之類，紅袖侑
觴，曲宴洽歡的詩作；白居易亦眷有家妓，曰樊素，其〈不能忘情吟〉
詩序曰：

　　樂天既老，又病風，乃錄家事、會經費、去長物。妓有樊
　　素者，年二十餘，綽綽有歌舞態，善唱楊枝，人多以曲名
　　名之，由是名聞洛下，籍在經費中，將放之……（卷四六一）

白氏集中贈妓之作，多至數十首，繾綣風情，可見一斑。此外，如杜
牧〈遣懷〉詩自謂：

〔註40〕宋、王讜《唐語林》卷六：「韓退之有二妾，一曰絳桃，一曰柳枝，
　　皆能歌舞。初使王庭湊，至壽陽驛，絕句云：『風光欲動別長安，春
　　半邊城特地寒，不見園花兼巷柳，馬頭惟有月團團。』（〈夕次壽陽
　　驛題吳郎中詩後〉見《全唐詩》卷三四四）蓋有所屬也。柳枝後踰
　　垣遁去，家人追獲，及鎮州初歸，詩曰：『別來楊柳街頭樹，擺弄春
　　風只欲飛。還有小園桃李在，留花不放待郎歸。』（〈鎮州初歸〉同
　　上卷）自是，專寵絳桃矣。」

　　　　落魄江湖載酒行，楚腰纖細掌中輕。十年一覺揚州夢，贏
　　　　得青樓薄倖名。

杜牧馳逐北里，所至成歡，其人「美姿容，好歌舞，風情頗張，不能
自遏」(《唐才子傳》)，倜儻之丰姿，乃冠絕當代；至於花間鼻祖溫庭
筠，其流連青樓，狂放縱酒，被史傳評爲「士行塵雜，不修邊幅」(《舊
唐書・本傳》)，所作贈妓、詠妓、別妓之類詩文，更是不勝枚舉，而
其所云「情爲世累詩千首，醉是吾鄉酒一樽」(〈杏花〉卷五八三)，
實爲詩人歌酒生涯最忠實的自白。唐代官吏狎娼，上自宰相節度使，
下至庶僚牧守，幾無人不從事於此〔註41〕。前文所舉李白〈少年行〉，
嚴羽云：寫豪情在「笑入」二字有味。(嚴羽《評點李集》)，「笑入」
二字不但具感官動態之美，且亦暗示胡姬「笑迎」的嫵艷妍麗，全詩
因之而漾盪起「度春風」的恣情歡娛，其另作「胡姬貌如花，當壚笑
春風」(〈前有一樽酒行〉二首之二，卷一六二)，則將胡姬當壚的巧
笑倩姿，作了露骨描擬。唐朝由於南、北文化交融，胡人僑居中土者
頗夥，唐詩詠及胡姬之作，大多充滿無限旖旎風情，崔國輔〈胡姬詞〉
(卷三三三)云：

　　　　妍艷照江頭，春風好客留。當壚知妾慣，送酒爲郎羞。香
　　　　渡傳蕉扇，妝成上竹樓。數錢憐皓腕，非是不能留。

又如李端〈胡騰兒〉：「胡騰身是涼州兒，肌膚如玉鼻如錐。……揚眉
動目踏花氈，紅汗交流珠帽偏。醉卻東傾又西倒，双靴柔弱滿燈
前。……」(卷二八四)，舞妓酒孃幾已成唐詩之中，胡姬所慣具的地
位身份。由於當時徵伶選妓，以助歡宴之風頗盛，據白居易〈代書詩
一百韻寄微之〉(卷四三六)，憶其與元稹初爲校書郎，年少疎狂，攜
妓遊曲江，痛飲盡歡之事云：

　　　　……徵伶皆絕藝，選伎悉名姬。粉黛凝春態，金鈿耀水嬉。
　　　　風流誇墮髻，時世鬪啼眉。密坐隨歡促，華尊逐勝移。香
　　　　飄歌袂動，翠落舞釵遺。筭插紅螺椀，觥飛白玉巵。打嫌

────────────
〔註41〕參見王書奴《中國娼妓史》，萬年青，民國63年。

> 調笑易，飲訏卷波遲。殘席諠譁散，歸鞍酩酊騎。酡顏烏
> 帽側，醉袖玉鞭垂。……

名士從歌妓密坐，在笙歌曼舞、酒令傳觴之下，酩酊而歸，而其言醉態風采則更是寫眞：一張被酒氣醺紅的臉，頭上的烏紗帽也戴得歪歪斜斜，上馬欲返，卻醉得連馬鞭也舉不起。前文所舉白居易〈對酒吟〉，亦有「合聲歌漢月，齊手拍吳歈。今夜還先醉，應煩紅袖扶。」如此放浪形骸，駘蕩心神的面貌呈現。詩人皆以言「醉」，而且是忘形的酩酊大醉，來呈顯其在杯酒春燈中的縱情風采。

在溫庭筠三百多首詩作之中，約有五分之一是樂府歌行，且大多以艷情爲主題〔註42〕，前舉〈蘇小小歌〉，據《樂府廣題》云：「蘇小小，錢塘名倡也，蓋南齊時人」，這首以名妓爲題的樂府詩，極富民謠竹枝的風味，例如以「蓮」代「憐」是民謠中慣用的同音字假借法，起句「買蓮莫破券，買酒莫解金」更純用俚語白描以寫其懷抱，買酒飲後離恨更濃，買蓮賞後懷思更深，故言莫破券、莫解金，因自郎遠去，已無人共飲、無人愛憐，只有年年空負青春歲華了。「飛卿詩中常將性愛美化，與春日的大自然混融爲一」〔註43〕其諦造妓女動人的情感境界，即常運用此法，而「酒」乃爲其縱情於此官能世界的活源動力。至於劉兼在訪飲妓不遇，招酒徒又不至之時，頓然浮現一副意興闌姍、無限落寞的神態；因之，環睹周遭景物，也感染了百無聊賴之情，故云「琴樽冷落春將盡，幃幌蕭條日又斜」，此種黯淡心緒，較諸在妓席飲座、杯酒春燈之中，恣意歡娛的風采，實乃有雲泥之別。

唐代飲酒詩之中，「豪俠名士的任氣縱情」所呈顯的內涵，經由縱酒使氣的豪情與杯酒春燈的風采，兩種充滿浪漫文學色彩的類型，乃展顯出飲酒詩之中，一種指向追尋整個生命的醋足，如神鷹瞥漢、列子御風一般，率性任情的浪漫本質。

〔註42〕參見方瑜《中晚唐三家詩析論》——溫庭筠歌詩的意象與表現。頁
　　　　99，牧童出版社。
〔註43〕同上註，頁114。

第七節　酒物飲態的圖貌寫神——鸕鶿杓　鸚鵡杯
百年三萬六千日　一日須傾三百杯

「酒物」乃指與飲酒有關的名物，例如酒器、酒名之類；「飲態」則指飲酒所引發的諸般情態，例如中酒、斷酒之類。

唐代飲酒詩之中，酒物與飲態這兩種題材的內容，皆為有涉於對飲酒的名物或情態的擬狀刻繪，此乃需能寫氣圖貌、體物得神，方可「參化工之妙」；〔註44〕《文心雕龍・物色篇》云：

> 詩人感物，聯類不窮，流連萬象之際，沈吟視聽之區；寫
> 氣圖貌，既隨物以宛轉；屬采附聲，亦與心而徘徊。

「隨物宛轉，與心徘徊」乃為詩人在體物寫物之時，力求工切地描摹物象，抒寫物心，使之神態全出，氣韻生動，以達「圖貌寫神」的最高境地。

有關飲酒的名物，因其所涵極為蕪雜，如皮、陸二人〈酒中十詠〉及〈添酒中六詠〉的奉和詩作，所詠酒物，即有：酒旗、酒牀、酒壚、酒篘、酒樓、酒城、酒泉、酒鄉、酒星、酒尊（以上〈酒中十詠〉）、酒池、酒龍、酒甕、酒船、酒鎗、酒杯（以上〈添酒中六詠〉），計十六種之多〔註45〕；職此，筆者乃就其展現於飲酒詩之中，最為普遍，或獨具特色的飲酒名物，茲分：一、酒器（尊、卮、杯等）。二、酒名（宜城酒、臘酒、梅花酒等）。三、酒戲（〈酒胡子〉、〈呼盧〉、〈改酒令〉等），三種主要名物，予以列論。

其次，飲酒所引發的諸般情態，亦極具紛披之狀，如元稹即有一系列的詩題：〈先醉〉、〈獨醉〉、〈宿醉〉、〈懼醉〉、〈羨醉〉、〈憶醉〉、〈病醉〉、〈擬醉〉、〈勸醉〉、〈任醉〉、〈同醉〉、〈狂醉〉（俱見《全唐詩》卷四一一），共計十二首不同的飲酒情態作品。今就飲酒詩之中，

〔註44〕王夫之《夕堂永日緒論》：「體物而得神，則自有靈通之句，參化工之妙。」

〔註45〕皮日休〈酒中十詠〉及〈奉和添酒中六詠〉，具見《全唐詩》卷六一一；陸龜蒙〈奉和襲美酒中十詠〉及〈添酒中六詠〉具見《全唐詩》卷六二○。

最具代表性的飲態共象，茲分爲：一、中酒。二、酒醒。三、斷酒。
三種主要類型，予以列論。

壹、酒物的巧言切狀

一、酒　器

張說〈詠瓢〉（卷八六）

> 美酒酌懸瓢，眞淳好相映。蝸房卷墮首，鶴頸抽長柄。雅
> 色素而黃，虛心輕且勁。豈無雕刻者，貴此成天性。

李白「詠山樽」（卷一八三）

> 蟠木不彫飾，且將斤斧疎。樽成山岳勢，材是棟梁餘。外
> 與金罍並，中涵玉醴虛。慙君垂拂拭，遂忝玳筵居。

錢起〈瑪瑙杯歌〉（卷二三六）

> 瑤溪碧岸生奇寶，剖質披心出文藻，良工雕飾明且鮮，得
> 成珍器入芳筵。含華炳麗金尊側，翠聳瓊觴忽無色。繁弦
> 急管催獻酬，倏若飛空生羽翼。　　蘭英照豹斑，滿堂詞
> 客盡朱顏。花光來去傳香袖，霞影高低伴玉山。王孫彩筆
> 題新詠，碎錦連珠互輝映。世情貴耳不貴奇，謾說海底珊
> 瑚枝。寧及琢磨當妙用，燕歌楚舞長相隨。

蔣防「玉巵無當」（卷五○七）

> 美玉常爲器，茲焉變漏巵。酒漿悲莫把，樽俎念空施。符
> 彩功難補，盈虛數已虧。豈惟孤玩好，抑亦類瑕疵。清越
> 音雖在，操持意漸虧。賦形期大匠，良璞勿同斯。

以上所詠四物：瓢、樽、杯、巵、均爲酒器。在飲酒詩的鼎盛期之前，
酒器在詩中的運用，多是詩人藉以「言志」的比興之物而已，未曾有
人競其所能，窮其所思地用藝術的手法去敷寫器象，以「巧言切狀」
酒器。六朝之時，雖大量湧現「品題物名而吟詠之」的詠物詩作〔註
46〕，其中以器物爲題材的詩作，大多以詠樂器日常用具爲主，絕少

〔註46〕俞琰詳註分類詠物詩選序：「至六朝而始以一物命題，唐人繼之，著
　　　　作益工，兩宋元明承之，篇什愈廣。故詠物一體，三百導其源，六
　　　　朝備其製，唐人擅其美，兩宋元明治其傳。」

有以酒器爲題材之作〔註47〕，至有唐一代，始有此類創作，由此，亦可知唐人飲酒風氣之盛，故其呈現於文學作品之中，乃有更進一步地對「酒器」的詠作。

　　上舉詩例，張說〈詠瓢〉以〈蝸房〉狀瓢首，「鶴頸」狀瓢柄，且將其素雅輕勁的色澤與質感，也描述概全。作者以工細熨貼的文字，刻劃物象，抒寫物心，實極盡「巧言切狀」之能事；尾聯「豈無雕刻者，貴此成天性」，則又配寫人情，使酒瓢涵蘊「有作者生命的投入，從物質世界中喚起生命世界與心靈世界。」〔註48〕；李白〈詠山樽〉亦言其不假斧斤雕飾，而稟具山岳之勢、棟梁之材；且其秉有「外與金罍並，中涵玉醴虛」的文質兼善俱美的特性，此亦爲李白對自我的期許與寫照。作者把自己投入所觀之物，於是「物」乃有血、有肉、有情，甚至人格化，成爲作者自身的投影；錢起與蔣防的詠作，一言酒杯經良工雕飾，文藻鮮明，含華炳麗，成爲「花光來去傳香袖，霞影高低伴玉山」的芳筵珍器；一言玉卮因匠工無當而成漏卮，乃至「清越音雖在，操持意漸隳」，酒器竟由清越美玉淪落成瑕疵垢器；瑪瑙杯、玉卮雖同爲珍物奇寶，卻有兩種全然相殊的際遇，此由「物」寄以情懷，進而觸及「人」生命歷程之中，種種不可獲免或挽回的愁苦無奈，令人有味之無盡的蒼涼感受，故《文心雕龍・物色篇》云：

　　　　吟詠所發，志惟深遠；體物爲妙，功在密附。故巧言切狀，
　　　　如印之印泥，不加雕削，而曲寫毫芥。故可瞻言而見貌，
　　　　即字而知時也。

唐代有關詠「酒器」的飲酒詩作，大多體物精妙，命意深遠，而出現於唐詩之中的酒器，亦極繁多，以「杯」而言，除上所舉「瑪瑙杯」

〔註47〕六朝詠物詩的題材，據洪順隆「六朝詩論」：六朝詠物詩研究，文中分有七大類（天象、地理、鳥獸、草木、蟲魚、器物、建築），其中，器物類的數量僅次於草木類的詠物詩，但無酒器之詠作。參見頁3，文津出版社。

〔註48〕詳見黃永武《詠物詩的評價標準》一文，古典文學第一集，頁 168～178，學生書局。

之外，尚有：

　　玉杯：「玉杯留醉處，銀燭送歸時」（張繼〈令狐員外宅宴寄中
　　　　　丞〉卷二四三）

　　金杯：「願吹野水添金杯，如澠之酒常快意」（杜甫〈蘇端薛
　　　　　復筵簡華醉歌〉卷二一七）

　　銀杯：「兩岸山花似雪開，家家春酒滿銀杯」（劉禹錫〈竹枝
　　　　　詞〉卷三六五）

　　螺杯：「渌酒白螺杯，隨流去復回」（張籍〈流杯渠〉卷三八六）

　　鸚鵡杯：「銀河半倚鳳皇臺，玉清相傳鸚鵡杯」。（李適〈侍宴
　　　　　安樂公主新宅應制〉卷七七八）〔註49〕。

　　承露杯：「莫辨祈風觀，空傳承露杯」（李嶠〈奉和幸長安故城
　　　　　未央宮應制〉卷六一）

　　合歡杯：「莫令銀漏曉，爲盡合歡杯」（沈佺期〈壽陽王花燭〉
　　　　　卷九六）

　　蓮子杯：「艷聽竹枝曲，香傳蓮子杯」（白居易〈郡樓夜宴留客〉
　　　　　卷四四三）

　　荷葉杯：「茶烹松火紅，酒吸荷杯綠」（戴叔倫〈南野〉卷二七
　　　　　三）

共計十多種，這些名目眾多的酒器，大都爲詩中比興之物，雖非主題
所在，卻極具形、色之美。唐代飲酒詩中的「酒器」，有專題之詠作，
亦有作爲襯托之用者，其兼具前朝所無的詠作內涵，此乃蔚成「鼎盛
期」的飲酒詩豐饒面貌的一大特色。

二、酒　名

　　明胡震亨《唐音癸籤》卷二十〈話籤〉五「酒名春」條載云：

　　　東坡云：唐人酒多以春名。今具列一、二：金陵春（李白
　　　詩：堂上三千珠履客，甕中百斛金陵春）、竹葉春（杜甫詩：
　　　山林竹葉春）、麴米春（杜：聞道雲安麴米春，纔傾一盞便
　　　醺人）、抛青春（韓愈詩：百年未滿不得死，且可勤買抛青

─────────────────

〔註49〕《太平廣記》：「鸚鵡螺，旋尖處屈而朱，如鸚鵡嘴，故以爲名，殼上
　　　青綠斑，大者可受二升，殼內光瑩如雲母，裝爲酒盃，奇而可玩。」

春）、梨花春（白居易詩：青旗沽酒聽梨花。注：杭人釀酒，聽梨花時熟，號爲梨花春）、若下春（烏程有若下春。劉禹錫詩：鸚鵡杯中若下春）、石凍春（富平有石凍春。鄭谷贈其宰詩云：易博達宵醉，千缸石凍春）、土窟春（出滎陽）、燒春（出劍南。並見《唐國史補》）、松醪春（見唐裴鉶傳奇）〔註50〕。

由上所舉九種酒名「春」者，可知唐人特喜以「春」名酒；黃永武先生從新出土唐代酒壺上的題款，又爲唐代酒名添增另一種「春」字牌名酒：

美春酒，陳家美春酒，泛花泛蟻，酒溫香濃。

酒壺的款識下面有造酒人家的姓名及「大中玖年書記」（宣宗）的字樣〔註51〕，唐人命「春」爲酒名，實爲當時通行的習尙。除上所舉酒名之外，《全唐詩》之中的芳醪名酒，品類極多，筆者乃依其酒名，大致歸納爲四大類：（一）以產地爲酒名（例如：宜城酒、郫筒酒等）。（二）以時令爲酒名（例如：社酒、臘酒等）。（三）以釀材爲酒名（釀

〔註50〕《唐音癸籤》所舉酒名之下的詩作，分別見《全唐詩》中：〈金陵春〉卷一七二（李白〈寄韋南陵冰余江上乘興訪之遇尋顏尚書笑有此贈〉）、〈竹葉春〉卷二三四（杜甫〈聞惠二過東溪特一送〉）、〈麴米春〉卷二二九（杜甫〈撥悶〉）、〈抛青春〉卷三三八（韓愈〈感春〉四首之四）、〈梨花春〉卷四四三（白居易〈杭州春望〉，《全唐詩》作〈青旗沽酒趁梨花〉，言其俗釀酒，趁梨花時熟，號爲梨花春）、〈若下春〉卷三六五（劉禹錫〈洛中送韓七中丞之吳興口號〉五首之四，《全唐詩》作〈箬下春〉）、〈石凍春〉卷六七四（鄭谷〈贈富平李宰〉，《全唐詩》作〈易得連宵醉〉）。

又，《唐國史補》卷下：「酒則有郢州之富水，烏程之若下，滎陽之土窟春，富平之石凍春，劍南之燒春，河東之乾和蒲萄，嶺南之靈谿、博羅，宜城之九醞，潯陽之湓水，京城之西市腔，蝦　陵郎官清、阿婆清。又有三勒漿類酒，法出波斯三勒者，謂菴摩勒、毗梨勒、訶梨勒。」

又，《全唐詩》卷八六四，水府君〈與鄭德璘奇遇詩〉之中，有「松醪春」：「昔日江頭菱芡人，蒙君數飲松醪春，活君家室以爲報，珍重長沙鄭德璘。」

〔註51〕參見黃永武《珍珠船》：唐詩與酒壺，頁35，洪範書局。

材包括花、葉、果以及藥名，例如：榴花酒、松葉酒、蒲萄酒、地黃酒等）。（四）以神異故實爲酒名（例如：千日酒、流霞酒等）。其它或作「白酒」「綠蟻」之類，以顏色簡稱者，則不于隸入酒名之屬。由於品類繁多，篇什所涉甚廣，故僅摘句列錄，不詳迻全詩。

1. 以產地為酒名

宜城酒：江陵橘似珠，宜城酒如餳。（白居易〈和思歸樂〉卷四二五）

郫筒酒：海石分棋子，郫筒當酒缸。（李商隱〈因書〉卷五四○）

酃醁酒：四弦繞罷醉蠻奴，酃醁餘香在翠爐。（皮日休〈春日酒醒〉卷六一五）

宜城，唐時屬山南東道襄州宜城縣，今在湖北襄陽縣南；宜城出美酒，漢時已有之〔註52〕，魏曹植〈酒賦〉亦有「宜城醴醪，若榑縹清」，可知宜城酒名極古，且至久不廢。白居易以「餳」狀其濃稠醇馥的氣味，巧言切狀地將酒所涵括的色、香、味特性，具體呈現。宜城酒乃爲襄州名酒，故隸屬襄陽的大詩人孟浩然在恬懷故鄉風物之時，乃逕言「宜城多美酒，歸與葛彊遊」（〈九日懷襄陽〉卷一六○），則宜城酒絕倫之美即可知。

「郫筒酒」，據《華陽風俗錄》云：

> 成都郫縣有郫池，池旁有大竹，郫人刳其節，傾春釀於筒，
> 閉以藕絲，苞以蕉葉，信宿馨香達竹外，然後斷之以獻，
> 俗曰「郫筒酒」。

郫縣以竹筒成美酒，因其有特殊的釀製過程，乃成蜀地名酒，此酒以竹爲缸，故詩人狀其特性，乃云「郫筒當酒缸」，杜甫亦有「酒憶郫筒不用酤」句（〈將赴成都草堂途中有作先寄嚴鄭公〉五首之一，卷二二八），皆就其以竹筒作酒缸的特性，加以描摹凸顯。

「酃醁酒」，據《湘中記》云：

〔註52〕《周禮・天官》酒正辨五齊之名，其中「泛齊」之下，鄭玄注云：「泛者，成而滓浮泛泛然，如今宜成醪矣。」

　　酃湖深八尺，湛然綠色，土人取以釀酒，其味醇美。

酃縣在今湖南衡陽縣東，唐詩人李賀亦有「釀酃今夕酒，緗帙去時書」（〈示弟〉卷三九〇）、元稹有「七月調神麴，三春釀綠酃」（〈飲致用神麴酒三十韻〉卷四〇八）。此類以產地為酒名者，大多涵具了該地特殊的風物景觀或人文色彩的特色，其它如：新豐酒「美酒沽新豐，快意且為樂」（李白〈效古〉卷一八三）及前舉之箬下、石凍、金陵等均是以產地為酒名。

2. 以時令為酒名

　　桑落酒：白社風霜驚暮年，銅瓶桑落慰秋天。（劉商〈山翁持酒相訪以畫酬之〉卷三〇四）

　　臘酒：臘酒飲未盡，春衫縫已成。（岑參〈送魏四落第還鄉〉卷一九九）

　　社酒：木槃擎社酒，瓦鼓送神錢。（李建勳〈田家〉卷七三九）

「桑落酒」因「排於桑落之辰」（《水經河水注》），而得其名〔註53〕，時值秋季，故杜甫亦有「坐開桑落酒，來把菊花枝」（〈九日楊奉先會白水崔明府〉卷二二四）、錢起乃有「木奴向熟懸金實，桑落新開瀉玉紅（〈九日宴浙江西亭〉卷二三九）；木叔、柑橘也。李衡種柑千株，呼為千頭木奴，其樹秋實，故「桑落酒」乃秋飲之酒。

　　「臘酒」，臘，本是祭名，《禮記‧郊特性》云：

　　臘也者，索也。歲十二月合聚萬物而索饗之也。

後世因稱十二月為「臘月」，崔實《四民月令》云：「十月止，辛命典，饋清麴，釀冬酒，以供臘祀也。」十二月所飲之酒乃稱「臘酒」，周弘亮有「何處夜歌銷臘酒，誰家高燭候春風」（〈故鄉除夜〉卷四六六）、杜牧有「即此醉殘花，便同嘗臘酒」（〈惜春〉卷五二〇），除夜、惜春均飲「臘酒」，可知其乃歲末所飲之酒。

　　「社酒」，乃農家於社日祭祀土神，以祈豐年的供品。社日分春、

─────────────

〔註53〕桑落酒名的源起，詳見本文第二章、第二節，南北朝時期──詩歌：酬酢贈答。

秋二社，《周禮・春官肆師》：

> 社之日蒞卜來歲之稼。賈疏：祭社有二時，謂春祈秋報。

社日因稼穡興盛而特隆，是時，祭社之風不改，燒錢鳴鼓、扶醉而歸，由《全唐詩》中仍可窺見其俗，如：貫休「精靈應醉社日酒，白龜咬斷菖蒲根」（〈江邊祠〉卷八二六）；張蠙（一作張演）「桑柘影斜春社散，家家扶得醉人歸」（〈社日村居〉卷八八五）。這類以時令為酒名者，大多具有點明詩中的時間背景以及闡述傳統習俗的特色。

3. 以釀材為酒名（花、葉、果、藥材）

> 榴花酒：榴花新釀綠於苔，對雨閒傾滿滿杯。（韋莊〈對雨獨酌〉卷六九七）
>
> 松葉酒：家豐松葉酒，器貯梦花蜜。（王績〈採藥〉卷三七）
>
> 葡萄酒：天馬常銜首蓿花，胡人歲獻葡萄酒。（鮑防〈雜感〉卷三〇七）
>
> 地黃酒：坐依桃葉枝，行呷地黃杯。（白居易〈馬墜強出贈同座〉卷四四七）

《全唐詩》之中，這類以釀材為酒名的酒，品名頗多，其它如：菊花酒「秋摘黃花釀酒濃」（許渾〈寄題華嚴韋秀才院〉卷五三四）、松花酒「閒檢仙方試，松花酒自和」（馬戴〈贈鄠縣尉先輩〉卷五六六）、椰花酒「椰花好為酒，誰伴醉如泥」（殷堯藩〈醉贈劉十二〉卷四九二）、椒柏酒「尊前柏葉休隨酒」（杜甫〈人日〉兩篇之二，卷二三二）、屠蘇酒「纔酌屠蘇定年齒」（方干〈元日〉卷六五〇）、菖蒲酒「但祈蒲酒話昇平」（殷堯藩〈端午日〉卷四九三）等等均是；以上三種依產地、時令、釀材命名的酒類，皆屬於《全唐詩》中較為普遍與廣泛的酒名。

4. 以神異故實為酒名

> 千日酒：摳鍾高飲千日酒，卻天凝寒作君壽。（李賀〈河南府十二月樂詞〉之十一月，卷三九〇）
>
> 流霞酒：松喬若逢此，不復醉流霞。（錢起〈過長孫宅與朗上人茶會〉卷二三七）

消腸酒：險事消腸酒，清歡敵手棋。(鄭谷〈詠懷〉卷六七五)

「千日酒」，據張華《博物志》卷五載云：

> 昔劉元石於中山酒家酤酒，酒家與千日酒飲之，忘言其節
> 度，歸至家大醉，而家人不知，以爲死也，具棺殮葬之。
> 酒家計千日滿，乃憶元石前來沽酒，醉當醒矣，往視之，
> 云元石亡來三年，已葬，於是開棺，醉始醒。俗云：元石
> 飲酒，一醉千日。

千日酒因釀自中山〔註54〕，故又稱「中山酒」，鮑溶即有「聞道中山
酒，一杯千日醒」(〈范眞傳侍御累有寄因奉酬〉十首之五，卷四八五)、
王勃乃有「還持千日醉，共作百年人」(〈春園〉卷五六)。

「流霞酒」前文已論及，不再贅述〔註55〕。至於「消腸酒」的
源出，據王子年《拾遺記》所載：

> 張華爲酒，麥三薇以漬麴糵，糵出西羌，麴出北胡，以釀
> 酒清美　邑，久含令人齒動，若大醉不搖蕩，使人肝腸消
> 爛，俗謂爲消腸酒。

《唐音癸籤》卷二十〈詁箋〉五「銷腸酒」條，亦同載此說。以神仙
故實爲命名的酒，與前述三種品類繁多的酒名相較，實如鳳毛麟角；
並且，由於這類酒大多是子虛烏有，故其絕少有感官上具體的描繪，
它主要是作爲詩人比興之物。如：李端「酒沽千日人不醉，琴弄一絃
心已悲」(〈雜歌〉卷二八四)，應一醉千日卻不醉，乃因深感「世間
反覆不易陳」(同上首)，爲此難解的愁憾所苦，故雖飲千日酒，卻應
醉而未醉，「酒」在此具有當句翻叠的作用，使詩頓挫而更顯出其愁
悒之沈重。

以上所舉四種酒類品名的詩作，或具特殊的風物景觀（以產地爲
酒名者），或涵傳統習俗的特色（以時令爲酒名者），或爲饒富各樣各

〔註54〕干寶《搜神記》卷十九：「狄希，中山人也，能造千日酒，飲之千日
　　　　醉。」，故千日酒又稱中山酒。

〔註55〕詳見本章、第四節，神仙長生的遐思幻設──以頌歌仙酒，表達對仙
　　　　道世界的肯定與企慕。

色釀材的酒名，或爲遐邈冥茫的神異酒名，均各具奇芳，各醖神味，成爲詩人描摹吟詠，巧言以切其狀的題材。

三、酒　戲

　　酒戲原有兩大類：一是以器物爲戲的，俗稱酒戲，亦稱武酒戲；一是以言詞爲戲的，俗稱酒令，亦稱文酒戲，然二者也恒有混而爲一的〔註56〕。最古的酒戲爲「投壺」，唐時仍有之，李白詩云：「擊筑落高月，投壺破愁顏」（〈登邯鄲洪波臺置酒觀發兵〉卷一八○）、高適詩云：「投壺華館靜，縱酒涼風夕」（〈鉅鹿贈李少府〉卷二一一）。投壺乃古禮之一，主客燕飲相娛樂，每有投壺之事，其制乃設一壺，使賓主依次投矢其中，勝者則酌酒飲負者〔註57〕，《左傳‧昭公十二年》即載有「投壺」之事：

> 晉侯以齊侯晏，中行穆子相，投壺，晉侯先，穆子曰：有酒
> 如淮，有肉如坻。寡君中此，爲諸侯師，中之；齊侯舉矢曰：
> 有酒如澠，有肉如陵，寡人中此，與君代興，亦中之。

投壺之際，又附有言詞，足證酒戲與酒令兩者原本相融一體。今茲分就《全唐詩》中的武酒戲與文酒戲，于以列論。

1. 武酒戲（酒戲）

　　（1）酒胡子：盛行於唐代的武酒戲有「酒胡子」，如：

元稹〈指巡胡〉（卷四一○）

> 遣悶多憑酒，公心只仰胡。挺身唯直指，無意獨欺愚。

又，徐夤〈酒胡子〉（卷七○八）

> 紅筵絲竹合，用爾作歡娛。直指寧偏黨，無私絕覬覦。當
> 歌誰擐袖，應節漸輕軀。恰與眞相似，氈裘滿領鬚。

指巡胡、酒胡子，乃二名一實，皆爲飲宴藉作歡娛之物。宋張邦基《墨

莊漫錄》載云：

> 飲席刻木爲人，而銳其下，置之盤中，左右攲側，欹欹然
> 如舞狀，力盡乃倒，視其傳籌所至，酹之以盃，謂之勸酒
> 胡。

宋竇革《酒譜》云：「捕醉仙者，爲偶人轉之以指席」，勸酒胡、捕醉
仙亦如「酒胡子」，以一偶人旋轉爲戲，唐稱此酒戲之物爲「酒胡子」。
盧注〈酒胡子〉（卷七六八）詩中，對此物有精詳的描摹：

> 同心相遇思同歡，擎出酒胡當玉盤。盤中虺虺不自定，四
> 座清賓注意看。可亦不在心，否亦不在面，徇客隨時自圓
> 轉。酒胡五藏屬他人，十分亦是無情勸。爾不耕，亦不飢。
> 爾不蠶，亦有衣。右眼不能分黼黻，有口不能明是非。鼻
> 何尖，眼何碧，儀形本非天地力。雕鐫匠意苦多端，翠帽
> 朱衫巧妝飾。長安斗酒十千酤，劉伶平生爲酒徒。劉伶虛
> 向酒中死，不得酒池中拍浮。酒胡一滴不入眼，空令酒胡
> 名酒胡。

從酒胡子的形貌裝束：尖鼻碧眼、綠帽朱衫以及氊裘滿頷鬚來判斷，
其所以名之以「胡」，必是具有胡人特殊的外貌，故乃稱「酒胡子」。

　　（2）呼盧：古有「投瓊」之戲，此戲流傳極古，《史記・蔡澤列
傳》載云：「君獨不觀夫博者乎？或欲大投，或欲分功，此皆君之所
明知也。」裴駰集解云：「投，投瓊也。」，投瓊的名目繁多，或謂擲
五木、投骰、出玖、摴蒲、呼盧。

元稹〈酬孝甫見贈〉十首之三（卷四一三）

> 十歲荒狂任博徒，接莎五木擲梟盧，野詩良輔偏憐假，長
> 借金鞍迸酒胡。

又，白居易〈與諸客空腹飲〉（卷四四三）

> 隔宿書招客，平明飲暖寒。麴神寅日合，酒聖卯時歡，促
> 膝纏飛白，酡顏已渥丹。碧籌攢米盌，紅袖拂骰盤。醉後
> 歌尤異，狂來舞不難，拋杯語同坐，莫作老人看。

五木擲梟盧、紅袖拂骰盤，皆爲擲骰酒戲，以擲骰示勝負，《唐國史

補》卷下所載古「樗蒲」之法：

> 三分其子三百六十，限以二關，人執六馬，其骰五枚，分
> 上爲黑，下爲白，黑者刻二爲犢，白者刻二爲雉，擲之，
> 全黑者爲盧，其采十六，二雉三黑爲雉，其采十四，二犢
> 三白爲犢，其采十，全白爲白，其采八，四者貴采也；開
> 爲十二，塞爲十一，塔爲五，禿爲四，撅爲三，梟爲二，
> 六者雜采也，貴采得連擲，得打馬，得過關，餘采者否，
> 新加進九，退六兩采。

其中，全黑者爲「盧」，其采最高，故白居易有「鞍馬呼教住，骰盤
喝遣輸，長驅波卷白，連擲采成盧」（骰盤、卷白波、莫走、鞍馬、
皆當時酒令）〔註58〕，李白亦有「呼盧百萬終不惜」及「繞床三匝呼
一擲」〔註59〕的快意恣性；又如李商隱詩云：「隔座送鉤春酒暖，分
曹射覆蠟燈紅」（〈無題〉——昨夜星辰二首之一，卷五三九）。送鉤、
射覆皆是飲席助興的酒戲，或作藏鉤的嬉樂，或作覆盃猜枚的趣耍〔註

〔註58〕詳見白居易〈東南行一百韻寄通州元九侍御灃州李十一舍人果州崔二
十二使君開州韋大員外庾三十二補闕杜十四拾遺字二十助教員外竇
七校書〉（卷四三九），詩中所提酒戲，多已失傳。

〔註59〕先從見李白〈少年行〉（卷一六五）及〈猛虎行〉（同上卷）。據《晉
書（卷八五）・劉毅傳》所載：「後在東府，聚摴蒲大擲，一判應至
數百萬：餘人並黑犢以還（筆者註：其采十），唯劉裕及毅在後，毅
次擲得雉大喜（筆者註：其采十四，次高者），褰衣繞牀叫，謂同坐
曰：非不能盧，不事此耳。裕惡之，因接五木久之，曰：老兄試爲
卿答。既而四子俱黑，其一子轉躍未定，裕厲聲喝之，即成盧焉（筆
者註：其采十六，最高者）。」

〔註60〕「藏鉤」，一作藏彄，又作藏彄。《漢武帝故事》：「鉤弋夫人，少時手
拳，帝披其手，得一玉鉤，手得展，故因爲藏鉤之戲，後人效之。」
《周處風土記》：「義暢，臘日，飲祭之後，叟嫗兒童爲藏鉤之戲，
分爲二曹，以校勝負。若人偶即敵對，人奇則使一人爲遊附，或屬
上曹，或屬下曹，以爲飛鳥，以齊二曹人數，一鉤戴在數手中，曹
人當射知所在。」李白詩：「更憐花月夜，宮女笑藏鉤」。
「射覆」乃於覆器之下，置諸物，令闇射之也。《漢書・東方朔傳》：
「上嘗使諸家射覆，置守宮盂下射之，皆不能中。」清俞敦培《酒
令叢鈔》載云：「然今酒座所謂射覆，又名射雕覆者，殊不類此，法
以上一字爲雕，下一字爲覆。設注意酒字，則言春字漿字，使人射

60〕。再如《全唐詩》（卷八七九）所收〈招手令〉：

> 亞其虎膺（謂手掌），曲其松根（謂指節），以蹲鴟間虎膺
> 之下（蹲鴟，大指也），以鉤戟差玉柱之旁（鉤戟，頭指；
> 玉柱，中指也），潛虬闞玉柱三分（潛虬，無名指也），奇
> 兵闞潛虬一寸（奇兵，小指也），死其三洛（謂搔其腕也），
> 生其五峯（通呼五指也）。

招手令爲後世「豁拳」的權輿，亦爲酒戲之一；酒筵中人，若無文墨，欲勸酒助興，則多行「武酒戲」，藉器物爲戲，以示公允；反之，酒筵中人若均富文墨，則自然可憑言詞，形之於文字，用以侑酒並可炫才、鬥智，無須枯賴器物爲戲，因而酒戲自與酒令分家以後，酒戲乃日趨衰退，酒令卻愈趨興盛〔註61〕。

2. 文酒戲（酒令）

（1）攻酒令：《全唐詩》（卷八七九），錄「令狐楚顧非熊」（楚與非熊飲，知其捷辨，改一字令試之，楚大奇焉）改酒令曰：

> 水裏取一鼉，岸上取一駝，將者駝，來馱者鼉，是爲駝馱
> 鼉。（楚）
> 屋裏取一鴿，水裏取一蛤。將者鴿，來合者蛤，是謂鴿合
> 蛤。（非熊）

又如，〈方干李主簿改令〉（方干姿態山野，性好凌侮人，有龍丘李主簿者，偶於知聞處見干，與之傳杯，龍丘目有瞖，干改令以譏之。干缺脣，性嗜鮓，李答云云，一座大笑。）（同上卷）

> 措大喫酒點鹽，將軍喫酒點醬。只見門外著籬，未見眼中
> 安郭。（方）
> 措大喫酒點鹽，下人吃酒點鮓。只見半臂著襴，不見口脣
> 開袴。（李）

「改酒令」唐時曾一度普遍流行，其主要在於令名所指的「改」字上，

之，蓋舂酒酒漿也。射者言某字，彼此會意，餘人更射，不中者飲，中則令官飲。」此乃由武酒戲演變成文酒戲。

〔註61〕同註56。

先由一人在言詞或言詞之中，夾指事物，再由另一人相仿擬，只「改」其中一、二字（或其中的事物），藉以炫才鬥智或供戲謔。前舉令、顧二人酒席所作改酒令，鼉、駝、馱三字同音，鴿、蛤、合（古沓切，廣韻：合集也），三字亦同音，因而，顧非熊改令的捷才，方使令狐楚「大奇焉」。

再如方干譏李頻目瞖，李頻乃改令，回譏其貌缺脣之狀，以「開袴」（即穿於兩股之間的「褲」）譬喻其缺脣，博得眾人一粲；或逞才、或詼諧，皆以工巧的言詞，狀態仿意，或為酒席上增添歡騰情趣的絕妙酒戲。

（2）拆字令〔註62〕：《全唐詩》（卷八七九），載錄〈吳越王與陶穀酒令〉（穀使吳越，共舉酒令云云）。

　　白玉石，碧波亭上迎仙客。（王）

　　口耳王，聖明天子要錢塘。（穀）

詩中將「碧」拆成白、玉、石，將「聖」拆成口、耳、王，且石與客，王與塘均押韻，這種即席即景而作的酒令，若非相當博學且才思敏捷者，實無能酬對，故劉禹錫乃云「令徵古事飲生雅」白居易亦云：「閒徵雜令窮經史」，這種絕妙的拆字令，《全唐詩》僅迻錄一首，其殆佚者更不知凡幾，實飲酒文獻之大憾！

不論武酒戲或文酒戲，其始均為「勸酒侑觴」，以求賓主歡洽燕樂；然而，流變所至，竟使酒戲形同酒戰，於是，酒監、酒糾、酒律、酒籌等人事，先後應運而生〔註63〕、元稹「宿醉」（卷四三七）即有因酒籌過多，導致宿醉之作：

　　風引春心不自由，等閒衝席飲多籌。朝來始向花前覺，度
　　卻醒時一夜愁。

韓愈〈柳子厚墓誌銘〉即有：「今夫平居里巷相慕悅，酒食遊戲

〔註62〕「拆字令」，酒令名乃沿取俞敦培《酒令叢鈔》，見《筆記小說大觀》
　　　　（續編八），頁4932，新興書局。

〔註63〕同註57，頁24～26。

相徵逐」的抨擊言語；然而，盛行唐代的酒戲，今多佚失殆盡，《全唐詩》只載錄十五則酒令，今僅可從集部、筆記之類詩文中，輯得一鱗半爪，而古人所好的「詼諧酒席展」此般飲席之美，則幾已杳若黃鶴，無迹可尋了。

貳、飲態的傳神寫照

一、中　酒

于鵠〈醉後寄山中友人〉（卷三一○）

昨日山家春酒濃，野人相勸久從容。獨憶卸冠眠細草，不知誰送出深松。都忘醉後逢廉度，不省歸時見魯恭。知己尚嫌身酩酊，路人應恐笑龍鍾。

韓愈〈醉後〉（卷三三七）

煌煌東方星，奈此眾客醉。初喧或忿爭，中靜雜嘲戲。淋漓身上衣，顛倒筆下字。人生如此少，酒賤且勤置。

盧仝〈村醉〉（卷三八七）

昨夜村飲歸，連倒三四五，摩挲青莓苔，莫嗔驚著汝。

韋莊〈中酒〉（卷七○○）

南鄰酒熟愛相招，蘸甲傾來綠滿瓢。一醉不知三日事，任他童稚作漁樵。

中酒，即酒醉也，醉酒有二，一是美酒飲到微醉後的「半酣」，一是一醉不知三日事的「酩酊」，兩者均有其酒中況趣；張說〈醉中作〉（卷八九）所云：

醉後歡更好，全勝未醉時。動容皆是舞，出語總成詩。

狂歌、醉舞、詩魔相招引，此為「半酣」時所秉具的飲態。「酩酊」之時的境況則如李白〈魯中都東樓醉起作〉（卷一八二）所云：

昨日東樓醉，還應倒接　。阿誰扶上馬，不省下樓時。

昏兀，痴顛、忘卻行逕所止，乃為「酩酊」時所呈現的飲態。元稹即云：「半酣得自恣，酩酊歸太和」（〈酬樂天勸飲〉卷四○一）。詩人飲酒的篇什，涉及「半酣」之作的頗為普通，而有關「酩酊」之作，則

較具特殊性，故前舉詩例，多屬「酩酊」的詩作。

　　其中，于鵠的醉態已至「知己尙嫌身酩酊」的狀況，作者敘其中酒之態：起先還略感自己的不勝酒力，便摘下帽，合衣躺在草地上小寐，最後卻已是「不知誰送出深松」的昏兀醉態；韓愈寫眾客醉態，乃發揮其敏銳的視聽作用，有喧嘩、忿爭、嘲戲各種聲響與動作，「淋漓身上衣，顛倒筆下字」更是將醉客中酒的飲態行迻，活靈活現地刻繪出來；盧仝之詩，語尙奇譎，而其擬寫醉狀更別創一格。首句只言飲歸而不寫醉，次句的連倒三四五，則遽然把濃酣的醉意全盤托出，一收一放，愈見醉態之甚。絕句第三句爲轉折之筆，故作者不再著墨於飲態醉狀，反寫其摩挲青苔怕驚擾到它的痴顛狀，杜甫曾云：「嗜酒見天眞」（〈寄李十二白二十韻〉），盧仝〈村醉〉之作，對飲者中酒之徒兀兀痴狂的任眞神態，即有此極絕妙、透入的描寫；韋莊則以「一醉不知三日事」，直述其中酒的酩酊飲態。唐代甚至有「中酒」而夜醉臥街者，裴翛然〈夜醉臥街〉（卷八五二）詩題注云：「開元中，夜醉臥街犯禁，乃爲此詩」。翛然爲開元道士，好詩酒，其詩云：

　　　　遮莫蘂蘂動，須傾滿滿杯。金吾如借問，但道青山頹。

禁令雖出，飲客卻仍杯杯滿傾，不爲所動，由此可見當時飲風之盛。《全唐詩》詠及「中酒」飲態的詩作中，杜甫的〈飲中八仙歌〉，則可謂壓卷之作，其將醉飲者的圖像，生動傳神地勾勒而出：寫賀之章酒後的「糊塗」、李璡的「貪饞」、李適之的「豪放」、崔宗之的「高傲」、蘇晉的「落拓」、李白的「疏狂」、張旭的「酣暢」、焦遂的「興奮」等等〔註64〕，均將中酒狂態刻繪得栩栩如生。無論是「倒著接　還騎馬」，或是「酒後高歌且放狂」；是「歸時自負花前醉，笑向鯈魚問樂無」，或是「今日騎驄馬，街中醉蹋泥」〔註65〕等，千種百態的醉狀，在詩

〔註64〕參見劉中和《杜詩研究》，頁26～30，益智書局。

〔註65〕所舉詩句，依次爲李白〈襄陽歌〉（卷一六六）、白居易〈醉後〉（卷四四二）、獨孤及〈垂花塢醉後戲題〉（卷二四七）、元稹〈醉行〉（卷四一○）。

人工切細緻的「圖貌寫神」筆力雕鏤下，除了寫出「中酒」的形貌、聲響、動態之外，亦將「醉來忘渴復忘饑，冠帶形骸杳若遺」（白居易〈醉吟〉卷四五一），此種「對芳尊，醉來百事何足論」（韋應物〈對芳尊〉卷一九三）的放曠神采，相浹俱化於「中酒」的飲態當中。

二、酒　醒

　　陶雍〈初醒〉（卷五一八）

　　　　心中得勝暫拋愁，醉臥涼風拂簟秋。半夜覺來新酒醒，一條斜月到牀頭。

　　劉駕〈醒後〉（卷五八五）

　　　　醉臥芳草間，酒醒日落後。壺觴半傾覆，客去應已久。不記折花時，何得花在手。

　　皮日休〈閒在酒醒〉（卷六一五）

　　　　醒來山月高，孤枕群書裏。酒渴漫思茶，山童呼不起。

　　崔道融〈酒醒〉（卷七一四）

　　　　酒醒撥剔殘灰火，多少淒涼在此中。爐畔自斟還自醉，打窗深夜雪兼風。

繼中酒之後，酒力漸退，神智漸明，乃呈現另一種飲態——「酒醒」，此類詩作的內容特色，多以刻繪飲者當下的心境為主，並且常以景襯情，烘托出一片以淒寂寥落為基調的醒後天地。

　　上舉詩例之中，雍陶乃太和間（宣宗）第進士，從「閑居廬嶽，養疴傲世」（《唐才子傳卷七》），其寫酒後初醒之境，首句雖未寫「飲」，實已點明飲酒銷愁之意；次句直寫「醉」，且將時節「秋」順筆托出；第三、四句隨即契入題旨所指的「醒」來抒發，然其中並無對睡醒後的酒容與心緒有任何直接的描摹，而是以「景」帶出一片含蓄而有遠神的蘊境。「一條斜月到牀頭」句，將酒醒之後孤宕、淒寂、落寞的悲情，轉託於代表時空背景及人文情愫的特殊意象「月」之中，謝榛《四溟詩話》云：「作詩本乎情景，孤不自成，兩本相背……，景乃詩之媒，情乃詩之胚，合而為詩。」，詩人內在情感與外在時空景象

之間的密切關係，常呈顯於「酒醒」詩作中，例如：皮日休有「夜半醒來紅蠟短，一枝寒淚作珊瑚」（〈春夕酒醒〉卷六一五），鄭谷「半牀斜月醉醒後，惆悵多於未醉時」（〈重陽夜旅懷〉卷六七七），又如前舉皮日休詩「醒來山月高，孤枕群書裏」，以及崔道融詩「爐畔自斟還自醉，打窗深夜雪兼風」，均是藉時空所構成的景象，作為詩人表情託意的寓府。

　　白居易〈池上〉詩云：「若為寥落境，仍值酒初醒」，酒醒的詩境中，經常展現出寂寥落寞的風貌特質，其與中酒之時「淋漓縱酒滄溟窄，慷慨狂歌草岳傾」（元稹〈憶昔〉），那種恣縱顛狂、神采邐飛的豪興，截然不同；醉飲之時，或有知交把晤，紅袖傳杯，花光來去，酬酢滿酌，此時醉酒之情態，充滿聲光喧騰的歡趣；然而，酒醒之後，即如李中〈酒醒〉（卷七四九）詩所云：

　　　　睡覺花陰芳草紋，不知明月出牆東。杯盤狼藉人何處，聚
　　　　散空驚似夢中。

夜闌人散，殘杯冷餚，迎面襲來的是了無慰藉的寥落景致，前舉詩例劉駕〈醒後〉亦有「壺觴半傾覆，客去應已久。不記折花時，何得花在手。」皆是充滿孤寂寥落的基調。

　　所謂「酒醒往事多興念」（鄭谷〈結綬鄠郊縻攝府署偶有自詠〉卷六七六），鄉思、旅愁、生離、死別，種種人世的不堪，齊湧翻絞於心，故雍陶又作〈非酒〉（卷五一八）詩云：

　　　　人人慢說酒消憂，我道翻為引恨由。一夜醒來燈火暗，不
　　　　應愁事亦成愁。

因酒醒而反翻成憂戚，故詩人非酒；酒與愁在文學藝苑之中，由兩種不同的藝術客體，進而類比成一相浹俱化的個體，在「酒醒」詩作中，此種文學基型特質，愈形凸顯。

三、斷　酒

　　王建〈對酒〉（卷三〇一）

　　　　為病比來渾斷酒，緣花不免卻知聞。從來事事關身少，主

領春風只在君。

張籍〈閒遊〉（卷三八六）

老身不計人間事，野寺秋晴每獨過。病眼校來猶斷酒，卻嫌行處菊花多。

白居易〈改業〉（卷四五八）

先生老去飲無興，居士病來閒有餘。猶覺醉吟多放逸，不如禪定更清虛。柘枝紫袖教丸藥，羯鼓蒼頭遣種蔬。卻被山僧戲相問，一時改業意何如。

徐夤〈斷酒〉（卷七〇八）

因論沈湎覺前非，便碎金罍與羽巵。採茗早馳三蜀使，看花甘負五侯期。窗前近火劉伶傳，坐右新銘管仲辭。此事十年前已說，匡廬山下老僧知。

斷酒、戒飲也，釋氏之教，尤以酒為戒，故四分律云：

飲酒有十過失，一顏色惡，二少力，三眼不明，四見瞋相，五壞田業資生，六增疾病，七益鬪訟，八惡名流布，九知慧減少，十身壞終墮諸惡道。

酒失不可謂少，詩人自惕自戒的「斷酒」作品，雖多深諳「失身為杯酒」之理，但多數名人大家，卻仿有身不由己的苦衷般，依舊「斷送一生唯有酒」，李白自云「酒肆藏名三十春」，杜甫云其「百年渾得醉，一月不梳頭」，白居易自稱「一生耽酒客」〔註66〕，晚唐詩人羅鄴「自遣」詩云：「四十年來詩酒徒，一生緣興滯江湖。不愁世上無人識，唯怕村中沒酒沽」（卷六五四），詩、酒本身騷人墨客意興所託者，橫甕賦詩，濁醪千斛，酒香詩韻俱是引人風情煥發者，故詩人雖言「斷酒」，卻大多仍風情未消。前舉詩例之中，王建的〈對酒〉，首句言其因病斷酒，次句卻翻出緣花而飲的新意，一正一反，搖曳生姿，詩末以「酒」為主領春風者，酒意詩情，酣暢之致，斷酒身病之事，則早

〔註66〕所引詩句，依次為李白〈答湖州迦葉司馬問白是何人〉（卷一七八）、杜甫〈屏跡〉（卷二二七）、白居易〈醉中得上都親友書以予停俸多時憂問貧乏偶乘興詠而報之〉（卷四五九）。

已忘得乾淨。又如張籍因眼疾而斷酒，秋遊野寺之時，卻被一路恣情怒放的菊花所招引，詩人雖未言飲，但其按捺不住的風情酒癮，早已漾盪在釅釅菊花泛酒的芳醪之中；再如，樂天雖覺醉吟放逸，禪定清虛，但山僧早知其性癖，乃戲問「一時改業意何如？」詩人老病而風情酒癖未減，斷酒實乃徒勞無功之舉耳！徐夤〈斷酒〉之作，尤其奇峯陡轉之筆力，首聯、頸聯、腹聯均言其矢志戒酒，因乃碎罍焚巵、探茗負花、鏤記戒辭，一層層的推進，皆扣緊首句「覺前非」而起，其破釜沈舟的斷酒之志，亦昭彰可見；然尾聯「此事十年前已說，匡廬山下老僧知」的陡轉，則將前舉的苦心孤詣，一併推翻，且時間距離的躍變，也忽從現在跌落至過去，篇終「出場」的技巧〔註67〕，極具靈動警絕之力，東坡有云：「詩以奇趣爲宗，反常合道爲趣」〔註68〕，「斷酒」之作，寫斷酒而實仍舉觴滿酌，應戒飲而反酒渴更甚，此種反常合道的奇趣，乃爲「斷酒」詩作常見的內容特色。

　　元稹在「遣病」（卷四〇二）詩云：

> 昔在痛飲場，憎人病辭酒。病來身病酒，始悟他人意。怕
> 酒豈不閑，悲無少年氣。傳話少年兒，杯盤莫迴避。

老、病爲「斷酒」主因，元稹雖因病不得不辭酒，卻仍殷勸少年兒莫避酒杯；蔣氏嗜酒成疾，然其在姊妹勸她節飲加餐之時〔註69〕，乃答吟：

> 平生偏好酒，勞爾勸吾餐。但得杯中滿，時光度不難。（〈答
> 諸姊妹戒飲〉卷七九九）

所謂「身外皆虛名，酒中有全德。風清與月朗，對此情何極」（權德輿〈獨酌〉卷三二〇），此即「斷酒」者仍多風情未消之理。「斷酒」的飲態，是在靜燃一炷濃香養病醒之時，若聞牆賣蛤蜊聲，則仍起身

〔註67〕方東樹《昭昧詹言》卷二一：「篇終出人意表，或反終篇之意，即所謂出場。」
〔註68〕採蘇軾評柳宗元〈漁翁〉詩之話，見宋釋惠洪《冷齋詩話》。
〔註69〕蔣氏，吳越時潮州司法參軍陸濛之妻也。性耽酒，善屬文，詩一首，俱見《全唐詩》卷七九九。

欲飲的酒痴病；是在頭疼牙痛臥床三日初癒之後，便向南鄰問有酒否的飲狂癖﹝註70﹞，「斷酒」詩境之中所蘊涵的反常合道的奇趣，實乃極富特色的飲態之一。

﹝註70﹞皮日休〈酒病偶作〉（卷六一五）：「鬱林步障晝遮明，一炷濃香養病醒。何事晚來還欲飲，隔牆聞賣蛤蜊聲。」，白居易〈病中贈南鄰覓酒〉（卷四五六）：「頭痛牙疼三日臥，妻看煎藥婢來扶，今朝似校擡頭語，先問南鄰有酒無？」

第四章　唐代飲酒詩的形式特色

　　飲酒詩乃以「酒」作爲貫聯全詩脈理的主要杼機，因而，對於「酒」涉及在詩作形式表現上的種種特性，自不可不潛心研覈探討。

　　「酒」本身是一種極爲特殊的物質，對人體的影響也頗深鉅；就生理上而言，它具有使精神亢奮激昂，或麻痹沈迷的力量；就心理上而言，它涵有使人解脫理智思維的囹圄控御，而騰昇心靈至個人主觀想像馳騁之境；因之，「誇張聳動」，乃爲飲酒詩在形式上所呈現的一大特色。

　　再則，「酒」本身又是一種涵有多項官能感受的物質，其具有以「眼」觀之有色，以「耳」聽之有聲，以「鼻」嗅之有香，以「舌」嚐之有味，以「膚」觸之有感，實乃位具感官之能事，因之，「感官示現」，亦爲飲酒詩在形式上所呈現的另一特色。

　　除上述兩大形式特色之外，「敷采設色」，也是主要特色之一；由於「酒」本身涵有相當豐富的色彩，飲酒詩中即經常將「酒」色與其它的「物」色相對，或襯托情景，或抒述感懷，形成強烈鮮明的映照，「敷采設色」亦爲飲酒詩在形式上所稟具的一大特色。

　　此外，大量引用與酒相關的「典故」，以及「頂眞」、「類叠」等藝術技巧的運用，乃使飲酒詩在形式上更臻至文采燦然、句式圓緊、情韻緜長的顚峯妙境。

綜上所論，本章乃依次就唐代飲酒詩在形式上所呈現的諸種特色，茲分六節：第一節「誇張聳動」，第二節「感官示現」，第三節「敷采設色」，第四節「引用典故」，第五節「蟬聯頂眞」，第六節「類疊呈巧」，予以析論。

第一節　誇張聳動

王充《論衡·對作篇》云：「實事不能快意，而華虛驚耳動心」，人情物理，都有不以平實爲滿足的趨向，利用文字做誇張的形容，以求美飾其義，凸現意象，創造雋句與詩境，這種文勝其實的表現手法，在修辭學上乃有「誇飾」之稱，而其愈是誇飾得不合常理，愈能聳動人的耳目，《文心雕龍·夸飾篇》云：

> ……自天地以降，豫入聲貌，文辭所被，夸飾恒存。雖詩書雅言，風格訓世，事必宜廣，文亦過焉。是以言峻則嵩高極天，論狹則河不容舠，說多則子孫千億，稱少則民靡子遺，襄陵舉滔天之日，倒戈立漂杵之論，辭雖已甚，其義無害也。

以上所舉《詩經》、《尚書》中的六例，文辭雖誇張失實，但無害其所表達的意義，甚更能張揚其意旨而令人動心駭目，故其所云「壯辭可得喻其眞」之中的「喻眞」，實乃超越客觀事實的「眞」，而爲主觀存在的「眞」。

唐代飲酒詩在形式表現上，即常兼具此種「誇張聳動」的特色，此乃緣於「酒」本身涵有使人精神由興奮狀態漸趨於麻痺的作用，故飲酒詩中有因酒後精神亢爽而大呼「烹羊宰牛且爲樂，會須一飲三百杯」（李白〈將進酒〉），也有因酒後精神靡滯以致於「醉臥醒吟都不覺，今朝驚在漢江頭」（魚玄機〈江行〉）；「酒」均爲構成詩境中「誇張聳動」之勢的一大要因。今茲就唐代飲酒詩在形式上所涵具的特色：「誇張聳動」，分別以：壹、數字大小的誇張聳動。貳、主觀想像的誇張聳動。兩項予以析論。

壹、數字大小的誇張聳動

飲酒詩因以「酒」爲題材，故其詩中必然會涉及各種與飲酒事物相關的數字，如：

一、酒器的計量：（一尊、三杯、十分滿釅、百壺）

　△　宦情薄去詩千首，世事閒來酒一尊。（李群玉〈送于少監自廣州還紫邏〉卷五六九）

　△　三杯取醉不復論，一生長恨奈何許。（韓愈〈感春〉四首之一，卷三三八）

　△　十分滿釅黃金液，一尺中庭白玉塵。（白居易〈雪夜喜李郎中見訪兼酬所贈〉卷四五〇）

　△　除卻同傾百壺外，不愁誰奈兩魂銷。（楊憑〈湘江泛舟〉卷二八九）

二、酒價的花費：（十千、五千、三百）

　△　十千兌得餘杭酒，二月春城長命杯。（丁仙芝〈餘杭醉歌賜吳山人〉卷一一四）

　△　十千五千旋沽酒，赤心用盡爲知己。（李白〈少年行〉卷一六五）

　△　速宜相就飲一斗，恰有三百青銅錢。（杜甫〈逼仄行贈畢曜〉卷二一九）

　△　十千一斗猶賒飲，何況官供不著錢。（白居易〈自勸〉卷四五一）

三、飲酒的時日：（三萬六千日、一生、一千日、十年）

　△　百年三萬六千日，一日須傾三百杯。（李白〈襄陽歌〉卷一六六）

　△　斷送一生唯有酒，尋思百計不如閒。（韓愈〈遣興〉卷三四三）

　△　醉酒一千日，貯書三十年。（劉禹錫〈同樂天和微之深春〉二十首之九，卷三五七）

　△　江湖醉度十年春，牛渚山邊六問津。（杜牧〈和州絕句〉卷五

二三）

「數字」的遣用，在飲酒詩中佔有相當重要的篇幅與地位，此乃無庸置疑的；而飲酒詩在數字的遣用上，除能流露出飲酒意態的自然醺足之外，如：「一盃驅世慮，兩盃返天和，三盃即酩酊」（白居易〈勸酒寄元九〉），即以一、二、三此種自然流暢的數字，表現出飲者快意陶然之感，然而，其所表現最突出的特點乃是：在數字上誇張得特別大，或以比例懸殊的數字相映照，進而凸顯出詩中意象，以「傳難言之意」、「省不急之文」、「摹難傳之狀」、「得言外之情」〔註1〕。茲舉例證說明如下：

一、窮極誇大的數字

△ 金樽清酒斗十千，玉盤珍羞直萬錢。停杯投筯不能食，拔劍四顧心茫然。（李白〈行路難〉三首之一，卷一六二）

△ 左相日興費萬錢，飲如長鯨吸百川。（杜甫〈飲中八仙歌〉卷二一六）

△ 聞道崖州一萬里，今朝須盡數千杯。（賈至〈重別南給事〉卷二三五）

△ 一世一萬朝，朝朝醉中去。（杜牧〈雨中作〉卷五二〇）

△ 燒衣焰席三千樹，破鼻醒愁一萬杯。（趙嘏〈花園即事呈常中丞〉卷五四九）

△ 願逢千日醉，得縮百年憂。（劉綺莊〈置酒〉卷五六三）

△ 千樹梨花百壺酒，共君論飲莫論詩。（曹唐〈小遊仙詩〉九八首之八九，卷六四一）

李白以面對「斗十千」、「直萬錢」的美酒佳餚卻仍停杯投箸的誇張筆法，來寫其壯懷未申、抑鬱難平的言外之情；杜甫以「日費萬錢」、「鯨吸百川」的誇張筆法，來寫李適之難以描摹的豪飲之狀；賈至、杜牧則分別以「朝盡數千杯」「朝朝醉中去」的誇張筆法，寫其貶謫荒州，

〔註1〕參見黃慶萱《修辭學》第十一章「夸飾」，頁220，三民書局。

羈愁怫鬱的難言之意。其它作者，均是藉由詩中窮極誇大的數字，如萬、百之類的字來誇張，雖與實情不合，但反能聳動人的耳目，眼前立即呈映出作者或激越、或沈痛的鮮明情態，而得以述深切之情，描難摹之狀。

二、比例懸殊的數字

△　悲生萬里外，恨起一杯中。〈庾抱〈別蔡參軍〉卷三九〉

△　敏捷詩千首，飄零酒一杯。〈杜甫〈不見〉卷二二七〉

△　別路猶千里，離心重一杯。〈崔峒〈潤州送師弟自江夏往台州〉卷二九四〉

△　彼隱山萬曲，我隱酒一杯。〈孟郊〈趙記室俶在職無事」卷三七七〉

△　手裡一杯滿，心中百事休。〈白居易〈且遊〉卷四五四〉

△　生寄一壺酒，死留千卷書。〈許渾〈題侃處士舊居〉卷五三○〉

△　別館一尊酒，客程千里秋。〈馬戴〈將別寄友人〉卷五五五〉

懸殊比例的數字中，最常使用「一」與「萬」、「一」與「千」兩組數字，在一極小、一極大的誇張對比下，頓時彰顯出作者隱慝於字句當中的言外之情，且其中的一杯、一酌、一壺、一尊等極小之數，較諸萬里、千首、萬曲、百事等極大之數所包涵的意象，實乃更為強烈、鮮明，因「一」在字音上除有入聲字直而促的警拔意味之外〔註2〕，在字義上也別具有一種「無限」的象徵意義在內，故其更能搖撼出詩中奇崛的生命情操與悲戚。

　　唐代飲酒詩在「數字」大小的誇張聳動方面，常以窮極誇大的數字與比例懸殊的數字，作為凸顯意象的誇飾技巧，此乃劉勰所云：因其「意深褒讚」，所以「義成矯飾」（《文心雕龍・夸飾篇》）。

貳、主觀想像的誇張聳動

〔註 2〕唐《元和韻譜》：「平聲哀而安，上聲厲而舉，去聲清而遠，入聲直而促。」

　　除以數字大小作為聳動人心的「誇張」手法之外，個人主觀想像的狂肆無理，也是造成誇張聳動之勢的主要動力，「酒」即可促激人的奇狂神思，而有「寂然凝慮，思接千載，悄然動容，視通萬里」（《文心雕龍・神思篇》）的功效。李白〈陪侍郎叔遊洞庭醉後〉三首之三（卷一七九）詩云：

　　　　剗卻君山好，平鋪湘水流。巴陵無限酒，醉殺洞庭秋。

李白想要剗卻君山，平鋪湘水，甚至認為巴陵無限酒，會醉死洞庭秋，詩人運用其主觀情態的假設與狂想，造成誇張聳動的筆法，這些看似無理而荒謬的想像，往往是傾向極端個人主觀化的誇張詩句；詩仙李白落筆天縱，誠可謂怪偉奇絕者〔註3〕，其飲酒詩中，即常以主觀的想像，別闢蹊徑，建構出飲酒詩在形式上所涵具的另一大特色：「誇張聳動」。例如：

　△　酒後競風采，三杯弄寶刀。殺人如翦草，劇孟同遨遊。（〈白馬篇〉卷一六四）

　△　北斗酌美酒，勸龍各一觴。（〈短歌行〉卷一六四）

　△　愁來飲酒二千石，寒灰重暖生陽春。（〈江夏贈韋南陵冰〉卷一七〇）

　△　天若不愛酒，酒星不在天。地若不愛酒，地應無酒泉。天地既愛酒，愛酒不愧天。（「月下獨酌」四首之二，卷一八二）

　△　玉壺繫青絲，沽酒何來遲。山花向我笑，正好銜杯時。（〈待酒不至〉卷一八二）

　△　勸君莫拒杯，春風笑人來。桃李如舊識，傾花向我開。（〈對酒〉卷一八二）

　△　地白風色寒，雪花大如手。笑殺陶淵明，不飲盃中酒。（〈嘲王歷陽不肯飲酒〉卷一八二）

〔註3〕《唐宋詩醇》：「白詩天才縱逸，至於七言長古，往往風雨爭飛，魚龍百變，又如大江無風，波浪自湧，白雲從空，隨風變滅，誠可謂怪偉奇絕者矣。」

詩人任想像縱橫恣肆，其主觀情態的流露，完全不依循理性的軌跡，故天地既會愛酒，北斗也可作爲酒杓，山花與春風會迎人而笑，陶淵明也會嘲笑不肯飲者，在李白儵忽奇肆、吐屬驚人的誇張筆法下，乃能涵縣邈於尺素、吐滂沱於寸心，有如飛騰於六合內外的天馬，馳思萬里，不受窒礙。李白之所以成爲唐代飲酒詩之巨擘，即在於其運用「主觀想像的誇張聳動」，此一手法的獨超眾類；此非僅爲其詩作最大的特色，也是其它詩人瞠乎其後，無法望其項背的主要所在。今茲分就物象與情態兩種主觀想像的誇張聳動，予以論列。

一、物象的主觀想像

△　遙看漢水鴨頭綠，恰似蒲萄初發醅，此江若變作春酒，壘麴便築糟丘臺。（李白〈襄陽歌〉卷一六六）

△　捧疑明水從空化，飲似陽和滿腹春。（白居易〈詠家醞十韻〉卷四四九）

△　滴滴連有聲，空疑杜康語。（皮日休〈酒中十詠〉——酒牀，卷六一一）

△　外堪欺玳瑁，中可酌崑崙。（陸龜蒙〈訶陵樽〉卷六二二）

△　眼底好花渾似雪，甕頭春酒漫如油。（李建勳〈春日尊前示從事〉卷七三九）

詩人憑其主觀的想像，乃視漢水爲春酒、丘臺爲糟麴，視家醞爲明水空化的佳釀、酒樽爲中可酌崑崙的珍器，其均是以誇張聳動的「壯辭」，以喻形象之「眞有」，且此誇飾之眞，乃非客觀存在之眞，而是主觀感受之眞。

二、情態的主觀想像

△　賴得飲君春酒數十杯，不然令我愁欲死。（高適〈同河南李少尹畢員外宅夜飲時洛陽告捷遂作春酒歌〉卷二一三）

△　願吹野水添金杯，如澠之酒常快意。（杜甫〈蘇瑞薛復筵簡薛華醉歌〉卷二一七）

△　詩句亂隨青草落，酒腸俱逐洞庭寬。（張繼〈重經巴丘〉卷二

四二）

△ 洞庭波色惜不得，東風領入黃金尊。（陸龜蒙〈置酒行〉卷六二一）

△ 白髮欺貧賤，不入醉人頭，我願東海水，盡向杯中流。（聶夷中〈飲酒樂〉卷六三六）

△ 醉鄉路與乾坤隔，豈信人間有利名。（徐夤〈勸酒〉卷七○八）

杜甫寫縱情歡樂的情態，若不加誇飾，則意不暢而情不顯，故乃大發奇想，企吹野水添金杯；高適寫愁牢憂思的心境，亦以一飲數十杯的誇張手法，以暢發其情意而動心駭目，其它如：張繼的酒腸俱逐洞庭寬、陸龜蒙的引領波色入金尊、聶夷中的白髮不入醉人頭、徐夤的醉鄉路與乾坤相隔，各個詩人均以其破空而來、絕去蹊徑的主觀想像，暢述其情，張揚其意，極盡誇張聳動之能事。

飲酒之後，酒氣氤氳，性情漸浩，個人主觀的想像也隨之逸興遄飛，靈趣橫生。詩作若能渲染誇飾，氣勢自然雄濶奇肆，故《文心雕龍》乃云：「夸飾在用，文豈循檢。言必鵬運，氣靡鴻漸，奢而不玷。」（〈夸飾篇〉），唐代飲酒詩在形式上，即具有此一大特色。

第二節　感官示現

黃慶萱《修辭學》第十九章「示現」云：

> 「示現」恰好把作者感官的觀察及想像所得，活神活現地描述一番，使讀者感官上也似有所見，似有所聞，而產生情緒上的共鳴。

利用感官示現的技巧來刻繪物象，使之「帶聲帶光、帶香味、帶觸覺，讓人有立體的實臨感受」﹝註4﹞，而達到「狀溢目前」的境地，此乃文學作品在形式技巧表現上，極為重要的一環。

唐代飲酒詩卻常以「感官示現」的形式技巧，使其所描摹的物象，

﹝註4﹞黃永武《中國詩學──設計篇》：談意象的浮現，頁14，巨流圖書公司。

聲光鬱然，有畫筆所不能到之境，甚可言之，「飲酒詩」實乃特稟「感官示現」此一形式技巧的創作，因為「酒」，以「眼」觀之有色，以「耳」聽之有聲，以「鼻」嗅之有香，以「舌」嚐之有味，以「膚」觸之有感，極具「感官」之能事，例如：

一、視　覺

△　不見夜花色，一尊成暗酒。（劉猛〈月生〉卷四六三）

二、聽　覺

△　春臥甕邊聽酒熟，露吟庭際待花開。（鄭谷〈寄贈楊夔處士〉
　　卷六七六）

三、嗅　覺

△　小爐低幌還遮掩，酒滴灰香似去年。（陸龜蒙〈和襲美初冬偶
　　作〉卷六二八）

四、味　覺

△　蟻浮仍臘味，鷗泛已春聲。（杜甫〈正月三日歸溪上有作簡院
　　內諸公〉卷二二八）

五、觸　覺

△　春酒杯濃琥珀薄，冰漿椀碧瑪瑙寒。（杜甫〈鄭駙馬宅宴洞中〉
　　卷二二四）

酒色的沈暗、酒甕的釀聲、酒滴的灰香、酒蟻的臘味、酒冷的觸感，均為飲酒詩以「感官示現」的手法，作深刻的描繪，使人讀之，也能似有所見、有所聞，而引發鮮明的印象與共鳴感。

　　由上所舉引證，唐代飲酒詩稟具有「感官示現」此種形式特色，乃是不容置疑的。「酒」，既涵有引發多種官能感覺的特質，故一首詩中，往往眾「感」紛陳，實不易將之單獨釐分為一項，例如韋莊〈酒渴愛江清〉（卷六九八）詩：

　　　　酒渴何方療，江波一掬清。瀉甌如練色，漱齒作泉聲。味
　　　帶他山雪，光含白露精。只應千古後，常稱伯倫情。

詩中即包涵有「視覺」：練色、白露；「聽覺」：瀉甌、泉聲；「味覺」：

他山雪、白露精;「觸覺」:雪（冰清）、露（滑潤）等，各種紛陳的官能感受;有鑑於此，故本節在探討其形式技巧的表現上，將不對各種感官的示現，一一予以列論，而是以綜合各種感官經驗所呈現的意象，以及在化靜態敘述爲動態演示之時，特別訴諸「視覺」感官的示現，茲以上述兩種形式特色，分別予以研覈。

壹、綜合各種感官經驗的示現

△　滿酌香含北砌花，盈尊色泛南軒竹。（儲光羲〈新堂主人〉卷一三八）

△　葡萄美酒鬱金香，玉椀盛來琥珀光。（李白〈客中作〉卷一八一）

△　朝回花底恆會客，花撲玉缸春酒香。（岑參〈韋員外家花樹歌〉卷一九九）

△　甕揭開時香酷烈，餅封貯後味甘辛。捧疑明水從空化，飲似陽和滿腹春。色洞玉壺無表裏，光搖金醆有精神。（白居易〈詠家醞十韻〉卷四四九）

△　向陽傾冷酒，看影試新衣。（姚合〈遊春〉十二首之八，卷四九八）

△　曉壓糟牀漸有聲，旋如荒澗野泉清。（陸龜蒙〈看壓新醅寄懷襲美〉卷六二五）

△　冷酒杯中宜泛灩，暖風林下自氛氳。（周朴〈春日遊花園寄韓侍郎〉卷六七三）

儲光羲以〈北砌花〉與〈南軒竹〉;李白以〈鬱金香〉、〈琥珀光〉，分別言酒的「香」與「色」，此乃訴諸視覺與嗅覺的「感官示現」，二詩均將抽象的色、味之感，落實到可見可聞的具象之物上，故可引發讀者感官上的普遍共鳴。

　　岑參詩中則涵有視覺、聽覺、嗅覺三種「感官示現」，「花撲玉缸」中，具有訴諸視覺的「玉缸」，以及聽覺上的「花撲玉缸」聲，在全

句「花撲玉缸春酒香」中，又有訴諸嗅覺的「花」、「酒」香氣，緣於視覺、聽覺與嗅覺的芬香齊陳，全詩乃渲染出一片盎然春意。

白居易詠其家醞，可謂極盡耳目口鼻之能事。在視覺上，本「色洞玉壺無表裏，光搖金醆有精神」，如玉色般澄透光采；在嗅覺上有「甕揭開時香酷烈」的濃馥；在味覺上有「餅封貯後味甘辛」的真味，在觸覺上有「飲似陽和滿腹春」的煦暖，作者以其感官的觀察及想像，將「酒」寫得帶光、帶采、帶香味、帶觸覺，使人覽之，有如已親睹佳釀、親聞芳醪、親嚐玉液一般，這樣綜合各種感官示現所形成的意象，的確達到「狀溢目前」，引人入勝的美感。

姚合以「向陽」與「冷酒」，一熱、一冷的強烈對比，將觸覺感受極顯明地呈現而出，而向陽傾酒與看影試衣，又具有視覺上一明、一暗的對比；周朴的詩作中，亦有訴諸「觸覺」感官的「冷酒」與「暖風」，一冷、一暖的強烈對比；而「杯中泛艷」則有著訴諸視覺官能的美感；在冷熱、明暗的感官刺激下，頓時在詩中產生鮮明聳動的效果。

陸龜蒙的詩作中，則有訴諸聽覺與視覺兩種感官的示現，「糟牀」在動詞「壓」之下，乃產生「漸有聲」的聽覺感受，段成式〈醉中吟〉亦有：「只愛糟牀滴滴聲，長愁聲絕又醒醒」（卷五八四），糟牀滴滴乃訴諸聽覺，其後則以「荒澗野泉」的「清」，訴諸視覺感官。皮日休同作有「奉和魯望看壓新醅」（卷六一三），其詩云：

　　一簣松花細有聲，旋將渠梡撇寒清。

二詩的韻腳相同（聲、清），亦同具聽覺與視覺的感官示現效果。

在綜合各種感官示現的飲酒詩作中，有以化抽象的官感為具象之物者（如：酒香為花、酒色為竹），有以強烈對比的官感並陳者（如：冷酒與暖風），其均具有鮮明物象，引發共鳴的「示現」效果。最後，再引證數例如下：

△　開瓶酒色嫩，踏地葉聲乾。（岑參〈虢州西亭陪端公宴集〉卷二○○）

△　色比瓊漿猶嫩，香同甘露仍春。（郎士元〈寄李裒州桑落酒〉卷二四八）

△　酒聲歡閑入雪銷，雪聲激切悲枯朽。（孟郊〈夷門雪贈主人〉卷三七三）

△　似火淺深紅壓架，如餳氣味綠黏臺。（白居易〈薔薇正開春酒初熟因招劉十九張大夫崔二十四同歡〉卷四四○）

△　尊裏看無色，杯中動有光。（白居易〈嘗新酒憶晦叔〉二首之一，卷四五四）

△　溢甕清如水，黏杯半似脂。（姚合〈乞酒〉卷五○○）

貳、視覺感官的特殊示現：化靜態敘述為動態演示

黃永武《中國詩學——設計篇》：談意象的浮現一文中〔註5〕，曾舉兩首化靜態敘述為動態演示的飲酒詩：

> 新豐美酒斗十千，咸陽遊俠多少年。相逢意氣為君飲，繫馬高樓垂柳邊。（王維〈少年行〉卷二四）
> 馬上誰家白面郎，臨階下馬坐人牀。不通姓氏麤豪甚，指點銀瓶索酒嘗。（杜甫〈少年行〉卷二四）

杜詩的「白面郎」，有色澤、圖象，可以訴諸視覺，較諸王詩的「少年郎」要具體得多；並且「王詩的『相逢意氣為君飲』是敘述式的，所謂『意氣』，很抽象，怎樣才是『意氣為君飲』？不容易在讀者眼前提供一幅恣情縱飲的真實場面；而杜甫則讓這少年自己來表演，他把馬無禮地直騎到人家階前，一下馬，公然上堂，直坐不辭，非但不通名報姓，根本一語不發，伸手指著銀瓶，一開口就是『將酒拿來』！全詩完全是動態的表演」〔註6〕，杜詩能以訴諸視覺的各種動態演示，將少年飲酒的「麤豪」神態，「色色逼真」〔註7〕地示現眼前，又如其

〔註5〕同上註，頁9。

〔註6〕同上註。

〔註7〕仇兆鰲《杜詩詳註》卷十：「此摹少年意氣，色色逼真，下馬坐牀、指瓶索酒，有旁若無人之狀，其寫生之妙，尤在不通姓氏一句。」

「飲中八仙歌」，對各個人物嗜飲狂態的描繪，如：賀知章的「眼花落井水底眠」、汝陽王的「道逢麴車口流連」、左相李適之的「飲如長鯨吸百川」、崔宗之的「舉觴白眼望青天」等，均是以訴諸視覺的動態演示，呈現出人物栩栩欲活的飲酒神態；此外，在刻劃景物的情狀姿態方面，亦有化靜態敘述爲動態演示的飲酒詩，例如：

　△　還將石溜調琴曲，更取峯霞入酒杯。（李嶠〈奉和初春幸太平
　　　公主南莊應制〉卷六一）

　△　風落吳江雪，紛紛入酒杯。（李白〈對酒醉題屈突明府廳」卷
　　　一八二）

　△　酒影搖新月，灘聲聒夕陽。（岑參〈梁州陪趙行軍龍岡寺北庭
　　　泛舟宴王侍御〉卷二○○）

　△　西園到日栽桃李，紅白低枝拂酒杯。（李紳〈滁陽春日懷果園
　　　閒宴〉卷四八○）

　△　坐牽蕉葉題詩句，醉觸藤花落酒杯。（方干〈題越州袁秀才林
　　　亭〉卷六五一）

李嶠將原本只可眼觀的靜態景物「峯霞」，竟一把取來投「入」酒杯之中，這種訴諸視覺感官、化靜態爲動態的示現，乃將原本沈靜的景物，寫得撲撲欲動，姿態橫生；且「峯霞」本身又具有瑰麗的丹采，更加強烈震撼了視覺感官，激發讀者鮮明的印象。李白亦以漫天「風雪」，紛紛落「入」酒杯之中，來描繪眼前的景色，其詩不僅在空間結構上，有著一大（江雪）、一小（酒杯）的強烈對比，並且在「入」字的妥切運用下，原本屬靜態的酒杯，竟在視覺感官上呈現了白雪紛飛入杯的動態美感，此均爲以視覺感官示現的技巧去刻劃形容，達到「狀溢目前」的境地。除上舉二詩例能巧用「入」字之外，其它如：

　△　清光入杯杓，白露生衣巾。（白居易〈效陶潛體詩〉十六首之
　　　六，卷四二八）

　△　飄飄隨晚浪，杯影入鷗群。（許渾〈送無夢道人先歸甘露寺〉
　　　卷五二九）

△　窗中早月當琴榻，牆上秋山入酒杯。(方干〈題睦州郡中千峯
　　榭〉卷六五。)

△　好景採拋詩句裏，別愁驅入酒杯中。(杜荀鶴〈贈友人罷舉赴
　　辟命〉卷六九二)

均為藉「入」字的促動，使詩境中具有化靜態為動態的視覺感官之示
現。

　　此外，岑參以「酒影搖新月」的「搖」字，將靜態的景物（月），
轉化成杯中一片金光粼粼，搖曳生姿的耀眼異采；李紳以「紅白低枝
拂酒杯」的「拂」字，使原本凝靜不動的酒杯，在紅白花枝的低拂輕
掠下，讀者的視覺感官，也受到花枝鮮明的動感所渲染，而產生一拂
一動的動態感。方干以「醉觸藤花落酒杯」的「觸」、「落」二字，乃
將原屬靜態的景物（藤花、酒杯），改成一連串的動態演示，詩中有
因醉而舉止狂顛的動態，接著又有觸落藤花，花瓣飄墜而下的動態，
其後又有落花墜入酒杯，泛浮成一杯花酒的動態美感，詩中藉著一、
二字的凝鍊，竟能「點睛欲飛」，使視覺上產生一連串的動態感，而
將詩境點染得靈動無比。

　　總上，唐代飲酒詩在「感官示現」的形式技巧上，乃以綜合各種
感官經驗的示現，以及訴諸視覺感官的特殊示現：化靜態敘述為動態
演示，二種為其主要特色。

第三節　敷采設色

　　詩中妥用色彩渲染事物，不但能使辭章華美，且有鮮明意象的效
用。故《文心雕龍·情采篇》云：

> 聖賢書辭，總稱文章，非采而何。夫水性虛而淪漪結，木
> 體實而花萼振，文附質也。虎豹無文，則鞹同犬羊；犀兕
> 有皮，而色資丹漆，質待文也。若乃綜述性靈，敷寫器象，
> 鏤心鳥跡之中，織辭魚網之上，其為彪炳，縟采名矣。

唐代飲酒詩的作品，必涉及以「酒」為題材，而「酒」本身卻是一涵

有相當豐富色彩的物質，《全唐詩》之中，提及酒的顏色者，例如：

一、白　酒

　　△　白酒新熟山中歸，黃雞啄黍秋正肥。（李白〈南陵別兒童入京〉
　　　　卷一七四）

　　△　幾夕露珠寒貝齒，一泓銀水泠瓊杯。（徐夤〈白酒兩瓶送崔侍
　　　　御〉卷七〇九）

二、紅　酒

　　△　酒光紅琥珀，江色綠琉璃。（岑參「與鮮于庶子泛漢江」卷二
　　　　〇〇）

　　△　琉璃鍾，琥珀濃，小槽酒滴珍珠紅。（李賀〈將進酒〉卷三九
　　　　三）

三、綠　酒

　　△　鏤椀傳綠酒，雕爐薰紫煙。（皮日休〈子夜警歌〉卷六二七）

　　△　榴花新釀綠於苔，對雨閒傾滿滿杯。（韋莊〈對雨獨酌〉卷六
　　　　九七）

四、黃　酒

　　△　鵝兒黃似酒，對酒愛新鵝。（杜甫〈舟前小鵝兒〉卷二二八）

　　△　世間好物黃醅酒，天下閒人白侍郎。（白居易〈嘗黃醅新酎憶
　　　　微之〉卷四五一）

由於「酒」所具的白、紅、綠、黃諸色的渲染，頓覺詩中采藻滿眼，
活色生香；並且，飲酒詩中經常以「酒」色與其它的「物」色相對；
形成或強烈，或諧合的映照，如前舉詩例中，「白酒」與「黃雞」、「紅
琥珀」與「綠琉璃」、「綠酒」與「紫煙」等均是；由此可知，「敷采
設色」實乃飲酒詩在形式上所稟具的一大特色。

　　綜觀唐代飲酒詩中的色彩，以「綠」（包括青、碧）、「紅」（朱、
丹）、「白」（玉、銀）、「黃」（金）四種色調最常見，「紫」、「黑」次
之；上述多種顏色，除有為達到「鮮明物象」而採用強烈對比的色彩
結構之外，亦涵有「襯托情景」與「抒述感懷」之用，其中，「紅、

綠」大多爲詩中襯托情景之時所常用的色彩，「紅、白」則多爲詩中抒述感懷時所常用的色彩，茲分就此二類，予以列論。

壹、襯托情景

白居易〈問劉十九〉（卷四四〇）

綠螘新醅酒，紅泥小火爐。晚來天欲雪，能飲一杯無。

這首招飲詩作，由酒的「綠」與爐的「紅」，在一大片雪白寒凜的景物中，立即凸顯出二者生動、鮮明的具體形象，隨之，整首詩也因綠酒紅爐的「敷采設色」而有著愉悅親切的快感，在如斯情景的襯托招引下，如何能不對飲一杯呢？

紅、綠在色彩學上乃是互爲補色的兩種色彩，互爲補色的二色，若是互相鄰接，則最具活躍感，也最能表現出鮮明的視覺，色彩學上稱之爲「補色配合」。所謂「補色」是指太陽光通過三稜鏡分析而得的紅、橙、黃、綠、藍、靛、紫七色中，三原色紅黃青與綠紫橙所引起的對比作用。〔註8〕互補色的成立，就是兩種色光相合即成無色白光。至於補色何以能互相調合？人們爲何喜以互補色對比陳列？朱光潛《文藝心理學》云：

> 補色的調和起於生理作用，如果我們注視紅色物過久，至於疲倦時移視白色天花板，則在板上仍能見出原物的「餘像」，不過它的顏色由紅變而爲青。反之，如果我們注視青色物過久，至於疲倦時移視白色天花板，則在板上亦仍能見出原物的「餘像」，不過它的顏色由青變而爲紅。這件事實就可以解釋補色相調劑的道理。……青色可以救濟感受紅色神經的疲倦，紅色也可以救濟感受青色神經的疲倦，因此，任何兩種補色擺在一塊時，視神經可以受最大量的刺激而受極小量的疲倦，所以補色的配合容易引起快感。
>
> （〈近代實驗美學：顏色美〉）

飲酒詩中，即常以「紅」「綠」二色互補，作爲渲染情景的主要色調，

〔註 8〕參見黃永武《詩與美──詩的色彩設計》，頁 32，洪範書局。

例如：

△　竹葉連糟翠，蒲萄帶麴紅。（王績〈過酒家〉卷三七）

△　千杯綠酒何辭醉，一面紅妝惱殺人。（李白〈贈段七娘〉卷一
　　八四）

△　甕頭開綠蟻，砧下落紅魚。（竇牟〈奉使至邢州贈李八使君〉
　　卷二七一）

△　紅板江橋青酒旗，館娃宮暖日斜時。（白居易〈楊柳枝詞〉八
　　首之四，卷四五四）

△　獨鶴孤琴隨遠旆，紅亭綠酒惜分岐。（牟融〈送羅約〉卷四六
　　七）

△　遠夢只留丹井畔，閒吟多在酒旗前。（陸龜蒙〈和襲美醉中即
　　席贈潤卿博士次韻〉卷六二六）

△　杯酒竹葉侯門月，馬落桃花御水春。（羅鄴〈帝里〉卷六五四）

上舉詩例中，或以紅、綠渲染酒家與女孃的鮮麗浮豔，或用以襯托離
情與回憶的鮮明深刻。一純紅，一純綠，兩種互相激越對照的顏色，
的確呈達了強烈的身心刺激感，故此兩種色彩所襯托的情景，也多為
風采華麗，雕繢繁濃的景致，茲以白居易詩作為例：

△　春盡綠醅老，雨多紅萼稀。（〈答韋八〉）

△　闇助醉歡尋綠酒，潛添睡興著紅樓。（〈認春戲呈馮少尹李郎中
　　陳主簿〉）

△　碧氈帳下紅爐畔，試為來嘗一醆看。（〈招客〉）

△　綠醅量醆飲，紅稻約升炊。（〈自題小草亭〉）

△　妓房匣鏡滿紅埃，酒庫封瓶生綠苔。（〈長句呈謝〉）

△　紅蠟半含萼，綠油新醱醅。（〈對新家醞玩自種花〉）

所謂：「紅間黃、秋葉墮；紅間綠，花簇簇；青間紫，不如死；粉籠
黃，勝增光。」〔註9〕，色彩的調配涵有襯托情景的象徵涵義。就唐

〔註9〕同上註，頁 25，語出偽唐《六如畫譜》所載，託名荊浩所作的《畫
　　說》。

代飲酒詩而論，「紅間黃」的詩作，例如：

　△　**絳葉**擁虛砌，**黃花**隨濁醪。（高通〈同崔員外綦毋拾遺九日宴京兆府李士曹〉卷二一四）

　△　晚收**紅葉**題詩遍，秋待**黃花**釀酒濃。（許渾〈長慶寺遇常州阮秀才〉卷五三六）

「青間紫」的飲酒詩，例如：

　△　遺我**綠**玉杯，兼之**紫**瓊琴。（李白〈古風〉卷一六一）

　△　**紫**蟹霜肥秋縱好，**綠**醅蟻滑晚慵斟。（殷堯藩〈九月病起〉卷四九二）

「粉籠黃」的飲酒詩，例如：

　△　角樽**白**螺盞，玉軫**黃金**徽。（白居易〈對琴酒〉卷四五三）

　△　薤**白**羅朝饌，松**黃**暖夜杯。（李商隱〈訪隱〉卷五四一）

紅綠的鮮豔，紅黃的蕭瑟，青紫的邈寂、黃白的明暖，諸種色彩在詩人匠心獨運的「敷采設色」下，均發揮其於詩中襯托情景，賦予意象以具體感的功效，這也是唐代飲酒詩在形式上所稟具的一大特色。當然，敷采設色也絕不僅只於兩種色彩的烘染襯托，甚乃有三種、四種、五種以上的，最後，略舉四首辭采蘊涵頗富的飲酒詩例，以求舉證的周衍：

　　李白〈前有一尊酒行〉二首之一（卷一六二）：金、綠（青）、朱、白：

　　　　春風東來忽相通，金尊綠酒生微波。落花紛紛稍覺多。美人欲醉朱顏酡。青軒桃李能幾何，流光欺人忽蹉跎。君起舞，日西夕，當年意氣不肯飲，白髮如絲歎何益。

　　元稹〈遣春〉（卷四○二）：綠（碧）、紫、紅

　　　　梨葉已成陰，柳條紛起絮。波綠紫屏風，螺紅碧籌筋。三杯面上熱，萬事心中去。我意風散雲，何勞問行處。

　　白居易〈送王十八歸山寄仙遊寺〉（卷四三七）：黑、白、紅、綠、黃（菊花）

曾於太白峯前住，數到仙遊寺裏來。黑水澄時潭底出，**白**
雲破處洞門開。林間暖酒燒紅葉，石上題詩掃綠苔。惆悵
舊遊那復到，**菊花**時節羨君回。

陸龜蒙〈江南〉二首之二（卷六二九）：紫、紅、白（煙）、青

村邊**紫**豆花垂次，岸上**紅**梨葉戰初。莫怪**煙**中重回首，酒
家**青**帘一行書。

貳、抒述感懷

白居易「勸我酒」（卷四四四）

勸我酒，我不辭。請君歌，歌莫辭。歌聲長，辭亦切。此
辭聽者堪愁絕。洛陽女兒面似花，河南太尹頭似雪。

這首歌行體，前面以流利的音節，三字一句，極為鏗鏘有力，呼告勸
訴的力量亦隨之增強，其後以「洛陽女兒面似花」與「河南太尹頭似
雪」，兩種間接用色的物象：花與雪，象徵「紅」與「白」兩種具有
生命歲華象徵意義的色彩，作為全詩鋪陳題旨的「題眼」，紅與白乃
是象徵少女青春紅顏與詩人歲暮白髮，兩種差別迥異的顏色對照，藉
此以抒述作者對生命歲華奄逝的一種感懷，唐代飲酒詩常以白、紅二
色，作為抒述感懷（生命奄逝）時強化的色調：

△　朱顏因酒強，白髮對花殘。（獨狐及〈得李滁州書以玉潭莊見
託因書春思以詩代答〉卷二四七）

△　鬢為愁先白，顏因醉暫紅。（白居易〈何處難忘酒〉七首之四，
卷四五○）

△　白首書千卷，朱顏酒一杯。（許渾〈南亭偶題〉卷五三○）

△　愁鬢已還年紀白，衰容寧藉酒杯紅。（徐鉉〈義通里寓居即事〉
卷，七○九）

因酒力的促發而醺紅，更顯現出原本衰貌的不堪，「醉貌如霜葉，雖
紅不是春」（白居易〈醉中對紅葉〉卷四四○），正是切中其中旨要的
顏色譬喻。

除紅、白二色之外，「青」「白」二色也是抒述此種感懷之詩，常

用的色彩：

△　白髮對綠酒，強歌心已摧。（李白〈攜妓登梁王棲霞山孟氏桃園中〉卷一七九）

△　且對清觴滿，寧知白髮新。（韋應物〈贈崔員外〉卷一八八）

△　酒人皆倚春髮綠，病叟獨藏秋髮白。（孟郊〈濟源寒食〉卷三七六）

△　燈下青春夜，尊前白首翁。（白居易〈箏〉卷四五四）

此外，青、白二色尚為抒述寧靜淡泊的懷抱之時，常用以渲染心境清明的兩種色調，例如：李珣〈漁父歌〉三首之二（卷七六○）

避世垂綸不記年，官高爭得似君閒。傾白酒，對青山，笑指柴門待月開。

青色予人沉著、廣漠、優雅、涼爽、寂寞之感，白色予人純潔、樸素、天真、明快之感〔註10〕，青、白二色皆具有一種象徵心靈明靜的意象在內，故常作為抒陳作者寧靜淡泊的心境：

△　起看青山足，還傾白酒眠。不知塵世事，雙鬢逐流年。（李頻〈遊四明山劉樊二真人祠題山下孫氏居〉卷五八九）

△　南軒對林晚，籬落新蛩鳴。白酒一樽滿，坐歌天地清。（司馬札〈山中晚興寄裴侍御〉卷五九六）

　　總上，緣於「酒」本身即涵具有多種繽紛的色彩，加上飲後更有「面上紅」的特性，並且配合與「酒」有關的名物，如：酒旗（青幟）、酒器（金尊、玉杯）、酒菜（黃雞、紫蟹）等，更是采色競陳，令人目不暇接。在「飲酒詩」蘊藏如此豐盈的色彩寶庫之中，詩人將色彩巧妙地應用在詩中，使「正采耀乎藍紫，間色屏於紅紫，乃可謂雕琢其章，彬彬君子矣」（《文心雕龍·情采篇》）。故飲酒詩在摛辭舖采的經營下，不僅意象鮮明，辭章華美，且具襯托情景、抒述出感懷等功效；職此，「敷采設色」實為詩人下筆時必爭的技巧之一，也是飲酒

〔註10〕各種色彩的感情和象徵，可參見鄺悅富《色彩的研究》，頁38，華聯出版社。

詩形式上的一大特色。

第四節　引用典故

　　「凡綜採經文舊籍中的前言往行，都叫做『用典』。凡據事類義，來增加風趣的氣氛；或援古證今，來影射難言之事，或撿拾鴻釆，來造成文章典雅的風格、華美的字面，都是『用典』的好處。」〔註11〕，引用典故得當，乃能豐富文章意蘊，以臻於文約意贍之境。唐代飲酒詩，均常引經史舊籍之中，與「酒」相關的前言往行（或「舉人事」以徵義，或「引成辭」以明理），作爲詩人要求精約、婉曲、雅麗，以及擴大詩的意義範圍與喚起種種象徵、暗示、比喻的表現方法。斗酒學士王績，即常引用與「酒」有關的典故入詩，例如：

　△　阮籍生涯懶，嵇康意氣疏。（〈田家作〉三首之一，卷三七）

　△　香氣徒盈把，無人送酒來。（〈九月九日贈崔使君善爲〉同上卷）

　△　阮籍醒時少，陶潛醉日多。（〈醉後〉同上卷）

　△　且逐劉伶去，宵隨畢卓眠。不應長賣卜，須得杖頭錢。（〈戲題卜鋪壁〉同上卷）

　△　野觴浮鄭酌，山酒漉陶巾。但令千日醉，何惜兩三春。（〈嘗春酒〉同上卷）

前舉詩例之中，或舉人事（如：阮籍生涯懶、嵇康意氣疏等）、或引成辭（如：杖頭錢、千日醉等）；王績之作，甚有在寥寥四句（五絕）之中，用典竟達三起之多（如前舉〈戲題卜鋪壁〉用劉伶、畢卓、阮脩之典；〈嘗春酒〉用鄭泉、陶潛、劉玄石之典）〔註12〕，實可謂「善

〔註11〕詳見黃永武《字句鍛鍊法・用典》，頁35，商務印書館。

〔註12〕《三國志・吳志・鄭泉傳》：「鄭泉，字文淵，性嗜酒，臨卒謂同類曰：必葬我陶家之側，庶百歲後，化而成土，取爲酒壺，實獲我心矣。」其嘗曰：「願得美酒五百斛船，以四時甘脆置兩頭，反覆飲之，億即住啖肴膳，酒有升斗減，隨即益之。」（引自馮時化《酒史》），「野觴浮鄭酌」即引用自此。

《世說新語・任誕篇》：「阮宣子常步行，以百錢挂杖頭，至酒店，

為古語，指事殷勤」（鍾嶸《詩品》），而作者對前人飲酒風範欽慕神往之情，亦在其層層用典的比況寄託下，愈見濃厚。故近人徐復觀曾對「用典」有如下精闢之論〔註13〕：

> 假使用典用得好，便可成為文學上最經濟的一種手段。因為一個典故的自身，即是一個小小的完整世界，詩詞中的典故，乃是在少數幾個字的後面，隱藏了一個小小世界；其象徵作用之大，製造氣氛之容易與豐富，是不難想見的。

綜觀唐代飲酒詩所引用的典故，多以魏晉名士的言行事迹為主。其中，如：嵇康、阮籍、劉伶、山簡、陶潛等人，均為唐代飲酒詩中，普遍且慣用的「酒典」，今茲就飲酒詩涉及「舉人事」與「引成辭」二方面，分別予以列論，然因其涵括龐厖，學者乃汰厖選精，舉其引用及流布最繁富者，每則分陳詩例二首，作為引證。

壹、舉人事者

一、高陽酒徒酈食其

△ 君不見高陽酒徒起草中，長揖山東隆準公。（李白〈梁甫吟〉卷一六二）

△ 出門何所見，春色滿平蕪。可歎無知己，高陽一酒徒。（高適〈田園春望〉卷二一四）

《史記·酈生陸賈列傳》載云：

> 酈生踵軍門上謁，……沛公曰：為我謝之，言我方以天下為事，未暇見儒人也。……酈生瞋目案劍，叱使者曰：走，復入言沛公，吾高陽酒徒也，非儒人也。使者懼而失謁，跪拾謁還走，復入報。……沛公遽雪足杖矛曰：延客入，……問所以取天下者。

李白引之作為表露具「欲攀龍凡明主」（同上首）的經綸壯懷，高適

使獨酣暢，雖當世貴盛，不肯詣也。」，「杖頭錢」引用自此。

〔註13〕詳見徐復觀《中國文學論集》：詩詞的創造過程及其表現效果——有關詩詞的隔與不隔及其它，頁128，學生書局。

引之作爲慨歎其未被見用的感懷，均是援古事以證今情。

二、文君當鑪　相如傭保　鷫鸘換酒

　　△　酒醨花一樹，何暇卓文君。(許渾〈春醉〉卷五三○)

　　△　君到臨邛問酒爐，近來還有長卿無。(李商隱〈寄蜀客〉卷五
　　　四○)

　　△　馬卿思一醉，不惜鷫鸘裘。(趙嘏〈春釀〉卷五五○)

　　△　能脫鷫鸘來換酒，五湖賒與一年春。(陸龜蒙〈答友人〉卷六
　　　二九)

《史記‧司馬相如傳》載云：

> 卓王孫有女文君，新寡好音，故相如繆與令相重，而以琴
> 心挑之。……文君夜亡奔相如，相如乃與馳歸成都，家居
> 徒四壁立。……文君久之不樂，曰：長卿第俱如臨邛，從
> 昆弟假貸，猶足爲生，何至自若如此。相如與之俱之臨邛，
> 盡賣其車騎，買一酒舍酤酒，而令文君當鑪，相如身自著
> 犢鼻褌，與保庸雜作，滌器於市中。……

又，《西京雜記》：

> 司馬相如初與卓文君還成都，居貧愁懣，以所著鷫鸘裘就
> 市人楊昌貰酒，與文君爲歡。

漢賦大家司馬相如，其與卓文君之風流韻事，一爲酒保，一作酤婦，
均摭拾成詩中隸事，而其脫衣沽酒之事，更爲後世蹇困之士寄託己志
常引的典故；因而，李白亦有「一朝不得意，世事徒空爲。鷫鸘換美
酒，舞衣罷雕籠」(〈怨歌行〉)之嘆。

三、陳遵投轄

　　△　偶成投轄飲，不待致書招。(殷堯藩〈過雍陶博士邸中飲〉卷
　　　四九三)

　　△　陳遵容易學，身世醉時多。(李商隱〈春深脫衣〉卷五四一)

《漢書‧陳遵傳》：

> 遵嗜酒，每大飲，賓客滿堂，輒關門取客車轄投井中，雖
> 有急，終不得去。(轄，車軸兩端的鐵鏈)

殷堯藩以「投轄飲」的歡酣盡性，以言其賓主宴會之樂；李商隱以陳遵「放逸自恣，浮湛其間」（《漢書・本傳》）的狂縱飲態，點染其下「身世」句的逸宕情態，實具有「意婉而盡」的用典之美〔註14〕。

四、步兵校尉阮籍

△　江清牛渚鎮，酒熟步兵廚。唯此前賢意，風流似不孤。（羊士諤〈資陽郡中詠懷〉卷三三二）

△　我願東海水，盡向杯中流。安得阮步兵，同入醉鄉遊。（聶夷中〈飲酒樂〉卷六三六）

《晉書・阮籍傳》：

　　文帝初欲爲武帝求婚於籍，籍醉六十日，不得言而止。

又，《世說新語・任誕篇》：

　　步兵校尉缺，廚中貯酒數百斛，阮籍乃求爲步兵校尉。（同見《晉書・本傳》所載）

阮籍因身仕亂朝，乃由「被褐懷珠玉，顏閔相與期」（〈詠懷詩〉）轉至爲酒求官得步兵的酣醉放浪者。故羊士諤以之詠其懷，乃云「腰章非達士，閉閣是潛夫。匣劍寧求試，籠禽但自拘」（同上首）；聶夷中則欲與阮籍比儔，日以酣醉自適，二作均能據事類義，援古以證今。

五、嵇康：玉山之將崩

△　挂影憐紅壁，傾心向綠杯。何曾斟酌處，不使玉山頹。（鄭審〈酒席賦得鮑瓢〉卷三一一）

△　幾夕露珠寒貝齒，一泓銀水冷瓊杯。湖邊送與崔夫子，惟見嵇山盡日頹。（徐夤「白酒兩瓶送崔侍御」卷七〇九）

《世說新語・容止篇》載云：

　　嵇康身長七尺八寸，風姿特秀，見者常歎曰：「蕭蕭肅肅，爽朗清舉。」或云：「肅肅如松下風，高而徐引。」山公曰：「嵇叔夜之爲人也，巖巖若孤松之獨立；其醉也，傀俄若

〔註14〕劉永濟《文心雕龍校釋・麗辭篇》：「故用典所貴，在於切意，切意之典，約有三美，一則意婉而盡，二則藻麗而富，三則氣暢而凝。」正中書局。

　　玉山之將崩。」

嵇康具龍章鳳姿，天質自然，故其醉乃若「玉山之將崩」，故乃引之以作爲飲醉之態，是一極普遍化的酒典詩句。

六、劉伶：以酒為名

　　△　就荷葉上包魚鮮，當石渠中浸酒餅。生計悠悠身兀兀，甘從妻
　　　　喚作劉伶。（白居易〈橋亭獨酌〉卷四五一）

　　△　榴花新釀綠於苔，對雨閒傾滿滿杯。荷鍤醉翁眞達者，臥雲通
　　　　客竟悠哉。（韋莊〈對雨獨酌〉卷六九七）

《晉書‧劉伶傳》：

　　常乘鹿車，攜一壺酒，使人荷鍤而隨之，謂曰：死便埋我。
　　其遺形骸如此。

又，《世說新語‧任誕篇》：

　　劉伶病酒甚渴，從婦求酒，婦捐酒毀器，涕泣諫曰：君飲
　　太過，非攝生之道，必宜斷之。伶曰：甚善，我不能自禁，
　　唯當祝鬼神自誓斷之耳，便可具酒肉。……伶跪而祝曰：
　　天生劉伶，以酒爲名，一飲一斛，五斗解酲。婦人之言，
　　愼不可聽。便引酒進肉，隗然已醉矣。

劉伶常縱酒放達，甚乃脫衣裸形（同見〈任誕篇〉）；白居易詩言其甘從妻喚作劉伶，韋莊詩亦稱荷鍤醉翁乃眞達者，二人均引用劉伶酒典，以託其放曠之志。

七、山簡：倒接白　　高陽池宴

　　△　竹引攜琴入，花邀載酒過。山公來取醉，時唱接　歌。（孟浩
　　　　然〈宴榮二山池〉卷一六○）

　　△　對芳尊，醉來百事何足論。遙見青山始一醒，欲著接　還復昏。
　　　　（韋應物〈對芳尊〉卷一九三）

　　△　古人未遇即銜杯，所貴愁腸得清開。何事山公持玉節，等閒深
　　　　入醉鄉來。（胡曾〈高陽池〉卷六四七）

《世說新語‧任誕篇》：

　　山季倫爲荊州，時出酣暢。人爲之歌曰：「山公時一醉，徑

造高陽池：日莫倒載歸，酩酊無所知。時復乘駿馬，倒著
白接　：舉手問葛彊，何如并州兒？」高陽池在襄陽，彊
是其愛將，并州人也。

山簡高陽池宴，倒著白　（即頭巾倒戴也），酩酊而歸；孟浩然引之
作爲描寫飲席歡騰之狀；韋應物、胡曾則引之作爲同是託逃於酒者的
感喟，其均能切事用典，更增蘊義。

八、張翰：不如即時一杯酒

△　君不見吳中張翰稱達生，秋風忽憶江東行，且樂生前一杯酒，
何須身後千載名。（李白〈行路難〉卷一六二）

△　西戶最榮君好去，左馮雖穩我慵來。秋風一筯鱸魚鱠，張翰搖
頭喚不回。（白居易〈寄楊六侍郎〉卷四五五）

《晉書·張翰傳》：

翰因見秋風起，乃思吳中菰菜蓴鱸魚膾，曰：人生貴得適
志，何能羈宦數千里以要名爵乎？遂命駕而歸。……或謂
之曰：卿乃可縱一時，獨不爲身後姓名邪？答曰：使我有
身後名，不如即時一杯酒。時人貴其曠達。

張翰任心自適，不求當世，飲酒詩中常引其思鱸膾杯酒之事，作爲典
故，李白與白居易均引用此典所涵的曠達蘊境，以便寄託比況己懷。

九、陶淵明：白衣送酒　漉酒葛巾

△　淵明歸去來，不與世相逐。爲無杯中物，遂偶本州牧。因招白
衣人，笑酌黃花菊。（李白〈九日登山〉卷一七九）

△　欲強登高無力也，籬邊黃菊爲誰開。共知不是潯陽郡，那得王
弘送酒來。（秦系〈答泉州薛播使君重陽日贈酒〉卷二六○）

△　清節高風不可攀，此巾猶墜凍醪間。偏宜雪夜山中戴，認取時
情與醉顏。（陸龜蒙〈漉酒巾〉卷六二九）

△　髭鬚強染三分折，弦管遙聽一半悲。漉酒有巾無黍釀，負他黃
菊滿東籬。（司空圖〈五十〉卷六三二）

蕭統《陶淵明傳》：

江州刺史王弘欲識之，不能致也。淵明嘗往廬山，弘命淵

　　明故人龐通之齎酒具，於半道栗里之間邀之……，既至，
　　欣然便共飲酌，俄頃弘至，亦無忤也。……嘗九月九日出
　　宅邊菊叢中坐，久之，滿手把菊，忽值弘送酒至，即便就
　　酌，醉而歸。……郡將嘗候之，值其釀熟，取頭上葛巾漉
　　酒，漉畢，還復著之。

又，《續晉陽秋》（《藝文類聚》引）：

　　陶潛嘗九月九日無酒，出宅邊菊叢中摘菊盈把，坐其側久
　　之。望見白衣人至，乃王弘送酒也，即便就酌，醉後而歸。

陶淵明爲影響唐代飲酒詩最鉅者，故捃拾其言行事迹，以爲典故者，
亦是詩中最具普遍性的酒典。「白衣送酒」、「漉酒葛巾」二典，均爲
後世飲酒詩人因尊仰其高風亮節，舉用其人事，所作的歌詠。

貳、引成辭

一、酒名別稱：美祿、歡伯、聖賢、狂藥、青州從事

　　「酒」在詩文篇什之作中，具有多種別稱，茲舉下列五項「酒」
的借代名稱：

1. 美　祿

　　△　此地得封侯，終身持美祿。（陸龜蒙〈奉和襲美酒中十詠：酒
　　　　泉〉卷六二〇）

《漢書·食貨志》：「酒者，天之美祿，帝王所以頤養天下，享祀祈福，
扶衰養疾，百禮之會，非酒不行。」

2. 歡　伯

　　△　後代稱歡伯，前賢號聖人。（陸龜蒙〈對酒〉卷六二七）

《焦氏易林》坎之兌：「酒爲歡伯，除憂來樂，適體頤性。」

3. 聖人、賢人

　　△　已聞清比聖，復道濁如賢。聖賢既已飲，何必求神仙。（李白
　　　　〈月下獨酌〉四首之二，卷一八二）

《三國志·魏志·徐邈傳》（卷二七）

　　徐邈，字景山……，魏國初建，爲尚書郎，時科禁酒，邈

私飲至於沉醉，校事趙達，問以曹事，邈曰：中聖人。達白之太祖，太祖甚怒，渡遼將軍鮮于輔進曰：平日醉客，謂酒清者爲聖人，濁者爲賢人。

4. 狂　藥

△　簾外春風正落梅，須求狂藥解愁回。（李群玉〈索曲送酒〉卷五七○）

《晉書‧裴楷傳》：「足下飲人狂藥，責人正體，不亦乖乎？」

5. 青州從事

△　醉中不得親相倚，故遣青州從事來。（皮日休〈醉中寄魯望一壺并一絕〉卷六一五）

《世說新語‧術解篇》：

桓公有主簿善別酒，有酒輒令先嘗，好者謂「青州從事」，惡者謂「平原督郵」，青州有齊郡，平原有鬲縣。從事言到臍，督郵言在鬲上住。

總上五種酒名別稱，均引用前人典籍所載之成辭。此外，酒仍有其它別名，如：相傳爲製酒者的「杜康」（白居易〈鏡換杯〉：不似杜康神用過，十分一盞便開眉）又如：以酒爲名的劉伶（李郢〈醉吟〉：無限柳條多少雪，一將春恨付劉郎。）等均是。

二、三百杯

△　烹羊宰牛且爲樂，會須一飲三百杯。（李白〈將進酒〉卷一六二）

△　百年三萬六千杯，一日須傾三百杯。（同上〈襄陽歌〉卷一六六）

《鄭玄別傳》（《世說新語‧文學篇》註引）：

玄長八尺餘，須眉美秀，姿容甚偉。……袁紹辟玄，及去，餞之城東，欲玄必醉，會者三百餘人，皆離席奉觴，自旦及暮，度玄飲三百餘杯，而溫克之容，終日無怠。

三、斗十千

△　逢著平樂兒，論交鞍馬前。興酣一斗酒，恰用十千錢。（崔國

輔〈雜詩〉卷一一九）

△　湘陰直與地陰連，此日看逢憶醉年。美酒非如平樂貴，十升不
用一千錢。（楊凝〈戲贈友人〉卷二九○）

《曹植‧名都篇》：

名都多妖女，京洛出少年。寶劍直千金，被服麗且鮮。鬥
雞東郊道，走馬長楸間。馳騁未及半，雙兔過我前。攬弓
捷鳴鏑，長驅上南山。左挽因右發，一縱兩禽連。餘巧未
及展，仰手接飛鳶。觀者咸稱善，眾工歸我妍。歸來宴平
樂，美酒斗十千。膾鯉臇胎鰕，寒鱉炙熊蹯。……

四、黃公酒壚

△　名姓日隱晦，形骸日變衰。醉臥黃公肆，人知我是誰。（白居
易〈晚春酤酒〉卷四二九）

△　幾年無事傍江湖，醉倒黃公舊酒壚。覺後不知明月上，滿身花
影倩人扶。（陸龜蒙〈和襲美春夕酒醒〉卷六二八）

《世說新語‧傷逝篇》：

王濬沖為尚書令，著公服，乘軺車，經黃公酒壚下過，顧
謂後車客：吾昔與嵇叔夜、阮嗣宗共酣飲於此壚，竹林之
遊，亦預其末；自嵇生夭，阮公亡以來，便為時所羈紲，
今日視此雖近，邈若山河。

　　總上所舉四種「引成辭」的酒典，除能摭拾鴻采，連成文章典雅
的風格之外，在用典的技巧上，或直用（陸龜蒙「從代稱歡伯」）、或
反用（楊凝「十升不用一千錢」）、或活用（皮日休「故遣青州從事來」），
均能「表裏發揮，眾美輻輳」；其引用成辭為典，如封侯而得「美祿」、
春愁須「狂藥」解、一飲「三百杯」等句，亦能「用舊合機，不啻自
其口出」，實可謂妙到毫顛，神機獨運。

　　唐代飲酒詩乃掊理漢魏晉六朝以來，諸種與「酒」相關的人物及
其言行事迹；其中，由於魏晉名士飲風之盛，塑造出許多以「酒」為
其行世形象的任誕之士，加上南北朝唯美文學用典隸事風氣勃盛，唐
代飲酒詩乃正合其雙璧，故其舉事引辭，綺密深婉，用典技巧，新妍

繁複；唐代飲酒詩引用酒典之「博約精覈」〔註 15〕，實乃其在形式上
所涵具的一大特色。

第五節　蟬聯頂眞

　　詩作中，若下句與上句，或者次章的首句和前章的末句，用重疊
的字詞，前後頂接，蟬聯而下，乃可使語氣扣合如契，文意緊湊密緻。
這種蟬聯頂眞的辭格，能使詩句統一整齊，可作爲詩文上的統調手
法，其包括下列兩種方式：其一，在同一段語文中，有連續或不連續
的幾句，使用蟬聯頂眞法者，稱「聯珠格」；其二，單單在段與段之
間使用蟬聯頂眞法者，稱「連環體」〔註 16〕。唐代飲酒詩涉及章與章
之間的「連環體」者較少，此處剋就句與句之間的蟬聯頂眞，予以列
論。

　　飲酒詩的詩句中，最常使用「醉」字，作爲前後頂接的字詞，例
如：

　　△　逢君貰酒因成醉，醉後焉知世上情。（蔡希寂〈洛陽客舍逢祖
　　　　詠留宴〉卷一一四）

　　△　飲酒莫辭醉，醉多適不愁。（高適〈淇上送韋司倉往滑臺」卷
　　　　二一四）

　　△　愛之不覺醉，醉臥還自醒，醒醉在樽畔，始爲吾性情。（元結
　　　　〈宴尊詩〉卷二四一）

　　△　池上有小舟，舟中有胡牀，牀前有新酒，獨酌還獨嘗。……岸
　　　　曲舟行遲，一曲進一觴。未知幾曲醉，醉入無何鄉。（白居易
　　　　〈池上有小舟〉卷四五二）

　　△　人間唯有醉，醉後復何云。（姚合〈會將作崔監東園〉卷五〇
　　　　〇）

〔註 15〕《文心雕龍・事類篇》：「綜學在博，取事貴約，校練務精，捃理須覈，
　　　　眾美輻輳，表裏發揮。」
〔註 16〕參見黃慶萱《修辭學》第二十六章：頂眞，頁 502。

以上乃是以「醉」字，蟬聯上下語句，使詩意連鎖相扣，並且在「醉」字的前後重疊下，乃使詩句氤氳於一片酒意之中，因而更能深致作者廻環無盡之情。

蟬聯頂真的主要作用，乃是能扣緊意象，令其密契如一，故寫來情致深婉，環廻無已。飲酒詩之所以常運用此種措辭法，即緣於其具有上述的主要功能。因「酒」在文學創作止，具有與「愁」並列的原型意義，故飲酒詩之中，乃有以「愁」、「酒」相契扣合的蟬聯句法。例如：李白〈月下獨酌〉四首之四（卷一八二）：

> 窮愁千萬端，美酒三百杯。愁多酒雖少，酒傾愁不來，所以知酒聖，酒酣心自開。

由於詩中「酒」與「愁」二字的連環承接，除能增加詩句的氣勢及使詩意緊湊之外，也將作者寓寄的抑鬱情志，藉著反覆疊陳，再再回復的酒、愁二字，更形悠長深惋。

△ 勸君且飲酒，酒能散羈愁。誰家有酒判一醉，萬事從他江水流。（戎昱〈苦辛行〉卷二七○）

△ 欲將朱匣青銅鏡，換取金尊白玉卮。鏡裏老來無避處，尊前愁至有消時。（白居易〈鏡換杯〉卷四四九）

二詩中蟬聯之字，雖未必爲酒，爲愁；然而，言酒則有愁，言愁則有酒，二者相環相生，此乃飲酒詩在蟬聯頂真的修辭技巧中所具的一項特色。

唐代飲酒詩之中，「聯珠體」的形式變化頗多，一般最常使用的是自上而下，意義相貫，一氣呵成的句式，例如：

△ 當歌共銜杯，銜杯映歌扇。（李白〈相逢行〉卷二十）

△ 一舉累十觴，十觴亦不醉。（杜甫〈贈衛八處士〉卷二二六）

△ 侍婢金罍瀉春酒，春酒盛來琥珀光。（權德與〈放歌行〉卷三二八）

△ 早晚相從歸醉鄉，醉鄉去此無多地。（白居易〈答崔賓客晦叔十二月四日見寄〉卷四四四）

△　且將濁酒伴清吟，酒逸吟狂輕宇宙。（韓偓〈三月二十七日自
　　撫州往南城縣舟行見拂水薔薇因有之作〉卷六八○）

以上詩例的蟬聯頂真，使文氣緊接，自有意興煥發，筆勢縱橫之氣。
其次，又如：

△　野人何所有，滿甕陽春酒，搉酒上春台，行歌伴落梅。（劉希
　　夷〈春日行歌〉卷八二）

△　莫惜牀頭沽酒錢，請君有錢向酒家。（岑參〈蜀葵花〉卷一九
　　九）

△　把酒承花花落頰，花香酒味相和春。（白居易〈座上贈盧判官〉
　　卷四四八）

△　酒爲看花醞，花須趁酒紅。（李群玉〈贈花〉卷五六九）

以上詩例句法，利用前後詞序的環廻顛倒，乃使詩句更爲主動精警，
情趣橫逸。其次，又如：

△　天若不愛酒，酒星不在天。**地若不愛酒，地應無酒泉。**天地既
　　愛酒，愛酒不愧天。已聞清比聖，復道濁如賢。聖賢既已飲，
　　何必求神仙。（李白〈月下獨酌〉四首之二，卷一八二）

△　夷門貧士空吟雪，夷門貧士皆飲酒。酒聲歡閑入雪銷，雪聲激
　　切悲枯朽。悲歡不同歸去來，萬里春風動江柳。（孟郊〈夷門
　　雪贈主人〉卷三七三）

△　一人常獨醉，一人常獨醒。醒者多苦志，醉者多歡情。歡情信
　　獨善，苦志竟何成。（白居易〈效陶潛體詩〉十六首之十三，
　　卷四二八）

△　寄花寄酒喜新開，左把花枝右把杯。欲問花枝與酒杯，故人何
　　得不同來。（司空圖〈故鄉杏花〉卷六三三）

以上詩例句法，句句連鎖，疊遞而下，不僅產生圓轉流美的節奏感，
也使全詩首尾應合，有如七寶樓臺，自成整體，不可分割，不可摘句，
此乃蟬聯頂真辭格所臻之神妙佳境。

　　唐代飲酒詩，基於其主要題材「酒」所涵具的文學基型特性，故

常以「酒」、「醉」、「愁」諸字詞，往復廻環，前後頂接，以凝鑄深情；
而在蟬聯回復的字句之中，又寓有各種句式的變化，均能增加詩意與
詩趣，進而達到篇法圓緊，文句靈動的境地。

第六節　類疊呈巧

同一個字詞語句，接二連三反復使用者，謂之「類疊」（黃慶萱
《修辭學》第二十二章：類疊）。類疊的類型有四：壹、疊字：字詞
連接的類疊。貳、類字：字詞隔離的類疊。參、疊句：語句連接的類
疊。肆、類句：語句隔離的類疊。以上四種疊型式，以「疊字」、「類
字」較常見於唐代飲酒詩之中，是以本文擬舉字詞連接的「疊字」與
字詞隔離的「類字」，二種類疊型式，予以列論。

壹、疊　字

唐代飲酒詩所使用的疊字，以摹擬「醉狀神態」爲最多，例如白
居易「不如來飲酒」七首（卷四五○），每首詩作的結句，均分別以：
厭厭、悠悠、酣酣、昏昏、醺醺、騰騰、陶陶，七種不同的疊字，來
描摹飲酒的醉狀：

　△　莫隱深山去，君應到自嫌。齒傷朝水冷，貌苦夜霜嚴。漁去風
　　　生浦，樵歸雪滿巖。不如來飲酒，相對醉**厭厭**。

　△　莫作農夫去，君應見自愁。迎春犁瘦地，趁晚餧羸牛。數被官
　　　加稅，稀逢歲有秋。不如來飲酒，相伴醉**悠悠**。

　△　莫作商人去，恓惶君未安。雪霜行塞北，風水宿江南。藏鏹百
　　　千萬，沈舟十二三。不如來飲酒，仰面醉**酣酣**。

　△　莫事長征去，辛勤難具論。何曾畫麟閣，祇是老轅門。蟣蝨衣
　　　中物，刀槍面上痕。不如來飲酒，合眼醉**昏昏**。

　△　莫學長生去，仙方誤殺君。那將薤上露，擬待鶴邊雲。矻矻皆
　　　燒藥，纍纍盡作墳。不如來飲酒，閑坐醉**醺醺**。

　△　莫上青雲去，青雲足愛憎。自賢誇智慧，相糾鬪功能。魚爛緣

　　吞餌，蛾燋爲撲燈。不如來飲酒，任性醉騰騰。

△　莫入紅塵去，令人心力勞。相爭兩蝸角，所得一牛毛。且滅嗔
　　中火，休磨笑裏刀。不如來飲酒，穩臥醉陶陶。

詩中以「厭厭」，狀飲酒安足之態，以「悠悠」，狀飲酒閑暇之態；以
「酣酣」，狀飲酒醉樂之態；以「昏昏」，狀飲酒闇明之態；以「醺醺」，
狀飲酒和悅之態；以「騰騰」，狀飲酒興昂之態；以「陶陶」，狀飲酒
和樂之態〔註17〕。重言疊字的摹擬情態，既可以使語氣充足，意義完
整，又能增加聲調的協美，使興會神情，一齊湧現。茲舉唐代飲酒詩
中，常用的五種疊字之詩例如下：

一、醺　醺

△　山中無外事，終日醉醺醺。（戴叔倫〈山居〉卷二七四）

△　伴客銷愁長日飲，偶然乘興便醺醺。（元稹〈六年春遣懷〉八
　　首之五，卷四〇四）

二、騰　騰

△　思量只合騰騰醉，煮海平陳一夢中。（羅隱〈春日獨遊禪智寺〉
　　卷六五六）

△　八年流落醉騰騰，點檢行藏喜不勝。（韓偓〈騰騰〉卷六八一）

三、陶　陶

△　唯當飲美酒，終日陶陶醉。（白居易〈感時〉卷四二八）

△　惟君信我多惆悵，只願陶陶不願醒。（韋莊〈奉和觀察郎中春

〔註17〕厭厭，《詩經・小雅・湛露》：「厭厭夜飲，不醉無歸」，朱傳：「厭厭，
　　　安也，亦久也，足也。」
　　　悠悠，《詩經・小雅・車攻》：「蕭蕭馬鳴，悠悠旆旌」，朱傳：「悠悠，
　　　閑暇之貌」。
　　　酣酣，《說文解字》：「酣，酒樂也」，酣酣，酒醉貌。
　　　昏昏，《孟子・盡心》下：「今以其昏昏，使人昭昭」，集注：「昏昏，
　　　闇也。」
　　　醺醺，《詩經・大雅・鳧鷖》：「公尸來止熏熏」，朱傳：「熏熏，和說
　　　也」。
　　　陶陶，《詩經・王風・君子陽陽》：「君子陶陶，左執翿」，朱傳：「陶
　　　陶，和樂貌」。

　　暮憶花言懷見寄四韻之什〉卷七○○）

四、兀 兀

　△ 所以山中人，兀兀但飲酒。（劉义〈獨飲〉卷三九五）

　△ 生計悠悠身兀兀，甘從妻喚作劉伶。（白居易〈橋亭卯飲〉卷
　　四五一）

五、昏 昏

　△ 愁與醉相和，昏昏竟若何。（盧綸〈送潘述應宏詞下第歸江南〉
　　卷二七六）

　△ 終日昏昏醉夢間，忽聞春盡強登山。（李涉〈題鶴林寺僧舍〉
　　卷四七七）

除以「疊字」來描摹飲酒情態之外，亦有以疊字狀「酒」者，如：

　△ 淺把涓涓酒，深憑送此生。（杜甫〈水檻遣心〉二首之二，卷
　　二二七）

　△ 湛湛尊中酒，青青芳樹園。（韋應物〈酬李儋〉卷一九○）

　△ 晰晰燎火光，氲氲臘酒香。（白居易〈三年除夜〉卷四五九）

　△ 亂離時節別離輕，別酒應須滿滿傾。（韋莊〈長干塘別徐茂才〉
　　卷七○○）

亦有以疊字狀「酒旗」者，如：

　△ 長干午日沽春酒，高高酒旗懸江口。（張籍「江南行」卷三八
　　二）

　△ 江南酒熟清明天，高高綠旆當風懸。（陸龜蒙〈春思〉卷六二
　　九）

　△ 閃閃酒帘招醉客，深深綠樹隱啼鶯。（李中〈江邊吟〉卷七四
　　七）

《文心雕龍·物色篇》所云：「寫氣圖貌，既隨物以宛轉；屬采附聲，亦與心而徘徊」，詩中以「涓涓」狀酒滴細勻，以「湛湛」狀酒質純厚，以「氲氲」狀酒氣濃郁，以「滿滿」狀酒深情重，以「高高」、「閃閃」狀酒旗揭舉飛揚之姿。就體物狀物而言，「疊字」實具宛轉窮形

之功，且更進而能「與心徘徊」，達到摹態入神的妙境。

貳、類　字

　　唐代飲酒詩中，類字出現的形式，以一句中，反復使用同一字詞者最多，如：

△　歲夜高堂列美燭，美酒一杯聲一曲。（李頎〈聽安萬善吹觱篥歌〉卷一三三）

△　**獨酌**復**獨酌**，滿盞流霞色。（權德輿〈獨酌〉卷三二○）

△　**新**雪對**新**酒，憶同傾一杯。（白居易〈雪中酒熟欲攜訪吳監先寄此詩〉卷四五六）

△　山酒一巵歌一曲，漢家天子忌功臣。（許渾〈題四老廟〉二首之一，卷五三八）

△　多把芳菲泛春酒，直教**愁**色對**愁**腸。（杜牧〈洛中〉二首之二，卷五二五）

△　相逢莫厭杯中酒，**同**醉**同**醒只有君。（李咸用〈和友人喜相遇〉卷六四六）

△　**臘**酒復**臘**雪，故人今越鄉。（羅隱〈雪中懷友人〉卷六六一）

△　**攜**酒復**攜**觴，朝朝一似忙。（李建勳〈閒遊〉卷七三九）

同一字詞，在同一句中，作有規則之重複使用，可使詩句的結構緊密，意象凸顯，音調流利，故一杯聲一曲、一巵歌一曲，在「一」字的類疊下，令人讀之有磊落如珠的聲調美；獨酌復獨酌，在「獨酌」二字的類疊下，不僅與詩題「獨酌」相互發揮映照，也將作者弔影自酌的形貌一而再地凸顯出來；其它如：新雪新酒、愁色愁腸、同醉同醒、臘酒臘雪，均能在類疊字「新」、「愁」、「同」、「臘」的反覆呈現與強調下，使文義更加明暢，感受格外深切強烈。

　　其次，亦有上下兩句之中，均有類疊之字者，如：

△　**獨**歌還**獨**酌，不耕亦不耦。（錢起〈贈柏巖老人〉卷二三六）

△　誰家無**春**酒，何處無**春**鳥。（顧況〈聽山鷓鴣〉卷二六七）

△　無宦無名拘逸興，有歌有酒任他鄉。（司空圖〈漫題〉卷六三
　　三）

△　我飲不在醉，我歡長寂然。（孟郊〈小隱吟〉卷三七二）

△　長歌莫長歎，飲斛莫飲樽。（元稹〈酬獨孤二十六送歸通州〉
　　卷四〇三）

△　勸君且強笑一面，勸君且強飲一杯。（白居易〈短歌〉卷十九）

△　酒酣輕別恨，酒醒復離憂。（許渾〈送李定言南遊〉卷五二八）

△　今朝有酒今朝醉，明日愁來明日愁。（羅隱〈自遣〉卷六五六）

△　道我醉來真箇醉，不知愁是怎生愁。（呂巖〈真人行巴陵市太
　　守怒其不避使案吏具其罪真人曰須酒醒耳頃忽失之但留詩
　　曰）

上下類字的廻旋流轉，或作強烈對比，或回復舊經驗，不僅具有文字
環旋圓轉的美感，並因而加強凸顯其刻意經營設計的意象。

　　行文遣詞原宜避免重出，同字相犯。故《文心雕龍‧鍊字篇》乃
有「權重出」之論；然而，「類字」卻不以重複爲忌，反以重出呈巧，
且在此種精心設計的文字反復類疊下，尤能表現詩中綿長之情，凸顯
詩中意象所指，以及增強詩作的藝術效果。

第五章　結　論

　　杜甫〈偶題〉詩云：

　　　前輩飛騰入，餘波綺麗爲，從賢兼舊例，歷代各清規。

唐代飲酒詩在繼承「醞釀」與「發展」二期的餘波綺麗之後，又能承
舊例而立清規，拓展飲酒詩繁複多姿的面貌。故其在內涵蘊義上，乃
有對宇宙自然和諧之美的觀照，有對生命奄逝無常的悲感，有對人世
間種種沈衰落拓的喟歎，有對神仙長生的企慕與幻滅，以上四種飲酒
詩所呈顯的蘊境，乃是從「超」的心境返墜至「執」，再由「執」的
膠滯愁牢之中，逃遁至虛幻之境。此外，又如對友情的交流、豪士的
風采、酒物飲態的描摹等等，均爲唐代飲酒詩重要的內容；職此，若
說文學涵括面的深度與廣度而言，唐代飲酒詩自有其研覈的價值與地
位。

　　再則，唐代飲酒詩在形式表現上，由於「酒」具有促使感性活潑
的特質，故詩人臨作之際，在意象的呈現上，乃更爲強烈鮮明、傳神
躍動；因而，誇張聳動、感官示現、敷采設色等技巧的大量運用，乃
成爲飲酒詩在形式上所顯現的特色。

　　綜前所論，唐代飲酒詩乃蘊涵有下列五種較爲重要的特徵：

　　第一，飲酒詩中的「酒」，已非物質性的酒，而是與詩人的思想、
情感連融爲一的生命透顯；故對於狎杯弄觴、沈溺麴蘗，形似狂醉、

貌似酒徒的詩人，學者品評其飲酒詩作，乃須識其「安身立命」之處〔註1〕，才可探得詩心醺醇之所在。

第二，飲酒詩常將「醉」── 一種飲酒酣暢的精神狀態，昇華而成為象徵生命無我無執的境界，故「醉」乃成為人與宇宙自然交融冥合的主要機杼，也是通往神仙世界所隱契的蹊徑。

第三，飲酒詩所呈顯的思想主體，乃以「及時行樂」最具代表性；及時行樂思想之源生，乃因在宇宙化運的永久與小我生命無常的矛盾對映下，必然會觸發深情銳感的詩人，對此種無可逭逃的終極命運，產生悲涼無奈的憾痛，故「及時行樂」思想中，大都呈現了以酒自解，以酒自耽的精神面貌；飲酒詩之所以具有與「愁」相聯並列的原型意義，此即為其思想之主要淵藪。

第四，飲酒詩經常以訴諸官能感覺（視、聽、嗅、味、觸）的具體描寫，作為凸顯意象的主要技巧，進而展現飲酒詩一片聲光交織、形色逼真的奇瑰世界；而此特色乃緣於「酒」本身涵具有色、香、味、興奮、麻醉等，種種豐富的生理與官能的激因在內。

第五，飲酒詩之中，有關招飲、訪飲，酒物、飲態，以及大量引用有關酒的人、事、物的典故，均是在飲酒詩的鼎盛期──「唐代」而創作特盛。

綜上所論五點，乃針對唐代飲酒詩之犖犖大者，做撮要而濃縮的列述。

「酒」雖僅在有限的一樽一壺之中，然而，其上可達「冥心合元化」之境，下可使「萬念千憂一時歇」〔註2〕；白居易〈酒功讚〉即云：

> 麥麴之英，米泉之精。作合為酒，孕和產靈。孕和者何？
> 濁醪一樽。霜天雪夜，變寒為溫。產靈者何？清醑一酌。

〔註1〕嚴羽《滄浪詩話詩評》：「觀太白詩者，要識真太白處。太白天才豪逸，語多率然而成者，學者于每篇中，要識其安身立命處可也。」
〔註2〕詩句依序摘自白居易〈效陶潛體詩〉十六首之三（卷四二八）、「啄木曲」（卷四四四）。

離人遷客，轉憂爲樂。納諸喉舌之內，淳淳泄泄，醍醐沆瀣。沃諸心胸之中，熙熙融融，膏澤和風。百慮齊息，時乃之德。萬緣皆空，時乃之功。吾嘗終日不食，終夜不寢。以思無益，不如飲酒。

　　「酒」乃可孕和產靈，使百慮齊息，萬緣皆空，而得適心忘身，陶然玄暢之況趣，「酒中深味」，即在此中矣！無怪乎千載以來，代代文人雅士均有傾慕醉鄉投身華胥國之中，飲酒之作，亦不絕如縷，而佳構迭出了！

參考書目

（一）

1. 丁福保，《全漢三國晉南北朝詩》，（世界）。
2. 郭茂倩，《樂府詩集》，（里仁）。
3. 清聖祖御定，《全唐詩》，（文史哲）。
4. 朱肱，《北山江經》三卷，（《說郛》第二十二冊卷四十四，新興）。
5. 竇革，《酒譜》二卷，（《說郛》第三十冊卷六十六，新興）。
6. 夏樹芳，《酒顛》二卷，（《古今說郛叢書》第九集）。
7. 陳繼儒，《酒顛》補三卷，（《海山仙館叢書》）。
8. 馮時化，《酒史》二卷，（《筆記小說大觀》四編第七冊，新興）。
9. 俞敦培，《酒令叢鈔》，（《筆記小說大觀》續編第八冊，新興）。
10. 《古今圖書集成》，（《經濟彙編食貨典酒部》，鼎文）。
11. 《淵鑑類函》，（食物部「酒」，新興）。
12. 清聖祖敕撰，《佩文齋詠物詩選》，（廣文）。
13. 思源，《談酒集》，（國家）。
14. 陳香編著，《酒令》，國家。
15. 青木正兒，《中華飲酒詩選》，（日本：筑摩）。
16. 青木正兒，《酒中趣》，（日本：筑摩）。

（二）

1. 《十三經注疏》，（藝文）。

2. 朱熹,《詩經集注》,（華正）。

3. 謝无量,《詩經研究》,（河洛）。

4. 王靜芝,《詩經通釋》,（輔大）。

5. 瀧川龜太郎,《史記會注考證》,（洪氏）。

6. 班固,《漢書》,（鼎文）。

7. 范曄,《後漢書》,（鼎文）。

8. 陳壽,《三國志》,（鼎文）。

9. 房玄齡等撰,《晉書》,（鼎文）。

10. 令狐德棻,《周書》,（鼎文）。

11. 李延壽,《南史》、《北史》,（鼎文）。

12. 劉　撰,《舊唐書》,（鼎文）。

13. 歐陽修等撰,《新唐書》,（鼎文）。

14. 李肇,《唐國史補》,（世界）。

15. 劉伯驥,《唐代政教史》,（中華）。

16. 傅樂成,《漢唐史論集》,（聯經）。

（三）

1. 郭慶藩,《莊子集解》,（河洛）。

2. 王先謙,《荀子集解》,（藝文）。

3. 李滌生,《荀子集釋》,（學生）。

4. 王充,《論衡》,（世界）。

5. 葛洪,《抱朴子》,（世界）。

6. 劉義慶作、楊勇箋,《世說新語校箋》,（明倫）。

7. 姜亮夫,《屈原賦校注》,（華正）。

8. 游承澤,《楚辭概論》,（九思）。

9. 庾信作、倪璠注,《庾子山集注》,（源流）。

10. 王叔岷,《陶淵明詩箋證稿》,（藝文）。

11. 游信利,《孟浩然集箋注》,（學生）。

12. 趙殿成,《王摩詰全集注》,（世界）。

13. 阮廷瑜,《高常侍詩校注》,（中華叢書委員會）。

14. 李國勝,《王昌齡詩校注》,（文史哲）。

15. 瞿蛻園,《李白集校注》,（里仁）。

16. 仇兆鰲，《杜詩詳注》，（廣文）。

17. 浦起龍，《讀杜心解》，（鼎文）。

18. 陳弘治，《李長吉歌詩校釋》，（文津）。

19. 馮浩，《玉谿生詩集箋注》，（里仁）。

20. 馮集梧，《樊川詩集注》，（中華）。

21. 江聰平，《許渾詩校注》，（中華）。

22. 江聰平，《韋端己詩校注》，（中華）。

（四）

1. 李攀龍選、森大來注，《唐詩選評釋》，（河洛）。

2. 章燮，《唐詩三百首注疏》，（藝文）。

3. 喻守眞，《唐詩三百首詳析》，（中華）。

4. 高步瀛，《唐宋詩選要》，（學海）。

5. 黃永武、張高評，《唐詩三百首鑑賞》，（尚友）。

6. 王讜，《唐語林》，（世界）。

7. 辛文房，《唐才子傳》，（世界）。

8. 計有功，《唐詩紀事》，（木鐸）。

9. 許文雨，《唐詩集解》，（正中）。

10. 正中書局編審委員會編著，《唐代詩學》，（正中）。

11. 夏敬觀，《唐詩説》，（河洛）。

12. 胡雲翼，《唐詩研究》，（華聯）。

13. 蘇雪林，《唐詩概論》，（商務）。

14. 方瑜，《唐詩形成的研究》，（牧童）。

15. 劉勰作、黃叔琳注，《文心雕龍注》，（維明）。

16. 鍾嶸作、陳延傑注，《詩品注》，（開明）。

17. 方東樹，《昭昧詹言》，（廣文）。

18. 魏慶之，《詩人玉屑》，（商務）。

19. 王國維，《人間詞話》，（開明）。

20. 《陶淵明詩文彙評》，（中華）。

21. 嚴羽作、郭紹虞校釋，《滄浪詩話校釋》，（正生）。

22. 臺靜農編，《百種詩話類編》，（藝文）。

23. 彭國棟，《唐詩三百首詩話薈編》，（華岡）。

（五）

1. 范況，《中國詩學通論》，（商務）。

2. 劉大杰，《中國文學發展史》，（華正）。

3. 朱海波，《中國文學史綱》，（香港：教育）。

4. 郭紹虞，《中國文學批評史》。

5. 陸侃如，《中國詩史》。

6. 張仁青，《魏晉南北朝文學史》，（文史哲）。

7. 徐復觀，《中國文學論集》，（學生）。

8. 鄭騫，《中國古典文學論叢——詩歌之部》，（中外文學叢書）。

9. 羅聯添，《中國文學史論文選集》，（學生）。

10. 繆鉞，《詩詞散論》，（開明）。

11. 劉若愚，《中國詩學》，（幼獅文化事業）。

12. 黃永武，《中國詩學——設計篇、鑑賞篇、思想篇》，（巨流）。

13. 蔡英俊，《中國古典詩歌中的生命》，（故鄉）。

14. 龔鵬程，《中國古典詩歌中的季節》，（故鄉）。

15. 顏師崑陽，《中國古典詩歌中的鄉愁》，（故鄉）。

16. 蔡英俊，《中國古典詩歌中的歷史》，（故鄉）。

17. 《中國文化新論——文學篇（一）（二）、思想篇》，（聯經）。

18. 馬茂元，《古詩十九首探索》，（河洛）。

19. 方祖燊，《漢詩研究》，（正中）。

20. 廖蔚卿，《六朝文論》，（聯經）。

21. 洪順隆，《六朝詩論》，（文津）。

22. 葉嘉瑩，《迦陵談詩》，（三民）。

23. 張師夢機，《近體詩發凡》，（中華）。

24. 張師夢機，《古典詩的形式結構》，（尚友）。

25. 黃永武，《詩心》，（三民）。

26. 黃永武，《詩與美》，（洪範）。

27. 龔鵬程，《讀詩隅記》，（華正）。

28. 朱光潛，《文藝心理學》。

29. 黃慶萱，《修辭學》，（三民）。

30. 黃永武，《字句鍛鍊法》，（商務）。

31. 周振甫，《詩詞例話》，（南祺）。

（六）

1. 何啓民，《竹林七賢研究》，（學生）。
2. 郭銀田，《田園詩人陶淵明》，（華新）。
3. 黃國彬，《中國三大詩人新論》，（明倫）。
4. 李長之，《道教徒李白及其痛苦》，（蒲公英）。
5. 劉維崇，《李白評傳》，（商務）。
6. 劉中和，《杜詩研究》，（益智）。
7. 張師夢機、陳師文華，《杜律旨歸》，（學海）。
8. 劉維崇，《白居易評傳》，（商務）。
9. 劉維崇，《元稹評傳》，（黎明）。
10. 羅聯添，《韓愈研究》，（學生）。
11. 尤信雄，《孟郊研究》，（文津）。
12. 謝錦桂毓，《杜牧研究》，（商務）。
13. 張淑香，《李義山詩析論》，（藝文）。
14. 方瑜，《中晚唐三家詩析論》，（牧童）。

（七）

1. 凌純聲，〈中國酒之起源〉，（史語所集刊二十九下）。
2. 逯齋，〈談酒〉，（建設十一卷，五期）。
3. 阮長虹，〈我國古代的酒〉，（財稅研究三卷，二期）。
4. 阮長虹，〈飲酒情趣古今有別〉，（財稅研究三卷，三期）。
5. 阮長虹，〈醉月飛觴談酒會〉，（財稅研究三卷，四期）。
6. 阮長虹，〈春槽夜滴珍珠紅〉，（財稅研究三卷，六期）。
7. 阮長虹，〈從酒杯談到我國古代酒器〉，（財稅研究三卷，七期）。
8. 阮長虹，〈酒精、藥理與生理〉，（財稅研究三卷，八期）。
9. 阮長虹，〈酒中成語〉，（財稅研究三卷，十二期）。
10. 阮長虹，〈曠達酒聖陶淵明〉，（財稅研究四卷，三期）。
11. 阮長虹，〈酒中仙李白〉，（財稅研究四卷，四期）。
12. 阮長虹，〈醉吟先生白樂天〉，（財稅研究四卷，五期）。
13. 阮長虹，〈從酒帘到酒稅〉，（財稅研究四卷，七期）。

14. 阮長虹，〈無懷山人的「酒史」〉，（財稅研究六卷，一期）。

15. 阮長虹，〈竹林七賢其人其事（上、下）〉，（財稅研究六卷，二、三期）。

16. 葉慶炳，〈王績研究〉，（人文學報第一期）。

17. 呂興昌，〈李白研究〉，（台大研究碩士論文）。

18. 劉翔飛，〈唐代隱逸詩研究〉，（台大研究碩士論文）。

19. 卓遵宏，〈唐代進士風氣浮薄之成因及影響〉，（淡江學報十五期）。

20. 廖蔚卿，〈魏晉名士的狂與痴〉，（中國古典文學研究叢刊散文與論評之部）。